Zum Buch

Eilis blieb einen Moment stehen und ließ den Raum auf sich wirken. Tief atmete sie den Duft nach Papier und Leder, nach Druckerschwärze und Fantasie ein. Schon immer hatte sie sich gerne in eine Welt aus Abenteuern und Magie geträumt. Wenn sie mit Harry Potter nach Hogwarts reiste, oder mit Frodo durch Mittelerde, wenn sie mit Lou Clark um eine Liebe kämpfte, die von Anfang an zum Scheitern verurteilt war, und dabei sich selbst fand, oder mit Clare und Henry wieder und wieder bewies, dass die Liebe weder Zeit noch Raum noch Logik kannte, dann fühlte sie sich so stark und geborgen wie selten im echten Leben, wo sie immer nur eine von vielen war. Unbedeutend und unscheinbar. Nun empfing sie dieser Raum wie eine Umarmung. Die Regale und hohen Türme aus Papier wirkten wie Adern, durch die Worte statt Blut flossen. Jeder Gegenstand – von der altmodischen Kasse auf dem Tresen bis zur verblichenen Weltkarte an der Wand – erzählte eine Geschichte. Ihr Puls beschleunigte sich, Aufregung kribbelte durch ihre Adern. Dies war das Herz all der Geschichten, die sie jemals gelesen hatte.

Zur Autorin

Julie Larsen, Jahrgang 1979, liebt ihre Familie, Hunde, Katzen, Vögel und das Reisen. Nach dem Abitur in England studierte sie in Prag und München Kommunikation. Wenn sie nicht gerade unterwegs ist, um neue Abenteuer zu erleben, träumt sie sich mit ihren romantischen Geschichten an die schönsten Fleckchen dieser Welt.

Lieferbare Titel

Nordlichtträume am Fjord
Sommerzauber am Fjord
Winterküsse unterm Nordstern
Lichter, die vom Himmel fallen
Lichterzauber in Whispering Heights
Wege die zur Liebe führen

JULIE LARSEN

Das Wintermärchen von Kerry

ROMAN

HarperCollins

1. Auflage 2025
Originalausgabe

Valentinskamp 24 · 20354 Hamburg
info@harpercollins.de
Umschlaggestaltung von ZERO Werbeagentur, München
Umschlagabbildung unter der Verwendung von Shutterstock
Gesetzt aus der Adobe Garamond
von GGP Media GmbH, Pößneck
Druck und Bindung von GGP Media GmbH, Pößneck
Printed in Germany
ISBN 978-3-365-01135-5
www.harpercollins.de

Druckprodukt mit finanziellem
Klimabeitrag
ClimatePartner.com/15109-2009-1001

MIX
Papier
FSC FSC® C014496

1

Ein feiner Sprühregen lag in der Luft, als Eilis McCarthy aus dem winzigen Bus kletterte, der Glensiveen mit dem Rest der Welt verband. Nach fast vierundzwanzig Stunden Reise war sie endlich da. Die Stadt wirkte wie aus einem Film: Farbige Häuser duckten sich aneinander, als müssten sie sich gegenseitig gegen Wind und Regen stützen. Leise klapperten die Schilder der kleinen Geschäfte, und aus der Richtung des Hafens drang das Knarzen von Booten, die unruhig an ihren Seilen zerrten. Über allem lag der salzige Geruch des Atlantiks, gemischt mit einer Spur von Torfrauch, der aus zahlreichen Schornsteinen drang. Kein Wunder, dass hier romantische Geschichten geboren wurden. An einem Ort wie diesem mussten die Menschen zusammenrücken, um Wärme zu finden. Sie mussten füreinander da sein und sich gegenseitig helfen, um in das Herz des Abenteuers vorzudringen, das sich Leben nannte. Genau das war es gewesen, was Nana und Grampa vor Jahrzehnten an diesen Ort geführt hatte. Genau das war es, was auch sie suchte.

Sie schob eine Hand in ihre Umhängetasche und tastete nach dem Zettel, auf den Nana ihr die Adresse geschrieben hatte. Vom häufigen Auf- und Zufalten war das Papier schon ganz weich. Bald würde man die Schrift nicht mehr lesen können, doch Eilis kannte die wenigen Worte ohnehin längst auswendig. *Malachy*

Kavanagh stand in der krakeligen Handschrift ihrer Nana darauf. Und dann: *Seaview Lane 3, Glensiveen, Co. Kerry, V94 K2Y4*. Einfache Worte, schmucklos und funktional, und doch hatte Nana sie selbst nach all den Jahrzehnten noch immer auswendig gewusst. Nicht einmal in ihrem uralten Notizbuch hatte sie nachsehen müssen.

Als Eilis sie darauf angesprochen hatte, hatte Nana nur mit dem Kopf geschüttelt. »Wie sollte ich sie vergessen, Liebes? An diesem Ort hat meine Liebe zu deinem Grampa angefangen. Von dort aus hat sie Flügel bekommen und mich ans andere Ende der Welt begleitet. Bis heute spüre ich sie jeden Tag in mir, selbst jetzt, wo dein Grampa nicht mehr unter uns ist. Es ist wie ein warmes Leuchten, genau hier.« Ihre knochigen Finger hatten sich auf die Brust geklopft, an die Stelle, wo sie ihr Herz vermutete. Mit diesem Lächeln, das stets auch einen Hauch Trauer in sich trug, hatte sie Eilis tief in die Augen geschaut, und die hatte es nicht mehr ausgehalten, so intensiv war der Blick gewesen. »Ich wünschte, du könntest das auch einmal erleben, mein Mädchen.«

Ich mir auch, Nana, ich mir auch.

Erst als sie wieder sicher hatte sein können, nicht vor Sehnsucht in Tränen auszubrechen, hatte sie es fertiggebracht, Nanas Blick zu erwidern.

Und nun stand sie hier. Niemand in Chicago wusste von ihrer Reise nach Irland. Schlimm genug, dass sie selbst wusste, wie verzweifelt sie sich mittlerweile danach sehnte, nicht immer alles allein stemmen zu müssen, um überhaupt nur die Idee in Betracht zu ziehen, den berühmt-berüchtigten Matchmaker Malachy Kavanagh aufzusuchen.

Tief durchatmend schob Eilis den Zettel zurück in die Tasche, zog ihren Mantel enger um sich und blickte die Hauptstraße hinunter. Es würde nicht schwer sein, die Buchhandlung zu finden. In einem Ort wie diesem kannte vermutlich jeder Malachy Kavanagh.

Fündig wurde sie schließlich in einer schmalen Seitengasse, zwischen einem Café und einem Laden, der alles verkaufte, was man aus Wolle herstellen konnte: Socken, Pullover, Mützen und Schals, Pantoffeln, Babystrampler und sogar Schmuck. Der Duft von frisch gebrühtem Kaffee und einem Hauch Lavendelöl aus dem Café mischte sich mit dem subtilen Geruch nach Schafswolle. Im Vergleich zu seinen bunten, einladenden Nachbarn wirkte der Buchladen fast unscheinbar. Ein handgemaltes Schild, auf dem in geschwungener Schrift »Pages & Promises« stand, schwang leise im Wind. Die Buchstaben waren bereits ein wenig verblasst. Irgendwann hatte wohl mal jemand versucht, sie auszubessern, aber das Ergebnis war eher laienhaft ausgefallen. Bei der knorrigen, blau gestrichenen Tür darunter schimmerte an einigen Stellen das Holz unter der Farbe durch. Der Türgriff war aus schwerem Messing, und als Eilis ihn zog, begrüßte sie das sanfte Klingeln eines Glöckchens.

Drinnen schien die Zeit stehen geblieben zu sein. Überall standen Regale, so dicht gefüllt, dass es wirkte, als würden sie sich leicht nach vorn neigen. Bis unter die Decke türmten sich in den Ecken Bücher. Von einer Lampe mit einem Schirm im Tiffany-Stil, die auf einem kleinen Tisch in der Mitte des Raums stand, ging warmes, goldenes Licht aus. Auf dem Tisch lag ein Stapel Lesezeichen, kunstvoll bemalt mit irischen Knotenmustern. Die einzige Quelle für Frischluft war ein Fenster mit abblätterndem blauem Lack, durch das zwei Katzen Eilis von draußen betrachteten. Eine dritte Katze hatte sich direkt unter dem Fenster auf einem alten Polsterstuhl zusammengerollt.

Über einer Holztreppe, die zu einem zweiten Stockwerk führte, war ein Schild angebracht. *Bücher öffnen Türen zu Welten, die nur das Herz sehen kann,* stand darauf. Von unter der Treppe klang das leise Rascheln von Papier und gelegentlich ein schweres, dumpfes Geräusch – vermutlich ein Buch, das von einem Stapel auf einen anderen gelegt wurde.

Eilis blieb einen Moment stehen und ließ den Raum auf sich wirken. Tief atmete sie den Duft nach Papier und Leder, nach Druckerschwärze und Fantasie ein. Schon immer hatte sie sich gerne in eine Welt aus Abenteuern und Magie geträumt. Wenn sie mit Harry Potter nach Hogwarts reiste oder mit Frodo durch Mittelerde, wenn sie mit Lou Clark um eine Liebe kämpfte, die von Anfang an zum Scheitern verurteilt war, und dabei sich selbst fand, oder mit Clare und Henry wieder und wieder bewies, dass die Liebe weder Zeit noch Raum noch Logik kannte, dann fühlte sie sich so stark und geborgen wie selten im echten Leben, wo sie immer nur eine von vielen war. Unbedeutend und unscheinbar. Nun empfing sie dieser Raum wie eine Umarmung. Die Regale und hohen Türme aus Papier wirkten wie Adern, durch die Worte statt Blut flossen. Jeder Gegenstand – von der altmodischen Kasse auf dem Tresen bis zur verblichenen Weltkarte an der Wand – erzählte eine Geschichte. Ihr Puls beschleunigte sich, Aufregung kribbelte durch ihre Adern. Dies war das Herz all der Geschichten, die sie jemals gelesen hatte.

»Ah, eine neue Besucherin.« Die Stimme klang freundlich und ein wenig brüchig.

Eilis sah auf. Von unter der Treppe trat ein betagter Herr hervor. Er war kleiner, als sie ihn sich vorgestellt hatte, höchstens so groß wie sie. Sein Gesicht war schmal und von tiefen Falten durchzogen, und unter buschigen weißen Brauen blitzten graue Augen hervor, die selbst hinter den Gläsern einer Brille, die viel zu groß für sein Gesicht war, nichts von ihrer Lebendigkeit verloren. Sein Haar – oder besser gesagt: was davon noch übrig war – umspielte die Seiten seines Kopfs als dünne, silbrig-weiße Wolke. »Malachy Kavanagh«, stellte er sich vor, neigte leicht den Kopf und lächelte Eilis warm an. »Wie kann ich Ihnen helfen?«

Sie räusperte sich, schluckte an dem Knoten aus Rührung, der ihr plötzlich den Hals versperrte. Das also war Malachy Kavanagh, der Mann, von dem Nana ihr schon so viel erzählt hatte. »Ich bin Eilis McCarthy«, brachte sie schließlich hervor. »Wir hatten telefoniert.«

»Eilis McCarthy«, wiederholte er. »Caitlins und Padraigs Enkeltochter.«

»Sie erinnern sich an meine Großeltern?« Bei ihrem kurzen Telefonat vor einigen Wochen hatte sie Nana und Grampa mit keinem Wort erwähnt.

Malachy lächelte. »Aber natürlich! Sie sind der guten Caitlin wie aus dem Gesicht geschnitten. So eine Liebe war das, den Kopf voller großer Ideen. Sie müsste nur nach Amerika, hat sie gedacht, und dort würde sich alles zum Guten wenden. Damals war das noch ganz anders hier, müssen Sie wissen. Bevor die ganzen Touristen kamen. Da war das Leben hart und oft grau und voller Entbehrungen. Padraig war genau der Richtige für sie.

Sie war der Wind in seinen Segeln, und er war ihr sicherer Hafen. Kein ganzes Jahr hat es gedauert, nach ihrer Hochzeit, da haben sie sich eingeschifft. Auf nach Amerika. Ich hoffe doch, es ist ihnen gut ergangen in der Ferne.«

Eilis' Augen brannten, aber sie nickte tapfer dagegen an. »Grampa hat Arbeit beim Straßenbauamt in Chicago gefunden und war dort bis zu seiner Rente beschäftigt. Nana hat bei Macy's gearbeitet.« Sie schüttelte den Kopf. »Gut, damals hieß das wohl noch Marshall Fields? Es ist das bekannteste Kaufhaus der Stadt, mit dieser wunderbaren, riesigen Tiffany-Glaskuppel. Nana war immer ganz fasziniert von ihren Schaufensterdekorationen. Vor allem zu Weihnachten. Da ist sie einfach hineinmarschiert. Zu Hause hat sie zu Grampa gesagt: ›Wenn wir schon kein Geld haben, uns all diese schönen Dinge zu kaufen, dann möchte ich wenigstens von ihnen umgeben sein.‹ Ihr irischer Akzent war noch so stark damals, dass die Schichtleiterin sie gar nicht verstanden hat und direkt wegschicken wollte. Aber die Abteilungsleiterin der Kosmetikabteilung hat alles mitbekommen, und sie hat Nana eingestellt. So viel Ehrgeiz und Eigeninitiative muss man fördern, hat sie gesagt. Als Nana in Rente ging, hat sie eine Urkunde bekommen. Für die einzige Mitarbeiterin, die in ihrer ganzen Karriere nicht einen einzigen Tag krank war.« Eilis hatte die Geschichte so oft gehört, dass sie nicht nachdenken musste, um sie Wort für Wort wiederzugeben. Nana war die beste Geschichtenerzählerin. Wenn sie von der alten Heimat erzählte oder ihren ersten Jahren in den USA, dann sah Eilis die Vergangenheit so klar vor ihren Augen, als wäre sie dabei gewesen. Vielleicht war es so auch Nana gewesen, die in ihr die Liebe zu Büchern geweckt hatte, und vor allem zu Geschichten mit einem Happy End.

Malachy lächelte. »Ja, das klingt nach der lieben Caitlin.« Wieder musterte er sie mit diesem eindringlichen Blick, als würde er direkt in ihre Seele schauen. Nervös trat Eilis von einem Bein aufs andere.

Malachy blinzelte, dann schüttelte er den Kopf, wischte mit der Hand durch die Luft und lachte ein wenig. »Aber wo sind denn nur meine Manieren hin? Ihnen muss mittlerweile schrecklich warm hier drinnen sein, Kindchen. Warum ziehen Sie nicht Ihren Mantel aus und setzen sich dort an den Tisch, und ich mache uns eine Tasse Tee? Niemand redet gerne mit trockenem Mund über die Liebe.«

Was für eine Erleichterung es war, aus dem Mantel zu kommen. Die dicke Wolle hatte sie zwar gegen den Nieselregen vor der Tür geschützt, hier drinnen staute sich die Hitze darunter jedoch wie in einem Ofen. Eilis legte auch den Schal ab, stopfte ihn in einen der Mantelärmel, dann hängte sie den Mantel über die Lehne des Stuhls, auf den Malachy gewiesen hatte. »Wie kommen Sie denn auf die Idee, dass ich gekommen bin, um über die Liebe zu reden?«, rief sie ihm hinterher.

Unter der Treppe hörte sie Malachy rumoren. Wasser lief, wahrscheinlich füllte er einen Wasserkocher. Kurz darauf erfüllte das Blubbern von Wasser den ganzen Raum. Nicht lange, und er kam mit zwei dampfenden Tassen zurück.

»Weil Liebe und Hass die einzigen zwei Dinge sind, über die es sich zu reden lohnt, Kindchen.« Eine Tasse stellte er vor ihr ab, die andere gegenüber auf der Tischplatte. Aus Angst, er würde die hübschen Lesezeichen nass machen, streckte Eilis schnell eine Hand aus und schob sie zur Seite. Einen kurzen Augenblick lang sah Malachy sich um. Dann ging er zu einem der zahlreichen

Bücherstapel und hob die Ausgaben auf den Boden. Den Stuhl, auf dem sie zuvor arrangiert gewesen waren, trug er zum Tisch und nahm gegenüber von Eilis Platz. »Nun«, meinte er, »und jetzt sagen Sie mir, was der Grund ist, aus dem Sie denken, dass Sie zu mir gekommen sind.«

Nun galt es also. Den ganzen langen Weg von Chicago bis Glensiveen war sie gekommen, um diesen Mann zu sehen, und nun saß sie ihm gegenüber und kämpfte mit den Worten. Sie selbst konnte ja kaum ausdrücken, was sie sich von diesem Besuch erhoffte. »Nana ist krank.« Sie zog ihre Tasse näher zu sich heran, hielt die Nase in den aromatischen Dampf. Malachy anzusehen, brachte sie nicht fertig. »Seit Grampa letztes Jahr gestorben ist, will sie nicht mehr leben. Siebzig Jahre lang waren die beiden verheiratet, sie sagt, sie kann sich ein Leben ohne ihren Padraig nicht vorstellen.«

»Kannst du das denn nicht verstehen, Mädchen? Ich bin nicht der Herr im Himmel, ich bestimme nicht über Leben und Tod, aber eines weiß ich ganz genau: Wenn es Zeit ist, ist es Zeit.«

»Ich weiß.« Sie schniefte. »Aber Nana sagt, sie kann nicht gehen, ehe sie nicht weiß, dass ich in guten Händen bin. Wir hatten immer ein enges Verhältnis, Nan und ich. Von all ihren Enkeln stehe ich ihr am nächsten. Aber jetzt meint sie, ich halte sie zurück. Sie sagt, ihr Paddy warte auf sie, das wisse sie genau, aber bevor ich nicht einen Mann gefunden habe, der mich genauso sehr von Herzen liebt, wie Padraig sie geliebt hat, wird sie keinen Frieden finden. Ich will doch nicht, dass sie stirbt.« Ein dicker Knoten Traurigkeit versperrte ihre Kehle, doch sie schluckte dagegen an. »Aber ich … ich …« Ihre Stimme brach.

»Du willst das Beste für deine Nan, genau wie Caitlin das Beste für dich will, Eilis.« Wie von allein wechselte Malachy in die vertrautere Anrede.

Eilis nickte, froh, dass wenigstens er zu verstehen schien, was sie selbst kaum begriff.

»Nun sag mir aber: Was ist es, das du dir wünschst? Caitlin wünscht sich einen Mann für dich. Und du?«

Was für eine komplizierte Frage. Sie nahm einen Schluck von dem Tee, schloss kurz die Augen. Malachy war so freundlich zu ihr, er verdiente eine ehrliche Antwort. Schließlich zuckte sie mit den Schultern. »Eigentlich wollte ich immer so was wie das hier.« Sie sah sich um, machte eine Geste in den Raum hinein. »Mein Traum war schon immer, etwas mit Büchern zu machen. Nicht, sie selbst zu schreiben, oder mit ihnen zu arbeiten, sondern, ihnen ein Zuhause zu geben. Und den Menschen, die Bücher ebenso sehr lieben wie ich, einen Zufluchtsort. Aber um einen Buchladen zu eröffnen, wie er mir vorschwebt, fehlt mir das Eigenkapital. Also arbeite ich als Anwaltsgehilfin in einer mittelgroßen Sozietät.« Sie zuckte mit den Schultern. »Es ist okay.«

»Und die Liebe?«, wollte Malachy wissen.

Sie lachte. »Na ja, auf jeden Fall habe ich nie eine arrangierte Ehe in meiner Zukunft gesehen. Wenn, dann will ich auf jeden Fall eine Liebesheirat. Und trotzdem bin ich jetzt hier.« Verlegen grinste sie Malachy an.

»Na, was für ein Glück. Liebesheiraten sind nämlich die einzigen, die ich vermittle.«

Eilis zog die Augenbrauen hoch. »Und wie genau funktioniert das? Ich meine, was macht dich zu einem … Matchmaker?«

Malachy lehnte sich zurück, verschränkte die Arme und lächelte leicht. »Es ist eine Gabe, Eilis. Wenn ich zwei Menschen sehe, die füreinander bestimmt sind, dann spüre ich das. Es lässt sich nicht erklären, nicht mit Wissenschaft, nicht mit Vernunft. Manche rümpfen deshalb die Nase über das, was ich tue. Aber ich weiß, was ich weiß. Und wenn ich diese Verbindung spüre, dann ist alles, was ich tun muss, dafür zu sorgen, dass diese beiden Menschen einander begegnen.«

»Das klingt … geheimnisvoll«, sagte Eilis, unsicher, ob sie ihn ernst nehmen sollte. »Irgendwie fast schon zu einfach.«

Malachys Blick wurde weicher. »Einfach ist es ganz sicher nicht immer, Kind. Aber den Rest erledigen das Schicksal – und die Liebe. Es ist keine Magie, aber manchmal fühlt es sich so an.«

Eilis schluckte. Irgendetwas an seiner Überzeugung ließ ihre Zweifel schrumpfen, auch wenn sie es nicht wirklich begreifen konnte. Matchmaking als Gabe? Es klang absurd. Aber Malachy schien so fest davon überzeugt, dass sie ihm glauben wollte.

Als hätte er ihren inneren Stimmungsumschwung bemerkt, lächelte er sanft und trank nun auch von seinem Tee. Seine Hände zitterten, als er die Tasse anhob. Nana war jetzt sechsundachtzig Jahre alt. Aus ihren Erzählungen wusste Eilis, dass Malachy mindestens fünf Jahre älter sein musste. Ihre und Grampas Ehe war eine der ersten gewesen, die er arrangiert hatte. Das war 1955 gewesen. Das hieß, er musste gut über neunzig sein, und dies war das erste Mal, dass sie ihm sein Alter anmerkte. Der kurze Anflug von Schwäche schien wie weggeblasen, als er die Tasse wieder absetzte. Nachdenklich verschränkte er die Finger ineinander und lehnte sich ein Stück zurück, wie um sie besser betrachten zu können. »Weißt du, Mädchen, ich habe über die Jahre viele Menschen kennengelernt, die geglaubt haben, sie wären für die Liebe bereit, aber Liebe ist nicht wie ein Vertrag, den man aufsetzt, oder ein Buch, das man in Kapitel eins aufschlägt und in einer geraden Linie liest. Liebe ist chaotisch und wild und manchmal fürchterlich unbequem.«

Eilis senkte den Blick auf ihre Tasse, die warme Keramik in ihren Händen fühlte sich tröstlich an. Nicht einmal die Macke im Rand änderte das, denn manchmal waren es gerade die kleinen Fehler, die etwas besonders machten. »Willst du damit sagen, ich sei nicht mutig genug für die Liebe?«

Malachy zuckte mit den Schultern. »Die Antwort darauf kennst nur du selbst.«

Wieder dachte sie nach, ehe sie antwortete. »Ich weiß es ehrlich gesagt nicht«, gestand sie schließlich. »Vielleicht bin ich wirklich eher hergekommen, weil ich etwas für Nana ändern möchte als für mich selbst.«

»Das ist ein Anfang«, sagte Malachy leise. »Und wenn du irgendwann spürst, dass du mehr willst, dann ruf mich wieder an.«

Die nächsten Wochen nach ihrer Rückkehr aus Irland verliefen wie immer – und doch war alles anders. Malachys Worte ließen Eilis nicht los, immer wieder tauchten sie in ihrem Kopf auf wie ein Lied, dessen Melodie sie partout nicht abschütteln konnte. Sie ging zu denselben Terminen, aß dieselben Mittagessen und scrollte abends durch dieselben Streamingdienste, unfähig, sich für einen Film zu entscheiden, der die Stille in ihrer Wohnung füllen könnte. Alles fühlte sich plötzlich noch grauer und farbloser an als zuvor.

Die Dates, die sie sich selbst aus Pflichtgefühl aufzwang, liefen ins Leere. Ein Investmentbanker lud sie zu einem schicken Dinner ein, doch schon beim zweiten Treffen fragte er, ob sie bereit wäre, ihren Namen für den seines Familienfonds aufzugeben. Ein IT-Spezialist verbrachte das halbe erste Treffen damit, in sein Handy zu tippen. Die dritte Verabredung brach sie nach zwanzig Minuten ab, weil ihr Gegenüber sich bei der Begrüßung nach ihrem Alter erkundigte und dann spürbar enttäuscht reagierte, als sie »einunddreißig« antwortete.

»Du gibst dich mit halben Sachen zufrieden«, bemerkte Nana eines Abends trocken, als sie wieder einmal schweigend zusammen vor dem Fernseher saßen und Eilis nebenher durch eine der Dating-Apps auf ihrem Handy swipte. Links, rechts, links, links, links. Es ergab alles keinen Sinn.

»Ich mach das doch nur dir zuliebe«, murmelte Eilis, ohne von ihrem Bildschirm aufzusehen. Links, links, links.

»Dann kannst du es auch gleich lassen«, erwiderte Nana scharf.

Eilis blickte überrascht auf.

»Liebe, mein Schatz, findet man nicht in so einer App. Das ist alles bloß Fassade. Ein hübsches Foto, ein paar nette Worte, und wenn's drauf ankommt, bleibt nichts übrig, was von Dauer ist.«

»Und wo soll ich sie dann finden?«, fragte Eilis und legte das Handy beiseite. »Immerhin bist du es, die mich unbedingt unter der Haube sehen will.« Ihre Stimme klang wütender, als sie wollte.

Nana drehte sich zu ihr, in ihrem Blick die Mischung aus Strenge und Zärtlichkeit, die Eilis seit ihrer Kindheit begleitet hatte. »Liebe findet man nicht, mein Mädchen. Sie findet dich.

Alles, was man machen kann, ist, ihr einen kleinen Schubs zu geben. Trotzdem wird sie dich erst dann finden, wenn du aufhörst, dir selbst etwas vorzumachen. Du musst wissen, was du willst – und bereit sein, dich auf etwas einzulassen, das größer ist als du selbst.«

»Das klingt nach einem Märchen«, sagte Eilis leise, eine Spur Trotz in der Stimme.

»Märchen sind Geschichten, die sich die Leute ausdenken, weil sie wahr sein könnten.« Sie bedeckte Eilis' Hand mit ihrer eigenen, die Haut dünn wie Pergament und übersät von Altersflecken, und doch lagen in dieser Berührung noch immer die Kraft und der Tatendrang, die Nana ein Leben lang ausgezeichnet hatten.

»Ich habe es erlebt, Eilis«, fuhr sie fort. »Mit deinem Grampa. Wir hatten nichts, als wir angefangen haben. Wir waren arm wie die Kirchenmäuse, und oft wussten wir am Montag nicht, wie wir am Donnerstag satt werden sollten. Aber wir hatten uns, und das hat gereicht. Liebe wächst, wenn man ihr Platz macht. Aber zuerst musst du dir selbst den Platz schaffen.«

In ihrer freien Hand lag noch immer das Handy. Die glänzende Oberfläche schien plötzlich kalt und leer. Genauso kalt und leer, wie sie sich oft fühlte. Sie legte das Gerät beiseite. »Und wie mache ich das?«

Zärtlich drückten Nanas Finger die ihren. »Du bist klug. Und du bist mutig. Hör auf dein Herz, nicht auf das, was dir die Welt sagt, das du tun sollst. Nicht einmal auf mich musst du hören, wenn es dich nicht glücklich macht.« Sie zwinkerte ihr zu. »Ich weiß, du wirst deinen Weg finden. Versprich mir nur, dass du dich nicht mit etwas abfindest, weil du glaubst, mehr steht dir nicht zu. Ich bin alt, mein Schatz, aber ich bin nicht blind. Ich sehe doch, wie unglücklich du bist.«

Unglücklich? So weit würde Eilis nicht gehen. Unzufrieden? Schon eher. Ihr ganzes Leben fühlte sich an wie ein Strickmuster, bei dem jeder Tag die Wiederholung des vorherigen war. Und während sie wie ein Roboter ihren Verrichtungen nachging, kehrte ihre Erinnerung immer öfter nach Irland zurück. Zwei Wochen hatte sie nach ihrem Besuch bei Malachy auf der Insel verbracht, um den Ort kennenzulernen, an dem die Wurzeln ihrer Familie lagen, und was sie dort gesehen und erlebt hatte, ließ sie nicht mehr los. Dublin mit seinen lebendigen Pubs, den traditionellen Melodien, die in jeder Ecke zu hören waren, und den modernen Cafés, die wie selbstverständlich mit jahrhundertealten Fassaden verschmolzen. Galway, wo das Meer und die Musik zu einer Einheit wurden und die Menschen so offen lachten, dass sie sich vorkam, als sei sie nach Hause gekommen. Und dann die Natur. Als sie auf den Klippen von Moher gestanden und die tosenden Wellen tief unter sich betrachtet hatte, hatte sie den Atem anhalten müssen, so klein und unbedeutend hatte sie sich plötzlich gefühlt. Die sanften Hügel der Wicklow Mountains ruhten wie schlafende Riesen in der Landschaft, still und unerschütterlich, als wachten sie seit Anbeginn der Zeit über das Land und seine Bewohner. Selbst die Ruinen der alten Burgen und Klöster besaßen in ihrer Vergänglichkeit eine Schönheit, die Eilis nicht in Worte fassen konnte. Wie anders wirkte Chicago dagegen, mit seinem ewig grauen Himmel, den kalten Betonfassaden und den mürrischen Menschen, die sich gegenseitig kaum eines Blickes würdigten.

Dabei war es nicht allein der Zauber Irlands, der sie in ihren Gedanken festhielt. Je mehr sie von der Insel gesehen hatte, desto besser hatte sie verstanden, wie groß der Mut ihrer Großeltern gewesen sein musste, als sie vor so vielen Jahren dieses raue Land verlassen hatten, um in einer völlig fremden Welt neu anzufangen. All ihre Besitztümer hatten in zwei Koffer gepasst, nur eines gab es, das sie im Übermaß besessen hatten, und das war Hoffnung. Je mehr Eilis jetzt darüber nachdachte, desto klarer wurde ihr, dass es genau diese Hoffnung war, die in ihrem eigenen Leben fehlte.

Immer, wenn sie in ihren Gedanken an diesem Punkt angelangt war, hörte sie Malachys Stimme, die sagte: »Ruf mich an, wenn du bereit bist.« Als sie ihn in seiner Buchhandlung besucht hatte, war sein Ton ruhig gewesen, fast nachsichtig, doch in ihrer Erinnerung wurden seine Worte jetzt zu einer Herausforderung, zu einem Flüstern in ihrem Kopf, das immer lauter wurde und sagte: »Wag es einfach.« Alles, worauf sie wartete, war ein Zeichen, der eine Moment, an dem sie wusste: Nun ist es so weit.

Am Ende war es ihr Job, der ihr den letzten Anstoß gab. Ihr Chef Chase Harrington – ein Mann mit so wenig Geduld wie Prinzipien – schob ihr die Schuld für einen Fehler zu, den ein Partner verursacht hatte. Trotz all ihrer Versuche, sich zu verteidigen, stand er nur eine Woche später mit ihrer Kündigung in der Hand vor ihrem Schreibtisch. Zwölf Jahre lang war sie eine loyale Mitarbeiterin in der Kanzlei gewesen, hatte Anwälte kommen und gehen sehen, während sie selbst auf der Stelle getreten war, weil das, was sie hatte, genug erschien.

Auf dem Heimweg in einem überfüllten Zug balancierte sie den Karton mit den wenigen persönlichen Habseligkeiten auf den Knien, die sie aus der Kanzlei mitgenommen hatte, und hielt ihr Telefon in der Hand. Sie scrollte durch die Liste mit ihren Kontakten, als ihr Blick an Malachys Nummer hängen blieb. Die vielen halb verfallenen Häuser, die sie in Irland gesehen hatte, tauchten vor ihrem inneren Auge auf. Gerippe von Gebäuden, die irgendwann einfach verlassen worden waren. An manchen hing immer noch ein Vorhängeschloss vor der verrammelten Tür, obwohl das Dach längst eingebrochen war. Einst waren diese Häuser Zuhause gewesen, das Heim von Menschen, die alles auf eine Karte gesetzt und neu angefangen hatten. Ihre Großeltern waren zwei dieser Menschen gewesen. Nana und Grampa waren der beste Beweis dafür, dass etwas Neues entstehen konnte, wenn man den Mut hatte, das Alte hinter sich zu lassen.

Eilis schloss die Augen, nahm einen tiefen Atemzug und drückte die grüne Taste. Schon nach dem vierten Klingeln nahm jemand ab.

»Malachy? Ich bin's. Eilis McCarthy.«

Am anderen Ende der Leitung sog jemand scharf die Luft ein, doch als Malachy anfing zu sprechen, hörte sie sein Lächeln in der Stimme. »Das Mädchen aus Chicago. Ich habe auf deinen Anruf gewartet. Bist du jetzt bereit?«

Obwohl Tränen ihre Wangen hinunterliefen, lächelte auch sie. »Ja«, sagte sie. »Ich bin bereit.«

2

Ein Polizist erwartete sie, als Cilian den Jeep in die Einfahrt der angegebenen Adresse steuerte. Neben dem Mann brachte er den Wagen zum Stehen und knallte beim Aussteigen die Tür hinter sich zu. Sie hatten noch nicht einmal mit ihrer Arbeit begonnen, und Cilians Laune tendierte bereits gegen minus unendlich.

Nach ihm trat auch Liam ins Freie. Ohne ein Wort zu sagen, machte sein Assistent sich daran, Cilians Ausrüstung auszuladen. In weiser Voraussicht hatten sie jede Menge Transportboxen in unterschiedlichen Größen mitgebracht und auch einen Hänger an den Jeep gekoppelt.

Mit ausgestreckter Hand trat der Polizist auf Cilian zu. »Mr. Kavanagh?«

»Ja, das bin ich.« Sie schüttelten einander die Hände. »Sie hatten angerufen.«

»Ich bin Sergeant O'Connor. Gut, dass Sie da sind. Von den Zirkusleuten fehlt jede Spur. Keine Ahnung, wann die abgehauen sind, aber das Gelände ist verlassen, und die Tiere haben sie zurückgelassen.«

»Gibt es denn gar keine Möglichkeit, sie doch noch ausfindig zu machen?« Liam hatte seine Sprache wiedergefunden. Der Bursche hatte vor ein paar Tagen seinen zweiundzwanzigsten

Geburtstag gefeiert, und noch war jeder Aspekt seines Jobs als Tierarztgehilfe neu genug für ihn, um ihm Spaß zu bereiten. Cilian war sich nicht sicher, ob das Liam naiv oder zu einem Idioten machte. Wahrscheinlich beides.

Sergeant O'Connor schüttelte den Kopf. »Ich fürchte nein. Das sind Vagabunden. Wenn die spurlos verschwinden wollen, schaffen die das leider meistens auch.«

Cilian seufzte. »Dann bleibt es also an uns hängen?«

O'Connor atmete tief durch. »So sieht es aus. Beim staatlichen Tierheim hab ich schon angerufen, aber die haben absoluten Aufnahmestopp. Mehr kann ich leider nicht tun.«

»Na, so eine Überraschung.« Cilian biss die Zähne zusammen. Wenn er so weitermachte, würde er bald seine Backenzähne verlieren, aber wenig konnte ihn derart aus der Fassung bringen wie der Tierschutz in Irland.

»Es tut mir wirklich leid.« O'Connor sah nicht aus, als würde ihm irgendwas wirklich leidtun, eher, als könnte er gar nicht abwarten, endlich wieder in seine schöne warme Wache zu kommen. »Aber ich muss zurück zur Wache.« Na, wer sagte es denn? Wenn Cilian seinen Beruf irgendwann mal leid war, könnte er es immer noch als Wahrsager probieren.

»Aber was ist mit den Tieren?« Mit Mühe unterdrückte Cilian ein Seufzen. Liam hatte es offenbar tatsächlich noch nicht verstanden. »Die können doch nicht einfach hier zurückgelassen werden.«

»Die sind jetzt unser Problem.«

O'Connor besaß wenigstens den Anstand, auszusehen, als wäre ihm die ganze Sache peinlich. Er flüchtete in seinen Polizeiwagen und machte sich vom Acker. Wortwörtlich.

Einen Augenblick lang sah Cilian ihm nach, dann gab er sich einen Ruck. »Also los, auf ins Vergnügen!« Ohne sich noch einmal nach Liam umzudrehen, machte er sich auf den Weg, und mit jedem Schritt, den er tat, wuchs seine Beklemmung.

In der Regel hielt sich Cilian für einen rationalen Menschen. Obwohl er seine Heimat liebte, war er relativ immun, was den weit verbreiteten Aberglauben auf der Insel anging, doch hier und jetzt rann ihm ein eisiger Schauder über den Rücken. Was für ein elender Ort das war! Kein Wunder, wenn die Menschen an rastlose Seelen und umherirrende Geister dachten, wenn sie so etwas sahen. Da hätte es gar nicht der Tag vor Halloween sein müssen. All Hallows' Eve – wenn die Grenzen zwischen den Welten verwischten und die Toten angeblich über das Land wandelten, auf der Suche nach denen, mit denen sie noch eine Rechnung offen hatten. Das Gelände war ein einziges Schlammfeld. Knöcheltiefe Pfützen aus brackigem Wasser hatten sich zwischen den Spurrillen gesammelt, die wohl von dem verrosteten Wohnwagen stammten, der am Rand des Platzes stand. Das Dach war eingedrückt, an den Seiten schimmerte nackter Stahl unter abblätterndem Lack. Neben dem Wohnwagen gab es provisorische Tierunterkünfte: morsche Bretterverschläge, die mehr auseinanderfielen als Schutz boten. Eine Plane, die wahrscheinlich als Witterungsschutz gedacht war, flatterte im Wind, Wasser floss in Rinnsalen an den Seiten hinunter. Am Fuß der Klippen droschen die Wellen gegen die Felsen. Überall lagen leere Bierdosen, Plastiktüten und Seile herum. Wäre er nicht wegen der Tiere hier, hätte er es Sergeant O'Connor liebend gern gleichgetan und das Weite gesucht. Doch das konnte er einfach nicht. In den vergangenen Tagen hatten gleich mehrere Anrufe das Veterinäramt erreicht, allesamt mit denselben Beschwerden: Die Tiere eines Wanderzirkus, der am Rand von Glensiveen Winterquartier bezogen hatte, seien in erbärmlichem Zustand. Kein Futter, kein sauberes Wasser, kaum Schutz vor der Witterung. Die Zustände seien so schlecht, dass die Tiere vermutlich bald verenden würden, wenn niemand eingreife. Das Amt hatte sich an ihn gewandt. Als Landtierarzt war er in solchen Fällen die erste Adresse, und so war er hier gelandet. Unwillkürlich fragte er sich, was für eine Art Zirkus das überhaupt gewesen sein sollte. Gab es noch Artisten, oder waren die Tiere das Einzige, was von dem ganzen Unternehmen übrig geblieben war? Die letzte traurige Erinnerung an etwas, das einmal fröhliche Menschen und leuchtende Kinderaugen hervorgebracht hatte?

Egal. Er zwang seine Gedanken zurück ins Hier und Jetzt. Lamentieren und sich über den Zustand einer Welt ärgern, in der manche Tiere wie Königinnen und Könige behandelt wurden und andere schlimmer als Dreck, konnte er auch noch später.

Das erste Tier, das sie entdeckten, war ein Esel. Er stand allein in der matschigen Mitte des Geländes, den Kopf gesenkt, die Ohren schlaff nach hinten gelegt. Die graubraune Fellfarbe war kaum von dem Dreck zu unterscheiden, der ihn bedeckte. Um sein rechtes Vorderbein nicht zu belasten, hielt das Tier es vorsichtig angewinkelt über dem Boden. Selbst auf die Entfernung erkannte Cilian, dass der Huf des Tieres viel zu lang war und alles andere als gesund aussah. Er stieß einen Fluch aus und rannte, so schnell es der glitschige Untergrund zuließ, zu ihm. Vor Schreck über die plötzliche Aktivität zuckte der Esel zusammen, also hielt Cilian in gebührendem Abstand zu ihm an. Das Letzte, was er wollte, war, das arme Tier noch weiter zu erschrecken, es hatte sichtlich genug durchgemacht.

»Kein Wunder, dass du das Bein nicht belasten kannst«, murmelte er, während er sich den Untergrund ansah. Esel waren Wüstentiere, und dieser Ort war das genaue Gegenteil von einer Wüste. Mit Regen, der wie Nadelstiche fiel, und einem Boden, der nachgiebiger war als jedes Moor.

Cilian ballte seine Hände zu Fäusten. Jeder Schritt musste dem Tier schreckliche Schmerzen bereiten. Es gab hier keinen trockenen Platz, keinen Unterstand, keine Wärme. Ein Wunder, dass der Esel überhaupt noch stand.

»Jesus«, stieß auch Liam aus, als er zu ihm aufgeschlossen hatte. »Schau dir das an.« Zum ersten Mal, seit er den jungen Mann eingestellt hatte, war kein bisschen der sonstigen Fröhlichkeit in seiner Stimme zu hören.

Da sie schon einmal hier waren, fingen sie mit dem Esel an. Er wehrte sich nicht, als sie ihm das mitgebrachte Halfter anlegten und ihn in Richtung des Hängers führten. Beim Laufen wurde die Lahmheit des Langohrs überdeutlich.

»Meinst du, er hat sich was gebrochen?«, fragte Liam.

Cilian schüttelte den Kopf. »Eher ein Hufgeschwür, würde ich sagen. Kein Wunder bei dem Matsch.«

Nachdem sie den Esel versorgt hatten, entdeckten sie weitere Tiere auf dem Gelände. Nervös vor- und zurückschwankend saß ein Scharlachara auf einem der Schränke im Wohnwagen und krächzte vor sich hin. Seine Federn waren stumpf, aus Hunger und Frust hatte das arme Tier angefangen, die Möbel auseinanderzunehmen.

»Was für eine Scheiße«, fluchte der Vogel lautstark, als Cilian sich näherte.

»Der hat's verstanden«, brummte Cilian. Glücklicherweise

trug er in seiner Jackentasche fast immer Leckerli für die Tiere, die er behandelte, mit sich. Einen Schnitzer Apfel mochten Pferde, Kaninchen und die meisten Vögel gleichermaßen. Auch der Ara interessierte sich sofort für den Leckerbissen und kletterte freiwillig von seinem Platz auf dem Schrank auf Cilians Arm. Von dort in die Transportbox war es ein Kinderspiel.

Noch leichter ging es mit dem Chamäleon, das sie ebenfalls im Wohnwagen vorfanden. Das Terrarium, in dem es saß, war viel zu klein und vollkommen falsch ausgestattet. Statt eines hohen, geräumigen Geheges, in dem das Tier hätte klettern können, war es in einer flachen, rechteckigen Plastikbox eingesperrt, die gerade einmal groß genug war, dass es sich umdrehen konnte. Der Boden war mit einer Schicht Zeitungspapier bedeckt, und es gab weder lebendige Pflanzen noch die dringend benötigten Kletteräste. Von einer UV-Lampe, die für die Gesundheit der Tiere unerlässlich war, ganz zu schweigen. Dem armen Kerl musste viel zu kalt sein. Zwar konnten Chamäleons kurze Zeit Temperaturen unter zehn Grad tolerieren, doch dann bestand immer die Gefahr von Erfrierungen.

»Kein Wunder, dass du so blass und lethargisch bist.« Vorsichtig setzte Cilian die elende Kreatur in eine größere Box um, die sie als Übergangslösung zumindest mit einem Handtuchboden ausgestattet hatten.

Weiter hinten auf dem Gelände entdeckten sie noch ein Minischwein, das apathisch zwischen verschimmelten Essensresten lag, und zwei Kaninchen in einem Stall, der kaum größer war als ein Schuhkarton. Alle drei wurden von einem zitternden Greyhound bewacht, dessen Eisenhalsband die zarte Haut am Hals wundgescheuert hatte. Was für ein großer Mist. Um irgendwas zu bewachen, war der alte Geselle längst zu schwach und außerdem auch gar nicht die richtige Rasse.

»Das ist … das ist einfach nur grausam«, murmelte Liam und kniete sich neben den Hund, um ihn genauer zu untersuchen.

»Grausam? Das hier ist Irland.« Cilian zog sein Handy aus der Tasche. »Der Tierschutz hier ist ein Witz. Ein schlechter noch dazu.«

Liam seufzte. Der Greyhound schmiegte sich an seine streichelnde Hand, als wollte er jedes bisschen Körperwärme in sich aufsaugen, das der Tierpfleger ihm geben konnte.

»Es ist vollkommen absurd. Irland hat eines der höchsten Bruttoinlandsprodukte pro Kopf in der gesamten EU, und trotzdem gibt es hier kaum staatliche Tierheime, und die paar, die existieren, sind ständig überfüllt. Weißt du, wann das letzte Mal jemand die Tierschutzgesetze überarbeitet hat?«

»Bevor Queen Victoria geheiratet hat?« Der kalte Wind stahl Liam den kläglichen Versuch, die Trostlosigkeit der Situation mit Humor abzumildern, direkt von den Lippen.

»Nicht ganz«, antwortete Cilian. »2013. Das war das erste Mal seit beinahe hundert Jahren, dass die Gesetzgebung zum Schutz der Tiere überhaupt reformiert wurde. Doch was helfen die schönen neuen Gesetze, wenn sich niemand daran hält? Vor allem in so ländlichen Gegenden wie hier im Westen kümmert sich so gut wie niemand um die Durchsetzung der Regulierungen.«

»Und da kann man gar nichts tun?«

Cilian zuckte mit den Schultern. »Du hast O'Connor gehört. Die staatlichen Tierheime sind überlaufen. Das Einzige, was hier hilft, sind private Gnadenhöfe und Pflegestellen, und die platzen genauso aus allen Nähten wie die staatlichen Einrichtungen.«

»Du musst Tiere wirklich lieben, wenn du trotzdem immer weiter zur Verfügung stehst, sobald du zu solchen Einsätzen gerufen wirst.«

Ja, so ein Einsatz war schon etwas anderes als die Routineimpfungen, Kastrations-OPs und Check-ups, mit denen Liam bisher als Cilians Assistent konfrontiert gewesen war. Selbst nach all den Jahren gab es Abende, da konnte Cilian nur mithilfe eines guten Schlucks Whiskey einschlafen. Hätte er wenigstens die Möglichkeit, den richterlichen Beschluss, der in seinem Auto lag, umzusetzen und die Tiere tatsächlich zu beschlagnahmen und in ein sichereres Zuhause zu überstellen, wäre es vielleicht etwas anderes. So, wie die Dinge lagen, blieb alles nur eine traurige Farce.

Es dauerte eine geschlagene Stunde, dann hatten sie alle Tiere eingesammelt. Die Kaninchen saßen zusammengedrängt in einer improvisierten Transportbox, das Minischwein schmatzte an einem Apfel, den Liam ihm zugesteckt hatte, und der Papagei kommentierte das Geschehen mit einem endlosen Schwall an kreativen Flüchen.

»Verdammte Pfützenschrubber! Mistklampen! Schafscherer auf Abwegen!« Der Ara gönnte sich kaum eine Pause, während immer neue Beschimpfungen seinen Schnabel verließen. »Eimerköpfe! Taugenichtsige Möwenfütterer! Was glotzt ihr so blöd?«

Liam zog die Augenbrauen hoch und versuchte, sich ein Lachen zu verkneifen. »Hat der eine Ausbildung auf einem Fischerboot gemacht?«

Cilian, der gerade die Transportbox mit den Kaninchen überprüfte, schnaubte leise. »Vielleicht war er in einem Hafenpub Stammgast. Das würde einiges erklären.« Trotz seiner schlechten

Laune zuckten seine Mundwinkel, als der Ara nahtlos fortfuhr: »Verdammte Deckschrubber! Ankerfresser!«

»Also, wenn wir den irgendwohin vermitteln wollen, brauchen wir jemanden mit einem dicken Fell. Wer will sich denn bitte ständig von diesem gefiederten Möchtegern-Seemann beschimpfen lassen?«

»Ein pensionierter Kapitän mit Humor?« Cilian schob sich die Schiebermütze aus der Stirn, doch der winzige Schimmer eines Lächelns blieb. »Wobei: Vielleicht behalte ich ihn einfach. Er hat mehr Charakter als so mancher Mensch, den ich kenne. Und er hat ein genauso sonniges Gemüt wie ich.«

Als hätte er jedes Wort verstanden, krächzte der Ara lautstark auf: »Möwenmist für euch alle!«

Cilian und Liam lachten. Froh über das, was sie geschafft hatten, zog Cilian die letzten Riemen der Ladefläche seines Pick-ups fest, trat zurück und verschränkte die Arme. »Jetzt heißt das große Rätsel natürlich: Wohin mit dem verdammten Zoo?« Eine Frage, die die Leichtigkeit, für die der Ara gesorgt hatte, augenblicklich unter ihrer Tragweite begrub.

»Ich ruf die Gnadenhöfe an.« Liam angelte sein Handy aus der Jackentasche.

»Viel Spaß.« Insgeheim machte Cilian sich wenig Hoffnung. Die Antwort würde ohnehin immer lauten: »Es tut uns schrecklich leid, aber wir haben keinen Platz.«

Kurze Zeit später hatten sie Sicherheit. Auch wenn Daideo immer das Gegenteil behauptete, Cilian war keinesfalls ein Zyniker und Pessimist. Sein Großvater wollte einfach nur den Tatsachen nicht ins Auge sehen: Cilian hatte in seinen fünfunddreißig Jahren auf dieser Erde genug erlebt, um realistisch zu sein.

Und auch heute bestätigte sich wieder, dass er mit seiner Einstellung recht hatte. Liam wählte sich die Finger wund, doch einer nach dem anderen lehnte ab. Jedes Mal, wenn sein Assistent wieder ein Gespräch beendete, schüttelte er frustriert den Kopf.

Nach dem zwanzigsten Versuch gab auch Liam auf. Mit verkniffener Miene drehte er sich zu Cilian um. »Also, was machen wir jetzt? Wir können sie nicht hierlassen.«

Cilian lehnte sich gegen die Ladefläche und starrte auf den grauen Horizont. In Momenten wie diesem bereute er fast, vor über zehn Jahren das Rauchen aufgegeben zu haben. Das beißende Gefühl von Tabak in den Lungen hatte ihm stets beim Denken geholfen.

»Wenn's gar nicht anders geht«, sagte er schließlich und stieß einen langen Seufzer aus, »hab ich eine Idee. Es ist nicht ideal, aber wie es aussieht, haben wir die Arschkarte gezogen, und in dem Fall ist eine schlechte Idee wohl besser als gar keine.«

Wie sehr sich Glensiveen seit ihrem letzten Besuch verändert hatte! Der Frühling in Irland hatte sie nicht gerade mit Wärme und Sonnenschein überschüttet, doch unter dem Regengrau waren überall Zeichen von neuem Leben zu sehen gewesen. Die Knospen der Weißdornbüsche hatten die Straßenränder rot getupft, aus den Steinmauern der Felder hatten die ersten Farne hervorgelugt, während in den Gärten die Narzissen in leuchtendem Gelb die Rückkehr des Lichts gefeiert hatten.

Nun stammte das einzige Leuchten von den unzähligen Lichterketten, mit denen die Straßen des Städtchens dekoriert waren. Es war gerade einmal halb sechs am Nachmittag, und die Sonne war schon untergegangen. Wie eine schwarze Decke spannte sich der Himmel über den Ort. Die Luft war kalt und klar und schmeckte nach dem Versprechen von Schnee. Auf dem Hauptplatz stand ein prächtig geschmückter Christbaum. Einen halben Block vor Eilis hastete eine Frau mit einem Kind an der Hand die Straße entlang. Beide waren dick eingepackt gegen die Kälte. Die Frau hatte es sichtlich eilig, das Kind wollte davon allerdings nichts wissen. Immer wieder blieb es stehen, streckte den Kopf in den Nacken und versuchte, mit der Zungenspitze die Feuchtigkeit aus der Luft zu schmecken, die sich noch nicht ganz zu Schneeflocken formte. Ein Laden am Ende der Straße hatte ein Dutzend rote Kerzen im Schaufenster aufgestellt, neben jeder stand ein Papierengel. Auch das Fenster daneben war beleuchtet, doch hinter dieser Scheibe befand sich kein Geschäft. Das Glas war mit einer Vielzahl von Schneeflocken besprüht, und im goldenen Schein des Feuers in einem offenen Kamin saß eine Familie beim Abendessen. Der jüngere Sohn ließ einen Santa-Schlitten aus Lego über die Teller fliegen, der ältere wischte auf seinem Handy herum. Lachend legten die Eltern die Köpfe in den Nacken, die Mutter nahm dem Kleineren das Spielzeug aus der Hand, und sie begannen mit dem Essen. In der Mitte des Tisches stand ein Adventsgesteck. Die Kerze auf dem Gesteck flackerte.

Eilis wandte sich ab. »Die nehmen Weihnachten hier alle aber sehr ernst«, murmelte sie und zog den Schal ein Stück enger um den Hals. Gestern war Halloween gewesen. Aus den Supermärkten kannte man das ja: Kaum verschwanden Kürbisse und Plastikskelette aus dem Regal, wurden sie von Mengen von Lebkuchen und Lametta ersetzt. Doch dass ein ganzer Ort direkt nach der Nacht der Gespenster und Untoten in Weihnachtsfieber verfiel, hatte sie nie erlebt. Ihr Herz machte einen Satz. Kein Wunder, dass sie so was noch nicht erlebt hatte! Schlagartig wurde ihr wieder bewusst, was das hier war: ein Neuanfang. Sie hatte es tatsächlich gewagt und es Nana gleichgetan. Mit nichts als dem Koffer, der hinter ihr über das Kopfsteinpflaster ruckelte, startete sie ein neues Leben als Buchhändlerin.

Sie schob die freie Hand in die Manteltasche. Dort, wo bei ihrem ersten Besuch in Glensiveen Nanas Zettel mit Malachys Adresse gesteckt hatte, fühlte sie jetzt den schweren Schlüssel, den sie von dem Notar bekommen hatte, bei dem sie den Mietvertrag für die Buchhandlung und die dazugehörige Wohnung im ersten Stock unterschrieben hatte. Noch immer war sie fest davon überzeugt, dass der Preis, den Malachy ihr für ihren Traum geboten hatte, weit unter dem Marktwert lag. Geld bedeute ihm wenig, hatte er ihr versichert. Seit zwanzig Jahren suche er jemanden, der seinen Laden mit derselben Liebe und Begeisterung weiterführe, mit der er sein Leben lang gearbeitet habe. Bis er sie kennengelernt habe, sei ihm niemand begegnet, dem er sein Lebenswerk hätte anvertrauen wollen. In Wahrheit wäre es also sie, die ihm einen Gefallen tat.

Vor ihr tauchte die Buchhandlung auf. Einen Moment lang blieb sie stehen. Seit dem letzten Hopser hatte sich ihr Herz nicht wieder beruhigt. Was, wenn alles ein Fehler war? Was, wenn sie sich doch übernahm? Das alles war so schrecklich schnell gegangen, sie hatte kaum Zeit zum Nachdenken gehabt. Was würde sie dafür geben, wenn wenigstens Nana oder Malachy mit ihr hier wären. Doch Malachy kämpfte seit ein paar Tagen mit einem Infekt und hatte sie daher weder zum Notar begleiten können, noch konnte er nun bei der Übergabe dabei sein. Was Nana betraf: Eine ganze Weile lang hatten sie überlegt, ob sie Eilis begleiten sollte, sich dann jedoch entschieden, dass es besser wäre, wenn Eilis erst einmal alleine vorausreiste. Sobald sie sich ein wenig in ihrer neuen Heimat eingelebt hatte, würde Nana sie besuchen kommen.

Dieser Gedanke war es, der ihr schließlich den Mut verlieh, den letzten Schritt auf die Tür zuzumachen. Auch wenn es sich gerade so anfühlte, sie war nicht allein. Sie hatte Nana, ein Haus voller Bücher und das Herz einer Löwin, zumindest sagte das Nana immer.

Mit einem Klicken sprang das Schloss auf, und die kleine Glocke über der Tür begrüßte sie wieder mit ihrem sanften Klingeln. Drinnen war es warm, und der Duft von Papier und Holz stieg ihr in die Nase. Der Raum war genau so, wie sie ihn in Erinnerung hatte: hohe Regale, die bis zur Decke reichten, schiefe Stapel von Büchern, der Lesetisch in der Mitte des Raums und …

»Landratte und Klabautermann!« Der gekrächzte Fluch riss sie aus den Gedanken. Sie zuckte zusammen und hatte sich noch nicht wieder beruhigt, da hörte sie ein zweites Geräusch, das definitiv nicht in eine leer stehende Buchhandlung gehörte.

Was war das? Sie überlegte noch, da erklang das Geräusch erneut. Es klang wie ein … Bellen? Nicht sonderlich laut und auch nicht wirklich bedrohlich, aber eindeutig real. Erst das Krächzen, jetzt das Bellen? Was war das hier? Beinah panisch drehte sie sich im Kreis, als plötzlich etwas Feuchtes, Kaltes ihre Hand berührte.

»Ah! Hilfe!« Sie schrie auf, fuhr herum, taumelte zurück und wäre fast gestürzt. Ihr Herz klopfte bis zum Hals, ihre Finger zitterten, und für einen Moment war sie sicher, dass etwas sie gleich beißen würde. »Alles gut, alles in Ordnung«, redete sie sich selbst zu, als sie begriff, dass es eine Hundeschnauze war, die da an ihr schnupperte. Neben ihr stand ein großer, klapperdürrer Hund. Er hatte einen Verband um den Hals. In der Dunkelheit der Buchhandlung konnte sie seine Fellfarbe nicht richtig erkennen, nur, dass es um seine Nase und die Augen deutlich heller war als am Rest des Körpers. Seine Ohren zuckten leicht, als er ihr Interesse für sich bemerkte. Langsam schwang der dünne, lange Schwanz hin und her. Sein Blick war wachsam, aber ruhig. »Bist du nett?«, schien er sie zu fragen. Unwillkürlich lächelte Eilis.

Vorsichtig kniete sie sich hin. »Und wer bist du?« Sie hielt ihm die Hand hin, ließ ihm jede Menge Zeit, sie zu beschnuppern. »Eigentlich habe ich nicht gedacht, dass mir Malachy direkt noch einen Hund mitvermietet.« Sie lachte nervös. War das ein Augenverdrehen? Sie könnte wetten, der Hund verdrehte die Augen, als wollte er antworten: »Warum stellst du mir Fragen, du weißt doch, dass ich dir nicht antworten kann.« Einen kurzen Moment lang gab der Hund ihr noch Zeit, ihn zu mustern, dann drehte er sich um und trottete zurück in die Ecke, aus der er gekommen war. Mit einem tiefen Seufzen kugelte er sich zu einem Kreis zusammen.

Ehe sie sich weiter wundern konnte, hörte sie ein leises Rascheln aus Richtung der Regale. Sie richtete sich auf, tastete nach einem Lichtschalter, fand aber keinen. Im Licht der Straßenlaternen und der Weihnachtsbeleuchtung, das von draußen durch das Schaufenster fiel, erkannte sie, dass sich etwas zwischen den Büchern bewegte. Sie trat näher, ihre Schritte lösten ein weiteres Rascheln aus. Sie konzentrierte sich so sehr auf die Geräusche, dass sie nicht darauf achtete, wohin sie trat. Ihr großer Zeh stieß schmerzhaft gegen etwas Hartes.

»Au!« Sie stolperte, versuchte mit einem Ausfallschritt nach vorne ihr Gleichgewicht wiederzufinden und stieß dabei einen der Bücherstapel um, der nahe der Tür aufgebaut war. »Mist! Fuck! Au! Scheiße!« Normalerweise war sie nicht der Typ zum Fluchen, aber diese Station schrie geradezu danach. Auf einem Fuß hüpfend tastete sie sich mit der Hand an der Wand entlang, bis sie endlich den Lichtschalter fand.

Die Deckenlampen flackerten auf, es dauerte eine Sekunde, bis ihre Augen sich an die plötzliche Helligkeit gewöhnt hatten, dann klärte sich die Szenerie um sie herum. Die Bücher, über die sie gestolpert war, mussten ursprünglich in dem Regal gewesen sein, das sich nun ihr gegenüber befand. Ein Regalbrett war komplett ausgeräumt und statt Büchern befand sich nun ein Terrarium darauf. Darin saß ein Chamäleon auf einem Kletterast und fixierte sie regungslos mit seinen kugelrunden Augen. Das Terrarium war perfekt ausgestattet: Äste, lebendige Pflanzen, eine UV-Lampe, die sanft flackerte. Warum war ihr das nicht schon beim Betreten der Buchhandlung aufgefallen?

»Wow, das sieht nach einem echten Palast aus. Dir geht's hier richtig gut, oder?«

Das Chamäleon blinzelte einmal, schien sie ansonsten jedoch nicht zu beachten. »Okay, okay, ich lass dich in Ruhe. Du legst offenbar keinen Wert auf eine Unterhaltung.«

Direkt neben dem Terrarium stand eine Voliere mit einem Papagei darin. Auch die schien den Ansprüchen des Vogels perfekt angepasst zu sein. Sie war groß und aus dunklem Metall gefertigt, mit dicken Ästen als Sitzstangen, einem Kletterseil, das sich von einer Seite zur anderen spannte, und einer hölzernen Schatztruhe am Boden, die als Futterstelle diente. Die Luxusbehausung stimmte den Vogel allerdings nicht gerade versöhnlich. »Landratte!«, schimpfte er mit krächzender Stimme, kaum, dass er Eilis' gewahr wurde. »Salzwasserschlucker! Plankengaffer!«

»Na, du freust dich ja, mich kennenzulernen.« Eilis wandte sich ab.

Als ihre weitere Inspektion der Buchhandlung ihr zwei frei herumhoppelnde Kaninchen und eine Mutterkatze mit vier Jungen offenbarte, war sie schon kaum noch überrascht. Ihr Hirn hatte sich abgeschaltet, zu absurd waren die Eindrücke, die auf sie einprasselten. Gut, den Tieren schien es so weit gut zu gehen. Die Wurfkiste der Katze war sorgfältig mit Decken ausgelegt, die Kätzchen lagen eng an ihre Mutter gedrängt und schienen zufrieden zu schlafen. Den Kaninchen hatte jemand in einer abgetrennten Ecke der Buchhandlung ein eigenes Reich eingerichtet. Dort gab es jede Menge frisches Heu, eine Schüssel mit Gemüseschnitzen und einen Napf mit Wasser. Eine Plastikwanne mit Holzspänen diente als Kaninchentoilette und Holzhäuser als Versteck. Wenn sie wollten, konnten sich die Mümmelmänner dorthin zurückziehen, wenn nicht, stand ihnen die gesamte Buchhandlung als Auslauf zur Verfügung. Ein Angebot, das sie nur allzu gerne annahmen. Sie hoppelten zwischen den Regalen umher, als wären sie längst die eigentlichen Besitzer des Ladens. Weder die Katze mit ihren Jungen noch den altersschwachen Hund schien das zu kümmern.

Eilis schlang die Arme um sich. Das war nicht normal. Überhaupt nicht. Die Tiere waren süß, ja, und es sah aus, als hätte sich jemand gut um sie gekümmert – aber was zum Teufel hatten sie in der Buchhandlung zu suchen? Ihr Herzschlag beschleunigte sich, die vertraute Wärme des Ladens, die sie beim Eintreten gespürt hatte, wich einer flatternden Enge hinter ihrem Brustbein.

»Okay«, murmelte sie. »Das ist … das ist nicht normal.« Sie trat einen Schritt zurück, stieß dabei mit der Ferse an den Lesetisch und zuckte zusammen.

Eine Bewegung im Augenwinkel lenkte ihre Aufmerksamkeit zurück auf das Terrarium im Regal. Immer noch regungslos saß das Chamäleon auf seinem Kletterast und beobachtete sie mit einem abschätzigen Blick aus diesen unmöglich runden Augen. Wer hatte dieses Gehege so perfekt eingerichtet? Das alles hier sah nicht aus wie ein Streich. An jedem Detail ließ sich erkennen, dass sich jemand Mühe gegeben hatte, um es den Tieren in der Buchhandlung so angenehm wie möglich zu machen. In der Buch-hand-lung. Wer machte so was? Malachy hatte bei ihren Telefonaten nicht ein einziges Wort von all dem erwähnt.

Eilis zwang sich, tief durchzuatmen. »Das ergibt keinen Sinn.« Sie hörte ihre Stimme zittern. Wie zur Antwort hörte sie ein dumpfes Grunzen. Ein. Grunzen. Weder Katzen noch Hunde noch Kaninchen oder ein Chamäleon grunzten. Gut, Letzteres konnte sie nicht mit absoluter Sicherheit sagen. Sie hatte keine Ahnung, was für Geräusche Chamäleons von sich gaben, oder ob sie überhaupt irgendwelche Geräusche machten. Wenn, da war sie sich allerdings ziemlich sicher, war es bestimmt kein Grunzen. Ihr Blick ruckte zur Hintertür des Ladens. Von dort ging es in einen Innenhof, das wusste sie von den Grundrissen, die der Notar ihr zur Verfügung gestellt hatte. Von dort war auch das Grunzen gekommen. Eine Vorahnung packte sie. Wenn sie wissen wollte, was sich hinter dieser Tür befand, musste sie nachsehen.

»Komm schon, Eilis«, redete sie sich selbst gut zu. »Es ist nur eine Tür. Eine Tür in deinem Laden. Deinem! Laden!« Ihre Stimme klang dünn. So überzeugte sie nicht einmal sich selbst.

Zitternd griff sie nach der Klinke und drückte sie herunter. Augenblicklich schlug ihr die kalte Nachtluft entgegen. Sie straffte die Schultern und trat hinaus in den Hinterhof. Es überraschte sie kaum noch, dass sie dort zwei Verschläge vorfand. Im ersten lag ein Minischwein mit cremeweißem Fell und dunklen Flecken, die wie zufällig über seinen rundlichen Körper verteilt waren. Es kaute genüsslich auf einem Apfel, während seine kleinen, glänzenden Augen ihr schelmisch zuzwinkerten.

»Natürlich«, murmelte sie. »Warum auch nicht? Natürlich hat mir gerade noch ein Schwein gefehlt.«

Im zweiten Stall stand ein Esel, der sie mit gesenktem Kopf und schlaff nach hinten gelegten Ohren beobachtete. Der Boden war mit dicken Gummimatten ausgelegt, die die Feuchtigkeit fernhielten, und darüber lag eine großzügige Schicht sauberes Stroh. Eine Heuraufe an der Wand war bis zum Rand gefüllt, daneben hing ein Eimer mit frischem Wasser, der kaum angerührt wirkte. Über dem Verschlag spannte sich eine Plane, die Schutz vor Wind und Regen bot, und eine kleine Lampe strahlte sanftes, warmes Licht aus, das die Umrisse des Tieres weichzeichnete. Als Eilis nähertrat, hob der Esel kurz den Kopf, schnaufte leise und senkte ihn dann wieder, als wollte er sagen: »Ich bin müde, aber danke, dass du da bist.«

Die Panik, die sie bisher versucht hatte zu unterdrücken, ergriff sie endgültig. Sie drehte sich um und rannte zurück in den

Laden. Mit Schwung schlug sie die Tür hinter sich zu, dann lehnte sie sich mit dem Rücken gegen das Holz und atmete. Ein. Aus. Ein. Aus. Ein paar Mal wiederholte sie das Ganze, gönnte sich den simplen Luxus, für einige Momente nichts weiter zu tun als zu sein.

Ihr Herz pochte so laut, dass sie dachte, jedes einzelne Exemplar der Tiermenagerie müsste es hören. Sie wartete, bis sie sich ein wenig beruhigt hatte, dann griff sie nach ihrem Handy. Dabei zitterten ihre Finger so stark, dass es ihr erst beim dritten Versuch gelang, Malachys Nummer zu wählen.

Er nahm nach dem ersten Klingeln ab. »Eilis! Bist du gut angekommen?«

»Gut angekommen?« Ihre Stimme überschlug sich. »Malachy, was ist hier los? Warum … sind Tiere in der Buchhandlung? Ein Hund, ein Esel, Kaninchen, eine Katze mit Jungen, ein Schwein und ein Chamäleon. Ein Cha-mä-le-on, Malachy!«

Er lachte. Es klang etwas nasal von seinem Schnupfen, doch den Humor hatte seine Erkältung ihm offenbar nicht geraubt. »Ein Chamäleon? Das klingt ja spannend.«

»Spannend? Das ist nicht spannend, das ist total absurd!« Ihre Stimme wurde lauter, und sie versuchte, wieder ruhiger zu atmen. »Ich habe keine Ahnung von Tieren, Malachy. Ich meine, ich habe ja nicht mal eine echte Ahnung vom Führen einer Buchhandlung – aber dazu habe ich mich entschieden. Ich dachte, ich sei bereit. Da war allerdings nicht die Rede von einem Zoo.« Sie fuhr sich durch die Haare. Von der Kälte draußen waren sie immer noch klamm. Noch nicht einmal eine halbe Stunde war sie in ihrem neuen Leben, und schon hatte sie das Gefühl, vollkommen die Kontrolle verloren zu haben.

»Beruhige dich, Kindchen«, sagte er mit einer so unerschütterlichen Gelassenheit, dass sich ein Funken Wut in die Hysterie mischte, die sie nur mit Mühe zurückhielt. Nahm er sie überhaupt ernst?

Er fuhr fort. »Ich habe übrigens auch keine Ahnung von Tieren. Du bist dir ganz sicher, dass sie in der Buchhandlung sind, ja?«

Statt zu antworten, schnaubte sie, was für sich genommen Antwort genug war.

Das schien auch Malachy zu begreifen. »In Ordnung, in Ordnung. Hör zu: Ich kümmere mich darum, ja? Du hattest eine lange Reise, oder? Geh in die Wohnung, leg dich hin, ruh dich aus. Ich werde das klären und mich melden.«

Eilis rieb sich die Schläfen. »Malachy, ich weiß nicht, ob ich …« Sie hielt inne, als sie hörte, wie er einen leisen Ton von sich gab, fast so etwas wie ein amüsiertes Summen.

»Alles wird gut, Eilis. Ich verspreche es dir.« Bevor sie noch etwas sagen konnte, legte er auf.

Sekunden vergingen, während sie auf das Handydisplay starrte. »Alles wird gut? Dass ich nicht lache.« Es war zum aus der Haut Fahren. Dieser Mann hörte von dem absoluten Chaos, und das Erste, was er dachte, war: Wie schön! Was für eine spannende Herausforderung! Kein Wunder, dass Nana und er auf derselben Wellenlänge schwammen.

Kaum ließ die akute Aufregung nach, spürte Eilis ihre Erschöpfung. In einem hatte Malachy nämlich recht: Sie hatte eine lange Reise hinter sich und sie war müde. Sie raffte sich auf, fischte ihren Koffer aus dem Chaos in der Buchhandlung und begab sich zu der Tür, die zu der versteckten Treppe führte, über die man die Wohnetage des Hauses erreichte. Was auch immer das hier war – es würde bis morgen warten müssen. Oder zumindest, bis Malachy beschloss, seine ominösen Pläne mit ihr zu teilen.

Cilian ließ die Tür hinter sich ins Schloss fallen und rieb sich mit einer Hand übers Gesicht. Seine Schultern und Arme fühlten sich an, als hätte er den ganzen Tag Säcke voller Zement geschleppt. Was für ein Tag! Tiere aus Zirkuswinterquartierruinen zu retten, war verdammt anstrengend. Einladen, ausladen, einladen, ausladen. Gleich mehrmals hatten die Zirkustiere heute ihr Gefährt wechseln müssen. Bevor Liam und er das traurige Dutzend irgendwo hatten unterstellen können, hatte er die elenden Kreaturen erst einmal eingehend untersuchen müssen. Das funktionierte nur, wenn er die Boxen erst in den Jeep hob, dann aus dem Jeep, dann die Tiere aus der Box auf den Untersuchungstisch und nach der Behandlung alles noch mal in umgekehrter Reihenfolge. Um ihr Übergangsquartier annähernd akzeptabel zu gestalten, hatte es weiterer Anstrengungen bedurft. Zwar hatte er keinen Zement geschleppt, dafür Holzleisten, einen Heuballen, Bodengummimatten und ein Terrarium. Außer als Tierarzt hatte er sich an diesem Tag als Zimmermann, Tierpfleger und Glaser betätigt. Seine regulären Patientenbesuche hatte er erst am Nachmittag absolvieren können. Mittlerweile war es nach sechs und er seit über zwölf Stunden ununterbrochen unterwegs.

Seine Wohnung begrüßte ihn mit eisiger Stille. Vor ein paar Jahren, als seine Einkünfte endlich ein Level erreicht hatten, dass er nicht mehr jeden Cent umdrehen musste, hatte er mit dem

Gedanken gespielt, sich ein eigenes Haus zu kaufen. Doch je mehr er darüber nachgedacht hatte, desto mehr war es ihm wie eine Verschwendung vorgekommen. Warum brauchte er ein eigenes Haus? In mehr als einem Raum gleichzeitig konnte er ohnehin nicht sein, und außer mit dem ein oder anderen Pflegetier auf Zeit teilte er sein Heim mit niemandem. Daideo nannte das eine traurige Existenz, doch in diesem Punkt täuschte sich sein Großvater. Cilian tat, was er tun konnte, um die Welt ein Stück besser zu machen. Mit Menschen hatte er sich schon immer schwergetan. Fehlendes Urvertrauen, hatte eine ehemalige Flamme mal diagnostiziert. Das war bei ihrem letzten Date gewesen. Nach dieser Behauptung hatte Cilian kein Bedürfnis mehr nach einer weiteren Verabredung gehabt. Ob die Annahme der guten Frau zu absurd oder zu zutreffend gewesen war, wollte er sich lieber nicht fragen. Es machte ja auch keinen Unterschied. Bei Tieren war er sich wenigstens sicher, dass sie seine Gesellschaft verdienten.

Nach einiger Suche hatte er sich schließlich für diese Mietwohnung entschieden. Sie befand sich im rechten Teil eines alten Hauses mit Strohdach und weiß getünchten Wänden, das an einer schmalen, kaum gepflasterten Straße ein wenig abseits des Ring of Kerry lag. Die andere Haushälfte bewohnte ein junges Paar mit einer kleinen Tochter. Wenn Cilian und seine Nachbarn sich trafen, grüßten sie einander freundlich, doch das kam nicht wirklich oft vor. Die meisten Tage hielt sein Job ihn von morgens bis abends auf den Beinen, und wenn er nach Hause kam, wollte er einfach nur seine Ruhe haben.

Er warf die Jacke über einen Stuhl neben der Tür, schlüpfte aus seinen Gummistiefeln und ging barfuß in die Küche. Die

Holzdielen des Bodens knarrten leise unter seinen Schritten. Auf dem Couchtisch stapelten sich Fachzeitschriften und ein zerknickter Tiermedizin-Katalog. Eine Topfpflanze in der Ecke – ein einmaliger Versuch, etwas Persönlichkeit in seine Wohnung zu bringen – hatte den Kampf gegen Vernachlässigung längst aufgegeben. Home, sweet home, dachte er zähneknirschend.

Der Einzige, der ihn begrüßte, war sein Kühlschrank. Das leise Summen füllte die Küche. Drinnen herrschte allerdings gähnende Leere. Ein halb leeres Senfglas, eine Packung Käse, deren Haltbarkeitsdatum letzten Monat abgelaufen war, und eine traurige Plastikschale mit vegetarischer Mikrowellenlasagne. Mit einem resignierten Seufzen griff er nach der Lasagne und stellte sie in die Mikrowelle. Während das Gerät surrend die Mahlzeit erwärmte, ließ er sich auf einen Küchenstuhl fallen. Sein Blick wanderte zum Fenster. In den Regen mischten sich erste Schneeflocken. Wie winzige Sterne tanzten sie durch das Schwarz der Nacht.

Müde ließ er den Kopf in die Hände sinken. Die Bilder des Tages flackerten vor seinem inneren Auge: das Chamäleon in dem viel zu kleinen Terrarium, der zitternde Greyhound mit der vom Halsband wundgescheuerten Kehle, die beiden Kaninchen, deren Stall kaum groß genug für eines war. Reinem Glück war es zu verdanken gewesen, dass Aiden, ein befreundeter Hufschmied, kurzfristig Zeit gehabt hatte, um die Hufe des Esels auszuschneiden. Wie befürchtet hatten sie dabei ein Hufgeschwür entdeckt. Sorgfältig geöffnet, gereinigt und mit antiseptischer Paste behandelt, konnte es jetzt heilen. Mit zärtlichen Nasenstupsern und sachtem Schnauben hatte sich der Esel anschließend bei Cilian bedankt und dabei so erleichtert gewirkt, dass Cilian mit den Tränen hatte kämpfen müssen. Auch der Greyhound hatte sich wider Erwarten nicht gegen seine Behandlung gewehrt. Die Wunde an seinem Hals war jetzt sauber, desinfiziert und von einem weichen Mullverband geschützt. Dem Chamäleon hatten sie am meisten mit einer UV-Lampe und einem korrekt ausgestatteten Terrarium helfen können. Mit ein bisschen Wärme und Ruhe würde es sich wahrscheinlich erholen. Am nervenaufreibendsten war die Not-OP bei dem braunen Kaninchen gewesen, dessen entzündetes Auge er nicht hatte retten können. Er hatte das Auge entfernt, die Wunde vernäht und das Tier aus der Narkose geholt. Kaum war es wieder wach, knabberte es an einer Handvoll Wiesenheu. Tierärzte konnten heilen – ja, manchmal. Aber die Ungewissheit, was aus diesen Geschöpfen werden sollte, nagte weiter an ihm. Den ganzen Tag lang hatte er versucht, Lösungen zu finden. Es war ein purer Glücksfall, dass Daideo vor Kurzem beschlossen hatte, die Buchhandlung aufzugeben, sonst hätte er die Tiere gar nicht unterbringen können. Trotzdem war die Lösung bestenfalls provisorisch.

Die Mikrowelle piepte, und Cilian schleppte sich zu dem Gerät. Die Lasagne war heiß, aber sie roch ein wenig tranig und sauer. Lustlos schob er sie auf einen Teller, setzte sich zurück an den Tisch und nahm einen ersten Bissen. Der Geschmack passte exakt zu seinem bisherigen Tag.

Gerade als er überlegte, ob er sich wenigstens ein Bier gönnen sollte, klingelte das Telefon. Mit einem unwilligen Brummen griff er nach dem Hörer. »Cilian Kavanagh?«

»Cilian Kavanagh, hier ist Malachy Kavanagh!« Die Stimme seines Großvaters klang so fröhlich wie immer. Ein paar Tage lang hatte sich Cilian ernsthaft Sorgen um die Gesundheit seines Großvaters gemacht, doch mittlerweile war er wieder auf dem

Weg der Besserung und hatte offenbar seinen Humor wiedergefunden. »Sag, hast du Lust auf eine kleine Anekdote?«

»Momentan habe ich eher Lust auf eine heiße Lasagne.« Er schob einen dampfenden Bissen in den Mund. Wenn er nicht zu sehr auf den Geschmack achtete, war es gar nicht so übel.

Natürlich ließ Daideo sich nicht von Cilians Protest aufhalten. »Es ist nämlich etwas wirklich Seltsames passiert, und da wollte ich nachfragen, ob nicht du zufällig eine Erklärung dafür hast, dass meine ehemalige Buchhandlung plötzlich aussieht wie der Streichelzoo vom Jahrmarkt?«

Cilian erstarrte. »Woher weißt du das?«

»Glensiveen ist klein, Junge. Die Wände haben Ohren, und Menschen haben Augen.« Malachy lachte leise. »Du kannst dir sicher vorstellen, wie überrascht die neue Pächterin war, als sie die Tür aufgeschlossen hat. Ein kleiner Kulturschock, könnte man sagen.«

»Welche neue Pächterin? Ich dachte, die Buchhandlung stünde leer. Du hast nie gesagt, dass du sie verpachtet hast.« Ein Kribbeln wie von Ameisen auf seiner Haut brachte die feinen Härchen in seinem Nacken dazu, sich aufzustellen. Sein Großvater mochte sechsundneunzig Jahre alt sein, aber er war ein gewiefter alter Fuchs. Niemals im Leben hatte er einfach vergessen, Cilian zu erzählen, dass er nach zwanzig Jahren Suche endlich eine würdige Nachfolge für seinen geliebten Laden gefunden hatte.

»Ich habe sehr wohl gesagt, dass ich mich nach Interessenten umschaue.«

»Aber nicht, dass jetzt jemand dort wohnt!« Er ließ die Gabel zurück auf den Teller sinken. »Warum erfahre ich so was immer als Letzter?«

»Weil du nie fragst.« Malachys Lachen drang durch den Hörer. »Und weil du sowieso nie mit irgendwas einverstanden bist, was ich tue.«

»Vielleicht, weil deine Pläne meistens absurd sind. Ich erinnere dich nur an das Date mit dieser Tierkommunikatorin, zu dem du mich gezwungen hast. Die meinte tatsächlich, in meinem Körper wohne die Seele eines traumatisierten Ziegenbocks.«

»Deidre ist eine liebenswerte Frau mit beneidenswerter Fantasie. Und sie liebt Tiere. Da dachte ich …«

Cilian schloss die Augen und lehnte sich auf dem Stuhl zurück. »Das mag ja sein, aber warum erfahre ich erst, dass du die Buchhandlung verpachtet hast, wenn …« Er brach ab und ließ den Satz im Raum stehen, wohl wissend, dass Malachy die Lücke füllen würde.

»… wenn eine wundervolle junge Frau, die gerade versucht, ihr Leben neu zu ordnen, in ihrer neuen Arbeitsstätte von Kaninchen, Papageien und einem Chamäleon begrüßt wird?« Malachy schnaufte dramatisch. »Ja, mein Junge, das war sicher nicht der beste Empfang.«

»Es ist nur ein Papagei.«

Malachy schnalzte mit der Zunge.

»Es ist nur eine Übergangslösung, okay?« Cilian spürte, wie seine Wangen heiß wurden. »Ich hatte keine andere Wahl. Die Tiere mussten irgendwohin, es war ein Notfall.«

»Und ausgerechnet meine Buchhandlung war das einzig geeignete Notquartier?« Malachys Ton war jetzt so belustigt, dass Cilian fast bereute, überhaupt ans Telefon gegangen zu sein. »Du bist ein kreativer Kopf, das muss ich dir lassen.«

»Hör zu, das bleibt nicht so. Ich kläre das morgen. Versprochen.«

»Das hoffe ich doch.« Malachys Stimme wurde sanfter. »Die junge Dame ist wirklich ein Goldstück, Cilian. Du wirst dich sehr freuen, sie kennenzulernen.«

»Ach, komm schon, Daideo. Fang nicht schon wieder damit an.« Seufzend schob Cilian den Teller von sich. Der Appetit auf Mikrowellenlasagne war ihm endgültig vergangen. Die Art von Wärme, nach der er sich sehnte, würde er nicht von einem Fertiggericht bekommen. Ebenso wenig wie von Daideos Versuchen, ihn endlich unter die Haube zu bringen. Cilian wüsste es wirklich zu schätzen, wenn sein Großvater seine Tätigkeit als Matchmaker auf Nicht-Familienmitglieder beschränken würde. »Ich brauche keine romantischen Belehrungen, und ich lasse mich erst recht nicht verkuppeln.«

»Wer redet denn von verkuppeln?« Malachy lachte leise. »Ich sage nur, du solltest dich mit ihr zusammensetzen. Sie hat ein Recht darauf, ihr neues Leben so zu beginnen, wie sie es sich vorgestellt hat. Ohne, sagen wir, Überraschungsgäste.«

Cilian schloss die Augen. Resigniert schüttelte er den Kopf. Die Wut auf die unmöglichen Umstände, die ihn durch den Tag getragen hatte, war verraucht. Alles, was geblieben war, war eine Erschöpfung, die bis ins Mark ging. Natürlich hatte Malachy recht, aber der Gedanke, sich mit dieser *wundervollen jungen Frau* auseinandersetzen zu müssen, zehrte schon jetzt an seinen Nerven. »Und wie heißt dieses Goldstück?«

»Eilis.« Malachys Antwort kam prompt. »Eilis McCarthy, und sie ist klug, freundlich und viel zu gut, um sich von deinem Zoo abschrecken zu lassen. Trotzdem, Junge – klär das. Morgen.«

»Schon gut, schon gut.« Cilian stieß einen langen Seufzer aus. »Ich verspreche es.«

»Das ist mein Junge.« Malachy klang zufrieden. »Schlaf gut, Cilian.«

Als die Leitung unter einem leisen Klicken verstummte, blieb Cilian noch einen Moment am Tisch sitzen. Eilis. Der Name hallte in seinem Kopf wider. Sein Großvater konnte ihm viel erzählen, aber Cilian ahnte, dass hinter Malachys geheuchelter Unschuld mehr steckte. Er sah die Hochzeitsglocken förmlich vor sich, die in Daideos Ohren klangen. Wenn es um die Liebe ging, war der alte Mann stets fest davon überzeugt, dass die Welt in einem Märchen endete.

3

Blinzelnd schlug Eilis die Augen auf. Durch die Vorhänge ihres Schlafzimmers fielen die ersten Lichtstrahlen des neuen Morgens. Sie gähnte, zog die Bettdecke enger um sich und genoss für einen weiteren Augenblick die Ruhe. Der Sturm war noch nicht ganz abgeklungen; der Wind zerrte an den Fensterläden und ließ die Struktur des Hauses ächzen. Doch hier drinnen war es warm und still. Beinahe konnte sie sich einreden, das Chaos, in dem sie die Buchhandlung gestern vorgefunden hatte, sei nur ein Traum gewesen. Ein Streich ihres Unterbewusstseins, das sie davor warnen wollte, eine Dummheit zu begehen und alles, was ihr vertraut war, hinter sich zu lassen, um künftig einen Buchladen in einem kleinen Städtchen in Irland zu führen. In Wahrheit lag sie wahrscheinlich in ihrem Bett in Chicago. Gleich würde der Wecker klingeln und sie zurück in die Realität holen. Ein weiterer Tag zwischen Akten und endlosen Meetings, in denen jeder am liebsten sich selbst reden hörte, würde auf sie warten, und am Abend wäre sie zwar müde, aber von einer solch inneren Leere erfüllt, dass sie kaum schlafen konnte. Fast glaubte sie sich selbst.

Der Duft von altem Holz und einer Spur Meeresluft, der durch die Ritzen der Fenster sickerte, holte sie in die Wirklichkeit zurück. Nein, sie war definitiv nicht in Chicago. Sie war in

Glensiveen, und der Buchladen samt allem, was sich außer Büchern sonst noch darin befand, erwartete sie.

Mit einem Seufzen rollte sie sich aus dem Bett. Ihre nackten Füße berührten den kalten Steinboden. »Uah.« Schnell zog sie die Füße zurück auf die Matratze. Hatte sie gestern nicht daran gedacht, ihre Hausschuhe auszupacken? Suchend sah sie sich um. Keine Hausschuhe. Auch gut. Dann musste sie sich eben mit den Socken aus dem Klamottenstapel neben dem Bett behelfen. Das hier war nun mal kein supermodernes Großstadtapartment mit Klimaautomatik, Fußbodenheizung und Dreifachfensterverglasung. Das hier war eine Wohnung in einem Haus, das ganze Generationen von Menschen vor Sturm und Wetter geschützt hatte, und jede von ihnen hatte ein Stück ihrer Persönlichkeit in diesen vier Wänden hinterlassen.

Herausgekommen war ein Hort der Gemütlichkeit. Das Schlafzimmer war zwar klein, aber genau wie Eilis es sich vorgestellt hatte: mit Holzbalken an der Zimmerdecke, ockerfarbener Blümchentapete an den Wänden und einem antiken Bettgestell, das mit einer Decke aus dicker Wolle überzogen war. Gegenüber vom Bett stand ein massiver Kleiderschrank, dessen Oberfläche die Patina von Jahrzehnten mattierte. Als sie mit den Fingern über das Holz strich, blieb ein leichter Staubfilm zurück.

Vorsichtig öffnete sie die Schranktür, spähte ins Innere. »Kein Tiger im Schrank.« Sie grinste schief. Nach dem Fiasko von gestern hatte sie fast erwartet, dass sich irgendein exotisches Tier darin verstecken würde.

Strumpfsockig tappte sie weiter in die angrenzende Küche. Hier war die Atmosphäre ähnlich urig: eine gemauerte Nische beherbergte den Herd, und die Schränke aus hellem Holz schienen handgefertigt zu sein. Über der Spüle ermöglichte ein kleines Fenster den Blick auf die Straße. Von hier aus konnte sie über die Dächer der niedrigen Vorderhäuser sehen, deren Kamine dunkle Rauchwolken in die Morgenluft pusteten. Hinter den Häusern lag der Hafen. Einige Fischerboote schaukelten weiter draußen auf dem Wasser, ihre Silhouetten von der aufgehenden Sonne beleuchtet. Rechts der Kaimauer, etwas entfernt, zeichnete sich der Sandstrand ab, der sich entlang der Küste zog und nur durch die Klippen von den Feldern am Stadtrand getrennt wurde. Mit der Stirn lehnte sich Eilis gegen die kühle Fensterscheibe. Der Anblick war so idyllisch. Der Gedanke an den Buchladen und seine unerwarteten Bewohner war weit weg, verdrängt von dem milchigen Weiß des Morgens und dem friedlichen Bild, das sich ihr bot. Glensiveen war wie aus einer anderen Zeit, zu schön, um wahr zu sein. Natürlich hatte bei ihrer Ankunft etwas schiefgehen müssen. Alles im Leben hatte seinen Preis, sagte Nana immer. Ohne Ecken und Kanten gab es keine wahre Schönheit.

Sich einen Ruck gebend, riss sie sich vom Fenster los. In einem der Oberschränke fand sie einen Kessel und setzte Wasser für Tee auf. Mit einer dampfenden Teetasse in der Hand trat sie wenig später in die offene Wohndiele, die die Verbindung zwischen ihrer Wohnung und der Buchhandlung darunter bildete. Die Treppe, die hinunterführte, war alt und schmal, ihre Holzstufen glattpoliert von den unzähligen Füßen, die sie im Laufe der Jahrzehnte benutzt hatten. Im Morgenlicht wirkte die Diele fast magisch. Eine gemütliche Sitzecke mit einem abgewetzten Ledersessel stand an der Wand, daneben ein kleiner Tisch mit einer Leselampe. Auf einem alten Wandregal waren Bücher gestapelt, als hätten sie hier schon immer auf Leser gewartet.

»Hier bin ich«, murmelte sie leise und trat auf das Regal zu. »Jetzt müsst ihr nicht mehr warten und allein sein.« Gerade wollte sie sich eines der Bücher herausziehen, da klingelte ihr Handy. »Nana«, las sie auf dem Display. Ihr Herz setzte für einen Schlag aus, dann raste es davon. Wenn es in Irland Morgen war, war es in Chicago mitten in der Nacht! Sie nahm das Gespräch an. »Nana, ist irgendwas passiert?«

Das raue Lachen ihrer Großmutter drang durch die Leitung und legte sich augenblicklich beruhigend auf ihre Nerven. »Aber nein, Liebes. Warum soll etwas passiert sein?«

»Bei dir ist es mitten in der Nacht.«

Wieder dieses Lachen. Ihr Puls beruhigte sich, und Eilis konnte sich endlich ganz auf das Gespräch konzentrieren.

»Und? Meinst du, ich weiß nicht, wie man einen Wecker bedient?«, neckte Nana sie. »Ich muss doch wissen, wie es meinem Goldstück nach der ersten Nacht im neuen Zuhause geht. Hast du gut geschlafen? Wie ist es da oben? Hat alles mit der Wohnungsübergabe geklappt?«

Eilis lächelte. Ihre Großmutter klang wie immer, voller Energie und doch mit einer Wärme, die sie nur von Nana kannte. »Es ist schön.« Gedankenverloren strich sie mit dem Zeigefinger über die Buchrücken. »Die Wohnung ist genau das, was ich mir erhofft habe. Urig, gemütlich, irgendwie wie ein sicherer Kokon. Besonders jetzt, wo es draußen so stürmt.«

»Das klingt herrlich. Und die Buchhandlung? Hast du schon angefangen, sie dir einzurichten?«

»Äh, nicht direkt.« Eilis zögerte. Sollte sie Nana erzählen, dass Malachys Buchhandlung momentan eher an einen Streichelzoo erinnerte als an einen Ort für Leseratten? Sicher würde Nana sich dann Sorgen machen. Im schlimmsten Fall würde sie die Dinge selbst in die Hand nehmen und mit dem nächsten Flieger von Chicago nach Dublin reisen. Dann wäre nicht nur Eilis in dieser vertrackten Situation gefangen, sondern ihre Großmutter auch. Genau deshalb hatten sie doch entscheiden, dass Eilis zunächst einmal allein nach Kerry reisen würde. Ihre Nana sprühte zwar immer noch vor Lebensfreude, aber sie war sechsundachtzig Jahre alt. Ein Alter, in dem man Stress und Unsicherheit weniger leicht wegsteckte als in Eilis' Alter. Andererseits wollte sie Nana nicht belügen. Während sie überlegte, was sie tun sollte, fiel ihr Blick durch das Fenster neben der Treppe auf eine Gestalt auf der Straße. Der Gang des Mannes war zielstrebig, die breiten Schultern straff, als befände er sich auf einer Mission. Eilis legte den Kopf schräg, um einen besseren Blick zu bekommen, da brach die Wolkendecke über Glensiveen auf. Ein einzelner Sonnenstrahl schoss durch die Lücke und malte eine leuchtende Linie auf das nasse Kopfsteinpflaster, die sich genau zwischen ihr und dem Fremden spannte. Der feine Schattenwurf betonte sein Profil: die markante, leicht gebogene Nase, das kräftige Kinn, die hohen Wangenknochen, die unter einem im Sonnenlicht Gold schimmernden Bartansatz hervorstachen. Sein Haar hatte dieselbe Farbe wie der nasse Sand am Strand und fiel in leichten Wellen, die der Wind in Bewegung hielt.

Eilis schluckte. Ihr Herz schlug plötzlich schneller, als sie realisierte, dass dieser Mann nicht einfach nur durch Glensiveen spazierte. Nein, er ging schnurstracks auf die Buchhandlung zu. Ihr Blick war an ihn gefesselt, ein Prickeln lief ihr über die Arme. Was wollte er hier? Und warum fühlte sich das so bedeutungsvoll an? Mit jedem Schritt, den er näherkam, schien die Luft um sie herum dichter zu werden. Die Vorstellung, dass sie ihn jeden Moment von Angesicht zu Angesicht sehen würde, ließ ihr Herz in einem Tempo hämmern, das sie kaum kontrollieren konnte. Fast hätte sie sich gewünscht, die Zeit anhalten zu können, um ihre Gedanken zu ordnen – aber da tauchte er schon unter den Türsturz der Buchhandlung.

Ein Räuspern ihrer Großmutter riss sie aus ihrer Betrachtung. Hatte Nana ihr eine Frage gestellt? Wenn ja, musste die Antwort warten.

»Nana, ich muss dich später zurückrufen.«

»Oh? Alles in Ordnung?«

Unter sich hörte sie Schritte. Der Fremde musste die Buchhandlung betreten haben.

»Ja. Ja, ich muss nur … ich muss Schluss machen.« Hektisch legte sie auf. Durch den Fußboden hörte sie den Hund bellen, gemurmelte Worte, dann verstummte das Tier. Ihr blieb nicht viel Zeit. Sie konnte nicht sagen, warum, aber auf einmal war sie sich absolut sicher, dass dieser Mann auf dem Weg zu ihr war. Höchstwahrscheinlich hatte Malachy ihn geschickt. Sie stürmte zurück ins Schlafzimmer, wühlte im Koffer. Etwas Passenderes als einen Hoodie fand sie auf die Schnelle nicht. Ein Blick in den Spiegel verriet ihr, dass ihre Haare wild vom Kopf abstanden, aber dagegen konnte sie jetzt nichts machen. Sie schnappte sich ihre Zahnbürste, rannte ins Bad, putzte sich die Zähne in Überschallgeschwindigkeit und spuckte gerade den Schaum ins Waschbecken, da hallte eine Männerstimme durch die Wohnung.

»Hallo? Miss McCarthy? Sind Sie da?«

Sie schloss kurz die Augen, atmete tief durch. Wer auch immer der Fremde war, er befand sich in ihrer Wohnung. Ihre Zeit war abgelaufen.

Mit hämmerndem Herzen trat sie aus dem Badezimmer und fand sich ihm direkt gegenüber. Er stand mitten in der Wohndiele, groß und präsent, und er war der vielleicht attraktivste Mann, den sie je gesehen hatte. Dass er gut aussehend war, hatte sie schon durchs Fenster bemerkt, doch aus der Nähe … Ihr wurde schwindlig. Sie streckte eine Hand aus, hielt sich an der Wand fest. Das mussten die Augen sein, dachte sie sich. Diese Augen, die so blau waren wie ein Winterhimmel und dabei trotzdem kein bisschen kalt, sondern eher … geheimnisvoll.

Er musterte sie von oben bis unten, hob die Augenbrauen. Erst da wurde ihr bewusst, dass er noch immer auf ihre Antwort wartete.

Sie zog die Schultern zurück und zwang sich zu einem Lächeln, das wahrscheinlich genauso schief aussah, wie es sich anfühlte. »Ja, ich bin Eilis McCarthy. Und Sie sind …?«

Er neigte leicht den Kopf, sein rechter Mundwinkel zuckte. Es war nicht ganz ein Lächeln, aber nah genug dran, um in Eilis' Bauch einen Schwarm Schmetterlinge aufzuscheuchen. »Cilian Kavanagh. Ich bin der Tierarzt in Glensiveen.« Seine Stimme war ruhig und tief. Tierarzt, ja, das passte. Eilis konnte sich gut vorstellen, wie selbst die widerspenstigste Katze bei dieser Stimme anfing, zu schnurren. Um ehrlich zu sein, musste sie sich selbst anstrengen, um nicht dasselbe zu tun. »Malachy hat mich geschickt. Er meinte, ich bin es Ihnen schuldig, Ihnen die Situation unten in der Buchhandlung zu erklären.«

»Ja, ich …« Sie stoppte, blinzelte, fuhr sich mit der Zunge über die Lippen. Gott, das war ja peinlich! Warum führte sie sich so auf? Gut, Cilian Kavanagh sah gut aus. Und er schien ganz nett zu sein. Aber er war schließlich nicht der erste attraktive, freundliche Mann, dem sie gegenüberstand. Im Gegenteil. Ihre Datinghistorie hatte dafür gesorgt, dass sie jede Menge gut aussehende, auf den ersten Blick freundliche Männer kennengelernt hatte. Doch keiner hatte sie bisher so aus dem Tritt gebracht wie dieser. Vielleicht, weil sie alle irgendwie auch langweilig gewesen waren. An Cilian Kavanagh war nichts langweilig. Seine Attraktivität schien nicht aufgesetzt, sondern natürlich. Er wirkte nicht wie jemand, der seinen Auftritt plante, sondern wie jemand, der selbstsicher genug war, er selbst zu sein.

Sie überlegte immer noch, wie das verdammte Ende zu dem Satz lautete, den sie angefangen hatte, da erlöste er sie.

»Es tut mir leid, dass ich so direkt in Ihre Wohnung geplatzt bin. Ich habe den Schlüssel noch von meinem Großvater. Sie sind nicht von hier. Ich nehme an, da, wo Sie herkommen, ist es nicht üblich, dass Besucher sich einfach selbst hereinbitten.«

»Nein, ich …« Wieder kam sie aus dem Tritt. Innerlich seufzte sie. »Nein, ich …« war nicht maßgeblich besser als »ja, ich …«, was vernünftige Sätze betraf. Sag was, beschwor sie sich. Mach dich nicht total zum Affen. »Wollen Sie einen Tee?«, brach es schließlich aus ihr heraus.

Sie verdrehte die Augen über sich selbst. Noch mehr Klischee ging kaum. Nur weil ihr Besucher Ire war, hieß das nicht, dass er ständig immer und überall Tee trinken wollte.

Zu ihrer Überraschung nickte er. »Das wäre sehr nett.«

»Okay, wunderbar.« Sie rieb sich die Hände an den Seiten ihrer Pyjamahose. In ihrer Hast hatte sie nur einen Sweater angezogen, zu einer ordentlichen Hose hatte es nicht gereicht.

»Warum setzen Sie sich nicht?« Sie nickte zu dem Lesetisch vor dem Regal. »Ich mach den Tee und bin gleich wieder bei Ihnen.«

»Das klingt perfekt. Vielen Dank.« Um ihrer Aufforderung Folge zu leisten, drehte er sich um, und endlich konnte sie wieder frei atmen.

Cilian tat, wie ihm geheißen, und nahm an dem kleinen runden Tisch in der Wohndiele Platz. Als er den Kopf wieder hob, verschwand Eilis gerade in der Küche. Er sah ihr nach, bis er blinzeln musste.

Eilis. Eilis McCarthy, wie sie sich förmlich vorgestellt hatte, obwohl sie dabei vor Nervosität und Überrumpelung beinah gezittert hatte. Das war seine Schuld gewesen. Natürlich war es seine Schuld. Welches Arschloch tauchte unangemeldet in der Wohnung einer Fremden auf? Sicher, nachdem Daideo gesagt hatte, Cilian würde sich freuen, Eilis kennenzulernen, war er davon ausgegangen, dass sein Großvater ihn angekündigt hatte und Eilis mit ihm rechnen würde. Das hieß allerdings nicht, dass sie *in* ihrer Wohnung mit ihm rechnete. Dem Ort, an dem sie sich sicher fühlen sollte. Er presste die Zähne aufeinander. Ja, Arschloch passte ganz gut. Wenn er ehrlich mit sich war, war sein aufdringlicher Auftritt reine Berechnung gewesen. Er hatte Eilis McCarthy Unbehagen bereiten wollen, nur um Daideos Pläne zu durchkreuzen. Nach den Lobgesängen seines Großvaters auf diese Frau hatte er ein konkretes Bild vor sich gehabt: überselbstbewusste Amerikanerin, auf der Suche nach ihren Wurzeln. Von dieser Sorte kamen jährlich Zigtausende auf die Insel. Verstanden kein Wort, sobald jemand mit irischem Akzent sprach, zerflossen wie Zucker, kaum, dass es mal ein wenig regnete, und waren wahrscheinlich nicht einmal in der Lage, Irland auf einer Weltkarte zu finden, nannten sich aber Iren, weil irgendeiner ihrer Vorfahren von hier geflohen war. In Wahrheit wollten sie das eigentliche Irland gar nicht kennenlernen. Sie interessierten sich nur für eine romantisierte Version davon, ein Irland voller Kobolde, Schafe und grüner Hügel, ohne Regen, harte Arbeit oder die Realität eines Landes, das sich in den letzten Jahrzehnten genauso verändert hatte wie jedes andere. In seinem Kopf hatte er sich längst eine Karikatur von Eilis zusammengeschustert: eine Stadttussi mit falschem Lächeln, perfekt gestyltem Haar und einer Vorliebe für Grünkohl-Smoothies. Nun, da er sie wirklich gesehen hatte, fühlte er sich von der Realität wie vor den Kopf gestoßen.

Die Eilis McCarthy, die ihm gerade einen Tee kredenzte, passte in keine der Schubladen, in die er sie gerne hätte stecken wollen. Was er bisher von ihr gesehen hatte, war das genaue Gegenteil von dem Bild, das er sich nach Malachys Beschreibungen gemacht hatte. Kein perfektes Make-up, kein künstliches Grinsen. Stattdessen eine blasse, beinah durchscheinende Haut, die mit ihren hellen, silbrig blonden Haaren kaum kontrastierte. Die graublauen Augen waren groß, fast zu groß für ihr schmales Gesicht, und der riesige Hoodie, den sie trug, schien sie völlig zu verschlucken. Dazu dieser Schlafanzug mit einem Comic-Print von Pinguinen mit Weihnachtsmützen und die dicken, handgestrickten Wollsocken. Sie sah aus wie jemand, der sich am liebsten unter der Decke verkriechen wollte – und doch wirkte sie nicht schwach. Zerbrechlich, ja, flüchtig, als könnte sie der nächste Windstoß in Nebel verwandeln. Aber da war etwas in ihren Augen. Etwas Hartnäckiges. Wie zur Hölle soll diese Frau einen Neuanfang in Glensiveen meistern? Der Gedanke hatte sich kaum in seinem Kopf formuliert, da schob er ihn beiseite. Es war nicht seine Aufgabe, über Eilis' Pläne zu urteilen. Er war hier, um ihr die Situation mit den Tieren zu erklären und, wenn möglich, eine Lösung zu finden. Dass Malachy es absichtlich so arrangiert hatte, dass ihre Wege sich kreuzten, war offensichtlich. Sein Großvater war ein Meister der Manipulation, vor allem, wenn er potenzielles Liebesglück witterte. Aber Cilian hatte keine Zeit für Verkupplungsversuche – und keine Geduld für Tagträumer.

Er hörte sie in der Küche klappern, hörte, wie sie den Wasserkocher füllte und die Schränke durchstöberte. Als sie mit zwei dampfenden Tassen zurückkam, stellte sie diese vorsichtig auf den Tisch vor ihn. Ihre Finger zitterten ein wenig, als sie ihre eigene Tasse zu sich heranzog, aber sie hielt den Blick aufrecht.

Er wartete, bis auch sie sich gesetzt hatte. »Danke«, meinte er dann, nahm einen Schluck und setzte nach, ehe sie wieder in irgendeiner Unsicherheit versinken konnte. »Miss McCarthy, ich bin hier wegen der Tiere. Malachy hat mir erzählt, dass Sie gestern Abend eine … Überraschung erlebt haben.«

Sie nickte langsam, legte die Hände um ihre Tasse und sah ihn erwartungsvoll an. »Das ist wohl der diplomatischste Weg, es auszudrücken.«

»Ich wollte sicherstellen, dass Sie wissen, wie die Situation aussieht.« Er lehnte sich ein Stück zurück, die Finger um die Tasse geschlossen. »Diese Tiere wurden aus einem Zirkus gerettet, der sie unter miserablen Bedingungen gehalten hat. Unterernährt, krank, traumatisiert – die ganze Palette. Der Greyhound hatte Wunden vom Halsband, ein Kaninchen musste ich operieren, um ein entzündetes Auge zu entfernen, und der Esel hatte ein

Hufgeschwür. Es war keine Option, sie dort zu lassen, also habe ich sie hierhergebracht, bis ich eine bessere Lösung finde.«

Eilis schwieg für einen Moment und starrte in ihre Tasse, als würde sie dort die richtigen Worte finden. Schließlich hob sie den Blick. »Das … das ist ja furchtbar.« Ihre Stimme war leise, fast ein Flüstern. »Ich meine, wie kann man so mit Tieren umgehen?«

Er zuckte die Schultern. »Es ist einfacher, als Sie denken. Für manche Menschen sind Tiere nur Mittel zum Zweck – solange sie Profit bringen, ist es gut, wenn nicht, werden sie zur Last. Dann interessiert es nicht mehr, wie es ihnen geht, sondern nur noch, wie man sie loswerden kann.«

Eilis presste die Lippen aufeinander, ihr Blick wanderte zu ihrer Tasse. Nach einer Weile fragte sie leise: »Und jetzt? Was passiert mit ihnen?«

»Jetzt bleiben sie vorerst hier.« Er sprach langsam, wog jedes Wort ab. »Das ist keine langfristige Lösung, aber momentan habe ich keine andere Wahl. Es gibt nicht viele Leute, die sich um so eine gemischte Truppe kümmern können – und schon gar nicht kurzfristig.«

Sie legte die Stirn in Falten. »Wenn Sie sagen ›sie bleiben hier‹, meinen Sie … sie bleiben in meiner Buchhandlung?«

»Vorerst«, wiederholte er. Normalerweise hasste er es, wenn Menschen ihn zwangen, etwas gerade Gesagtes zu wiederholen, aber in diesem Fall konnte er es Eilis nicht übel nehmen. Hätte er sich nicht selbst in diese Situation hineinmanövriert, hätte er sich auch für verrückt gehalten.

»Aber … aber das ist doch ein Buchladen.« Sie klang vollkommen perplex. »Ich will einen Buchladen eröffnen. Und ich weiß doch gar nicht, wie man sich um einen Esel kümmert! Geschweige denn um ein Chamäleon!« In ihren grauen Augen zog ein Sturm auf. Von der ersten Sekunde ihrer Bekanntschaft an hatte sie ihn an Wasser und Nebel erinnert, jetzt verzog sich der Nebel, und das Wasser wurde zu einem reißenden Strom. »Das … das können Sie nicht von mir verlangen!«

»Eilis.« Er brach ab, gab ihrem Namen Zeit, seine Wirkung zu entfalten. Auf sie, aber auch auf ihn. Selbst ihr Name klang wie Wasser. Wie ein munterer, kleiner Bach, der über Kiesel sprang.

Es wirkte. Ihr Blick fiel in seinen, und er konnte sehen, wie sie sich beruhigte. »Sie …« Sie presste die Lippen aufeinander, schluckte einmal, dann fuhr sie sich mit der Zunge über die Stelle, an der ihre Zähne Abdrücke hinterlassen hatten. »Ich meine, wenn die Tiere wirklich keinen anderen Ort haben, wo sie sicher sind, können sie natürlich bleiben. Ich bin kein Unmensch. Und ich mag Tiere, also ich meine …« Wieder schluckte sie. »So schwer kann es nicht sein, oder?«

Cilian seufzte und stellte seine Tasse mit einem leisen Klirren ab. »Das ist nett gemeint, Miss McCarthy, aber *so* leicht ist es eben auch wieder nicht. Tiere brauchen mehr als Liebe und guten Willen. Sie brauchen eine artgerechte Haltung, Pflege, und Menschen, die wissen, was sie tun. Sie brauchen Menschen, die verstehen, dass sie keine Kuscheltiere sind. Liebe reicht nicht aus.«

Wieder regte sich der Sturm in ihrem Blick. Sie verschränkte die Arme vor der Brust und funkelte ihn herausfordernd an. »Okay, Mister. Dann sagen Sie mir doch, was ich tun soll. Immerhin haben Sie die Tiere in meine Buchhandlung gebracht, und ignorieren kann ich sie schließlich schlecht. Ich weiß, dass ich keine Expertin bin, aber was bleibt mir denn anderes übrig? Und Sie sind ja auch da! Sie haben mich in diese Situation gebracht, ich finde, da sind Sie es mir schuldig, mir dabei zu helfen, einen Ausweg zu finden.«

»Einen Ausweg«, wiederholte er trocken. »Das klingt, als wäre das hier eine Geiselnahme.«

»Ist es das nicht?« Eilis ließ die Arme sinken, aber ihr Blick hielt ihn unvermindert gefangen. »Sie haben mein neues Leben im Würgegriff. Sie müssen eines verstehen, Mr. Kavanagh: Indem ich hierhergekommen bin, um die Buchhandlung zu übernehmen, habe ich alles auf eine Karte gesetzt. Ich habe keine Zeit, mich langsam einzugewöhnen oder auf die perfekte Gelegenheit zu warten. Dieser Buchladen muss an Weihnachten eröffnen. Mit einer großen Weihnachtsfeier, sonst war's das für mich. Ich kann nicht ewig von meinem Ersparten leben.«

Cilian blinzelte. Er überschlug die Zeit im Kopf. »Das sind keine acht Wochen.«

»Genau.« Sie presste die Lippen aufeinander und strich mit den Fingern nervös über die Tischkante. »Der Buchladen ist wundervoll, aber veraltet. Wenn er mit den großen Ketten und so mithalten will, muss sich vor der Wiedereröffnung einiges ändern. Auch ohne eine Gruppe Zirkustiere in der Buchhandlung habe ich massig zu tun, und da kommen Sie und verurteilen mich dafür, dass ich sage, ich werde das schaffen? Was soll ich denn sonst tun? Aufgeben und den nächsten Flieger zurück nach Chicago nehmen?« Sie schnaubte. »Ganz sicher nicht.«

Er betrachtete sie eindringlich. »Was haben Sie eigentlich mit der Buchhandlung vor? Momentan ist sie ein Antiquariat. Sie wollen das nicht so beibehalten?«

Sie schüttelte den Kopf, und für einen Moment erhellte ein träumerisches Lächeln ihr Gesicht. »Nein, ich möchte die erste Buchhandlung eröffnen, in der es nur Bücher mit Happy End gibt. Einen Ort, an den Menschen sich zurückziehen können. Wo sie sicher sein können, dass die Geschichten, in die sie eintauchen, ein gutes Ende nehmen. Keine düsteren, deprimierenden Bücher – nur Geschichten, die zeigen, dass die Welt heilbar ist. Dass sie gut sein kann.«

Cilian starrte sie an und verdrehte innerlich die Augen. Natürlich. Das klang absolut nach etwas, das Malachy gefallen würde. Kein Wunder, dass Daideo glaubte, in Eilis seine perfekte Nachfolgerin gefunden zu haben. Zwei hoffnungslose Romantiker, die in einer heilen Welt leben wollten, wo alles vor Liebe erstrahlte. Und dann auch noch eine Eröffnung zu Weihnachten. Kitschiger ging es kaum. Das Fest der Liebe, dass er nicht lachte! Nie waren die Tierheime voller als ein paar Monate nach Weihnachten, wenn die Leute feststellten, dass die süßen Welpen und Kätzchen, Kaninchen und Meerschweinchen, die sie zu Weihnachten mit ach so viel Liebe in ihr Zuhause aufgenommen hatten, tatsächlich Arbeit machten. Und dieses Jahr suchten nun auch noch zwölf heimatlose, kranke Zirkustiere nach einem neuen Heim. Warum gab er nicht gleich auf?

Aufgeben? Ganz sicher nicht, hörte er Eilis' Stimme in seinem Kopf, und in einem hatte sie recht: Er hatte sich das Bett selbst gemacht, in dem er nun schlafen musste. Niemand hatte ihn gezwungen, die Tiere zu retten und in der Buchhandlung seines Großvaters unterzubringen. Eilis hingegen war vollkommen unvorbereitet in diese Lage geraten. Dennoch war sie es, die die Schultern straffte und ohne Vorwürfe und Forderungen fragte, was zu tun sei, während er nur Probleme sah statt Lösungen.

»Hören Sie«, meinte er deshalb schließlich. »Natürlich kümmere ich mich mit um die Tiere, ich habe sie ja hierhergebracht. Und ich werde Ihnen helfen, das Antiquariat auf Vordermann zu bringen. Zu zweit schaffen wir es, alles bis Weihnachten startklar zu machen. Aber unter einer Bedingung.«

Sie blinzelte. »Eine Bedingung?«

»Bis ich für jedes einzelne der Tiere ein passendes Zuhause gefunden habe, dürfen sie in der Buchhandlung bleiben. Und auch wenn es nur eine Übergangslösung ist, soll es ihnen in der Zeit an nichts fehlen. Deshalb lassen Sie sich von mir erklären, wie man sich richtig um sie kümmert und sie versorgt. Ich kann nicht immer hier sein, ich habe ja noch meine reguläre Arbeit. Diese Tiere haben also vorerst vor allem Sie. Aber ich verspreche Ihnen, in jeder freien Minute in der Buchhandlung mit anzupacken.«

»Wenn ich richtig zählen kann, sind das zwei Bedingungen.«

Gegen seinen Willen brach ein Lachen aus Cilian heraus. »Da haben Sie recht.« Er machte eine kurze Pause. »Haben wir trotzdem einen Deal?« Er streckte seine Hand aus.

Für die Dauer eines Herzschlags zögerte sie, dann nickte sie und schlug ein. »In Ordnung.« Ihre Stimme klang fester, als er erwartet hatte. »Wir haben einen Deal.«

Ihre Hände blieben einen Moment länger ineinander verschränkt, als notwendig gewesen wäre. Eilis' Haut fühlte sich kühl an, fast wie Porzellan, und für einen flüchtigen Augenblick überkam Cilian ein unerwartetes Gefühl von Zusammenhalt. Ein Team. Der Gedanke traf ihn unvermittelt, und es war, als wäre die Last der letzten Tage für einen winzigen Moment leichter zu tragen.

Doch dann fiel ihm wieder ein, was sie gerade gesagt hatte. Eine Buchhandlung nur mit Happy Ends. Ihre Pläne, die Liebe zur Grundlage eines ganzen Geschäftsmodells zu machen. Er zog die Hand zurück, räusperte sich und griff nach seiner Tasse. »Gut, dann … fangen wir am besten gleich an«, murmelte er, den Blick auf die Teereste gerichtet anstatt auf sie. Vor ihm lagen die acht längsten Wochen seines Lebens.

Eilis' Herz klopfte schneller, als Cilian die Tür zur Buchhandlung öffnete und sie für sie aufhielt. Einen kurzen Augenblick lang hatte sie das absurde Gefühl, durch die Schranktür nach Narnia zu schreiten. Der Gedanke war albern, aber irgendetwas an diesem Moment – an der Art, wie das Morgenlicht durch die großen Schaufenster fiel und die staubige Luft zum Schimmern brachte – fühlte sich magisch an.

Ein Atemzug für Mut, dann trat sie ein.

Obwohl sie wusste, was sie erwartete, war der Anblick im Inneren der Buchhandlung genauso surreal wie beim ersten Mal. Tiere inmitten von Büchern. Tiere inmitten einer Buchhandlung, und zwar nicht irgendeiner Buchhandlung, sondern ihrer Buchhandlung. Ihrer Verantwortung – und ihrem Chaos. Ein Chaos, das sie niemand anderem zu verdanken hatte als dem Mann, der dicht hinter ihr den Verkaufsraum betrat. Sie spürte seine Präsenz in ihrem Rücken, die leichte Wärme, die von seinem Körper ausging. Und obwohl ein Teil von ihr ihm böse sein wollte, dass er sie in diese vertrackte Situation gebracht hatte, gab ihr seine Anwesenheit jetzt Sicherheit.

Der Greyhound hob verschlafen den Kopf, dann legte er sich mit einem leisen Seufzen wieder hin. Auf einem Ast oben in seiner Voliere thronte der Ara und ließ ein »Möwenmist!« hören, was Eilis trotz ihrer Anspannung ein leises Lachen entlockte. Die Geräusche aus dem Kaninchengehege in der Ecke verrieten, dass seine Bewohner munter waren: ein Knabbern, ein Scharren, ein leises Hoppeln, als eines der Tiere sich bewegte.

»Es sieht schlimmer aus, als es ist«, sagte Cilian, wischte sich die Hände an der Hose ab und krempelte die Ärmel seines Hemdes hoch. »Und glaub mir, dieses Provisorium ist eine meilenweite Verbesserung im Vergleich zu gestern.« Da sie nun so was wie Komplizen waren, schien ihm die persönliche Anrede offenbar angebracht.

Langsam nickte Eilis. Sie wollte ihm glauben, unbedingt. In ihrem ganzen Leben hatte sie noch nie mit Tieren zu tun gehabt. Sicher, sie war ein paar Mal im Zoo gewesen, und als Kind hatte sie mit Nana Enten im Park gefüttert, aber ihre Eltern hatten ihr nicht einmal einen Goldfisch erlaubt. Job und Kind unter einen Hut zu bekommen, mache auch so schon genug Arbeit, hatten sie immer behauptet, da müssten sie sich nicht auch noch die Verantwortung für ein Haustier aufhalsen.

»Also, wo fangen wir an?« Sie warf einen Blick auf den improvisierten Käfig der Kaninchen, dann auf den schlafenden Greyhound. »Und was genau muss ich tun, damit ich niemanden umbringe?«

»Ich erkläre dir alles Schritt für Schritt. Kann sein, dass es ein bisschen viel wird. Es sind ja einige Tiere.« Er zog eine Grimasse. Wenigstens besaß er den Anstand, verlegen auszusehen. »Am besten, du machst dir Notizen.«

Eilis zog ihr Handy aus der Hosentasche. Wenn es zu viel wurde, konnte sie ihre Aufzeichnungen am Abend immer noch auf Papier übertragen. »Ich bin bereit.«

Zuerst ging Cilian auf den Greyhound zu. Er bewegte sich langsam, nicht vorsichtig, sondern so, dass der alte Hund ausweichen konnte, wenn er wollte. »Dieser arme Kerl hier wurde an einer Kette gehalten. Sein Hals war ganz wundgescheuert. Die Wunde muss einmal am Tag gereinigt und desinfiziert werden. Das werde weiter ich machen. Du musst nur darauf achten, ob sie sich verändert. Wenn sie rot oder heiß wird oder anfängt zu nässen, musst du mir sofort Bescheid geben.«

Als würde er Cilians Stimme erkennen, hob der Greyhound den Kopf. Begrüßend leckte er über Cilians Finger, auch als dieser mit geübten Bewegungen den Verband abnahm, die Wunde reinigte und einen neuen Verband anlegte. Seine Bewegungen waren so umsichtig. Kein Rucken, kein Zögern, jeder Handgriff ein fließender Übergang zum nächsten. Er hatte lange Finger mit kräftigen Knöcheln, die perfekte Mischung aus elegant und robust. Überhaupt schien der ganze Mann ein einziger Widerspruch zu sein. Erst jetzt, da im Umgang mit dem verletzten Tier jede Anspannung aus seiner Miene wich, fiel ihr auf, wie hart der Zug um seinen Mund bisher gewesen war. In der Wohnung war er ihr überheblich, beinah ein wenig kalt vorgekommen. Jetzt, mit dem Greyhound, zeigte er eine zarte, geradezu zärtliche Seite. Ihr Herz setzte einen Schlag aus, als er den Kopf hob und ihr direkt in die Augen sah. War das ein Lächeln in seinen Mundwinkeln oder nur die Reflexion des Morgenlichts? Sie wusste es nicht, aber die Wärme, die in ihr aufstieg, war unverkennbar.

Als Nächstes kamen die Kaninchen dran. Der Käfig war provisorisch aufgebaut, die Seitenwände aus Gitterelementen zusammengesetzt und mit Kabelbindern befestigt. Eine Seite war komplett offen, sodass die Kaninchen nach Belieben kommen und gehen konnten. Eine dicke Strohschicht bedeckte den Boden des abgetrennten Bereichs, und in einer Ecke stand eine kleine Plastikbox, die offensichtlich als Toilette diente. Zusammengekuschelt saßen die beiden in einer Ecke. Das kleinere, weiße hob neugierig die Nase und sah sie an.

»Kaninchen sind stubenrein, wenn man ihnen die Möglichkeit gibt«, erklärte Cilian und deutete auf die Plastikbox. »Man stellt eine Schale mit Streu in die Ecke, in der sie ihr Geschäft verrichten, und säubert sie zweimal täglich. Solange sie wissen, dass das ihre Toilette ist, bleibt der Rest des Geheges sauber.«

»Und der Rest der Buchhandlung?«

Cilian grinste schief. »Das hoffe ich.«

Neugierig ging Eilis ein Stück näher an das Gehege heran und bückte sich. Von Vorsicht war bei den Kaninchen nichts zu spüren. Sie fraßen weiter am Heu und beachteten sie kaum. »Was muss ich außerdem beachten?«

»Das braune hat nur noch ein Auge«, sagte Cilian und deutete auf den kleinen Mümmelmann. »Das andere musste ich entfernen. Es ist kein Problem für ihn, aber es bedeutet, dass er manchmal erschrickt, wenn etwas von seiner blinden Seite auf ihn zukommt. Geh immer langsam auf ihn zu.«

Eilis beobachtete, wie das einäugige Kaninchen einen Heuhalm aus der Raufe zog und begann, daran zu knabbern. »Wie ist das passiert?«

Cilian presste die Lippen aufeinander. »Woher soll ich das wissen? Wie die anderen Tiere war der arme Kerl total vernachlässigt. Es ist immer dasselbe: Anfangs kümmern sich die Leute voller Begeisterung um die Tiere, doch wenn es kompliziert wird …« Er brach ab. Als er fortfuhr, klang seine Stimme hart wie Stahl. »… geben sie sie weg. Oder schlimmer.«

Cilians Worte begruben die angenehme Kameradschaft, die sich in den letzten Minuten zwischen ihnen entwickelt hatte, unter einer dicken Schicht Unbehagen. Eilis bewegte sich. Um ihre Hände zu beschäftigen, griff sie nach dem einäugigen Kaninchen und drückte es vorsichtig an ihre Brust. »Ich kann mir einfach nicht vorstellen, wie jemand so ein süßes Wesen im Stich lassen kann«, sagte sie leise, mehr zu sich selbst als zu Cilian. Die weiche Wärme des Tieres sickerte durch den Stoff ihres Hoodies. Mit dem ganzen Körper drückte sich das Kaninchen an sie. Ein plötzliches Kribbeln in ihrem Nacken ließ sie aufsehen. Cilian beobachtete sie und das Kaninchen. Aber nein, das stimmte nicht. Cilian beobachtete sie. Nur sie. Seine Augen waren dunkel, und sie hatte genug Erfahrung mit Männern, um zu wissen, was dieser Blick bedeutete. Hitze breitete sich wellenförmig von ihrem Magen durch den ganzen Körper aus. War das wirklich möglich? Dass ein Mann wie er sie auf diese Weise ansah?

Das Kaninchen zappelte und brach so den Bann. Cilian räusperte sich und wandte sich ab.

»Das Schwein und der Esel sind draußen im Hinterhof. Ich zeige dir, wie du mit ihnen umgehen musst.« Seine Stimme klang etwas rauer als zuvor.

Eilig setzte Eilis das Kaninchen zurück ins Gehege, wischte sich die Hände an ihrer Jeans ab und folgte ihm nach draußen.

Was von dem kurzen Moment – konnte man das denn so nennen, oder hatte sie sich das Interesse in Cilians Blick womöglich nur eingebildet? – an Hitze in ihr übrig geblieben war, blies der kühle Morgenwind von ihrer Haut.

Das Schwein war ein kleiner, rundlicher Geselle mit schwarzen Flecken. Es trottete gerade zum Futtertrog, während der Esel sie mit gespitzten Ohren beobachtete.

»Das Schwein braucht nicht viel«, erklärte Cilian. »Wasser, Futter und ab und zu frisches Stroh. Es ist robust, aber du musst darauf achten, dass es nicht zu viel frisst. Schweine neigen dazu, sich zu überfressen, wenn man sie lässt. Ich kann dir einen Futterplan mailen. Die Zutaten für das Futter besorge ich heute noch und bring sie dir in den Schuppen.« Mit dem Kinn nickte er zu dem Holzverschlag, der die Bereiche von Schwein und Esel trennte. »Da ist auch das Heu gelagert. Für den Esel und die Kaninchen.«

Sie tippte eine entsprechende Notiz ins Handy. »Braucht der Esel außer dem Heu noch etwas?«

»Ja, der ist etwas anspruchsvoller.« Cilian streckte die Hand aus, damit der Esel sie beschnuppern konnte. »Er mag es, gebürstet zu werden, und ich muss regelmäßig seine Hufe kontrollieren, um zu sehen, ob das Geschwür gut abheilt, das er dort hatte. Wenn du dir unsicher bist mit dem Esel, mit irgendwas, ruf mich an.«

Eilis nickte. Fasziniert beobachtete sie, wie der Esel im Umgang mit Cilian jede Vorsicht zu vergessen schien. Sacht knabberte das Langohr an Cilians Schulter, ließ sich von ihm untersuchen und wehrte sich auch nicht, als Cilian etwas an seinem Huf testete.

»Die Tiere haben wirklich Glück, dass sie dich haben.«

Es hatte ein Kompliment sein sollen. Das Zusammenspiel zwischen ihm und seinen Schützlingen berührte sie zutiefst, doch Cilian erstarrte. Sein Lächeln verschwand, auf einmal war er wieder der Halbgott in Tweed und Cord, der wie aus dem Nichts in ihrer Wohnung aufgetaucht war. Überlebensgroß und unantastbar.

»Es ist das Mindeste«, meinte er schroff. »Mit Glück hat das gar nichts zu tun. Schon gar nicht für diese armen Geschöpfe.«

Erschrocken wich Eilis einen Schritt zurück. »Ich hab damit nicht gemeint, dass sie Glück hatten, von diesen Leuten zurückgelassen worden zu sein. Ich meinte nur …« Ihr ging der Schwung aus.

Cilian fuhr sich durchs Haar und atmete lange aus. Er sah aus, als müsse er sich zur Ruhe zwingen. Ganz gelang ihm das nicht. Zwar wurde sein Ton wieder milder, aber die Distanz, die seine schroffe Erwiderung zwischen ihnen geschaffen hatte, blieb. »Entschuldige«, presste er schmallippig hervor. »Ich sollte dich nicht anfahren. Aber das ist ein wunder Punkt bei mir. Es macht mich wütend, wie viele Menschen sich Tiere anschaffen, ohne sich darüber Gedanken zu machen, was das bedeutet. Sie sehen sie als Objekte, nicht als Lebewesen. Und wenn sie nicht mehr ›passen‹, werden sie entsorgt.«

Eilis wusste nicht, was sie sagen sollte, also blieb sie still.

Cilian fuhr fort. »Greyhounds, die nicht mehr rennen können. Rennpferde, die einfach zurückgelassen werden. Hunde, die als Welpen süß sind und dann zu groß werden. Das Schlimmste war eine Katze, die eingeschläfert werden sollte, weil sie ein Auge verloren hatte. Die Besitzer sagten, sie sei jetzt zu hässlich, deshalb könnten sie sie mit ihrer Behinderung nicht mehr anschauen, ohne Stress zu bekommen. Das würde sich schlecht auf ihr Cortisol-Level und damit ihre Gesundheit auswirken.« Das unterdrückte Grollen in seiner Stimme verriet, wie nah ihm das alles ging. Vielleicht sogar zu nah?

Sie trat näher an ihn heran, legte eine Hand auf seinen Arm. »Das ist schrecklich.«

Er sah sie an, und für einen Moment schien es, als wolle er noch etwas sagen, doch dann nickte er nur. Die Geste wirkte brüsk, wie ein Punkt am Ende eines Satzes. »Es ist, wie es ist. Aber ich kann nicht zulassen, dass sie vergessen werden. Solange ich ein Wörtchen mitzureden habe, wird es ihnen von jetzt an gut gehen.«

Sie nahm die Hand von seinem Arm. »Niemand sollte vergessen werden«, murmelte sie, »weder Mensch noch Tier.«

Cilian antwortete nicht. Sie hielt den Atem an und rechnete fast damit, dass er sie zurückweisen würde, so, wie er es bisher immer getan hatte, wenn sie etwas gesagt hatte, das in seinen Augen wohl zu naiv oder zu romantisch war.

Diesmal hielt er sich zurück. Stattdessen nickte er mit dem Kinn zur Tür und meinte: »In der Buchhandlung warten die restlichen Tiere. Die Mutterkatze und ihre Kleinen brauchen frisches Wasser und Futter. Ich zeige dir auch, wie du mit dem Ara und dem Chamäleon umgehst.«

»Okay.«

»Wenn du alleine bist, ist es wahrscheinlich sinnvoller, du überlegst dir eine vernünftige Reihenfolge. Das geht jetzt ziemlich durcheinander.«

»Kein Problem.« Seite an Seite gingen sie zurück in die Buchhandlung, aber die entspannte Atmosphäre vom Anfang war verschwunden. Obwohl sie sich wünschte, die unangenehme Spannung zwischen ihnen auflösen zu können, fand sie nicht die richtigen Worte. Schon seltsam, wie mühelos sie sich vorhin verstanden hatten und wie schnell Cilian sich zurückzog, sobald ein Thema zur Sprache kam, das ihm zu nahe zu gehen schien.

Drinnen angekommen, erklärte er ihr ruhig und präzise, was die restlichen Tiere brauchten. Die Mutterkatze säugte noch, deshalb brauchte sie besonders nahrhaftes Futter. »Sie ist scheu, aber nicht aggressiv. Wenn du sie in Ruhe lässt, wird sie dir vertrauen«, sagte er, ohne Eilis anzusehen. Der Ara war anspruchsvoller: Er brauchte frisches Obst und viel Beschäftigung, um destruktives Verhalten zu vermeiden. Das Chamäleon hingegen war pflegeleicht, solange seine Umgebung seinen Ansprüchen genügte.

Eilis hörte aufmerksam zu, machte sich Notizen und nickte, als Cilian kleine Handgriffe demonstrierte. Doch auch das brachte die Leichtigkeit vom Anfang nicht mehr zurück. Es war, als hätten sie sich in zwei unterschiedliche Richtungen bewegt, und während sie die Tiere gemeinsam versorgten, blieb etwas Unausgesprochenes zwischen ihnen. Sie war fast froh, dass sie die ganze Routine am nächsten Morgen allein bewältigen musste. Cilian hatte ihr erklärt, dass er erst am Nachmittag wieder in der Buchhandlung sein würde. Eineinhalb Tage lang hatte er seine Stammpatienten vernachlässigt, irgendwann musste er das aufholen. Und trotzdem sah sie, nachdem sie sich verabschiedet hatten, seinem Pick-up nach, bis er am Ende der Straße um die Ecke bog.

4

Eilis zog ihre dicken Wollsocken ein Stück höher, band ihren zu großen Hoodie am Hals enger, damit keine kalte Luft reinkam, und schnappte sich den Plan, den sie anhand ihrer Aufzeichnungen gestern erstellt hatte. Auf der Liste stand genau, wie sie jedes der zwölf Tiere versorgen musste: Fütterung, Wasser wechseln, Stall ausmisten.

Sie las die erste Zeile: »Beginn mit dem Schwein.«

Doch bevor es losging, gönnte sie sich einen Moment, um tief durchzuatmen. Der gestrige Tag hatte ihr mehr abverlangt, als sie zugeben wollte. So sehr sie sich Mühe gab, sich auf das Abenteuer einzulassen – der Gedanke, dass ihre zukünftige Buchhandlung gerade mehr einem Streichelzoo als einem literarischen Rückzugsort ähnelte, war … gewöhnungsbedürftig. Statt sich nach Cilians zweiten Besuch am Nachmittag unter ihre neuen Schützlinge zu mischen, war sie in ihre kleine Wohnung über dem Laden geflüchtet.

Dort hatte sie den restlichen Tag unter einer Decke auf dem Sofa verbracht, die Füße auf der Heizung, den Kopf auf ein viel zu weiches Kissen gestützt. Der Jetlag hatte sie erwischt, und obwohl sie sich vorgenommen hatte, produktiv zu sein, war sie mehrfach eingenickt – jedes Mal mit einem schlechten Gewissen, aber auch einem Anflug von Stolz. Obwohl das Schicksal sie in eine surreal absurde Situation geworfen hatte, hatte sie die Nerven behalten. Das war doch wohl eine Belohnung wert.

In einem Anflug von Entschlossenheit hatte sie schließlich ihr Tablet gezückt und auf Etsy ein neues Ladenschild bei einer Künstlerin in Auftrag gegeben. *Happily Ever After Books* sollte darauf stehen. In verschnörkelter Schrift, mit kleinen Sternchen über dem *i* und einer Prise Trotz zwischen den Zeilen. Die Bestellung war nicht billig gewesen, aber sie hatte sich richtig angefühlt.

Ein Laden, der *Happily Ever After Books* hieß, musste am Ende auch ein Happy End bekommen. Das Schild war ihr Versprechen an sich selbst. Sie würde sich von nichts und niemandem abbringen lassen.

Nicht von einem Esel.

Nicht von einem einäugigen Kaninchen.

Und ganz bestimmt nicht von einem Mann, der sie mir nichts, dir nichts zur Tierpflegerin gemacht hatte.

Sie klopfte mit dem Finger auf die erste Zeile ihres Plans. »Beginn mit dem Schwein«, murmelte sie, diesmal laut und mit Nachdruck. Dann zog sie sich die Mütze über die Ohren und stapfte los.

Draußen war es kühl, die Luft auf der Haut scharf wie ein feines Messer. Als Eilis durch die Hintertür ins Freie trat, entwich ihr Atem in milchigen Wolken, die sich schnell im Morgenlicht auflösten. Der Himmel war von einem sanften Grau, das Licht noch gedämpft, als sei der Tag selbst zu müde, um richtig in Gang zu kommen. Von den umliegenden Büschen waren einige Blätter auf das Pflaster des Innenhofs gefallen. An ihren Rändern hatte sich über Nacht ein feiner Frostfilm gebildet. Als sie auf das Schwein zuging, knisterte es leise unter ihren Schuhsohlen. Gertie, wie Cilian und sie die Sau gestern getauft hatten, lag auf der Seite, die dunklen Augen träge auf Eilis gerichtet, als wollte sie sagen, dass sie sich nicht die Mühe machen würde, aufzustehen, bis es einen guten Grund dafür gab.

»Na, du bist mir ja eine Schmatzebacke«, murmelte Eilis, während sie die Schüssel für das Schwein aus der Vorratskammer holte. Die kleine Kammer lag zwischen den beiden Verschlägen und war mit allem ausgestattet, was man für die Versorgung der Tiere brauchte. In einer Ecke stapelten sich Heu- und Strohsäcke, auf einem schmalen Regal standen Futtereimer, Mineralmischungen und ein Sack Möhren. Es roch nach Trockenfutter, Holz und einem Hauch von Apfel, der von einem halb angebissenen Exemplar auf der Arbeitsfläche stammte. Eilis griff nach einer Kelle und schaufelte die vorbereitete Mischung in eine flache Schüssel. Kisten- und kartonweise hatte Cilian gestern das Futter angekarrt. Sie war aus dem Staunen gar nicht mehr herausgekommen. Wenn er das alles aus eigener Tasche bezahlte, war es erstaunlich, wie er sich seine Tierliebe auf Dauer leisten konnte. Tierärzte verdienten keine Unsummen. Sie hatte etwas in der Art gesagt, doch da hatte er nur wieder sein Gewittergesicht gemacht und ihr erklärt, dass Schweine nun mal nicht irgendwelche Essensreste fressen konnten – zumindest nicht, wenn man wollte, dass sie gesund blieben. Er hatte ihr die Rezeptur für eine Mischung aus gekochtem Gemüse, Haferflocken und einer Handvoll Mineralfutter aufgeschrieben und getan, als sei es das Rezept für ein Fünf-Sterne-Menü. Eilis balancierte die Schüssel mit beiden Händen und stellte sie vor das Schwein, das sie mit einem kurzen Grunzen begrüßte, bevor es sich mit sichtbarer

Begeisterung über das Futter hermachte. Immerhin für Gertie schien es tatsächlich eine Delikatesse zu sein.

»Na also, das hat schon mal geklappt.« Mit dem Rücken lehnte sich Eilis an den Zaun und beobachtete Gertie. Die Sau wühlte mit der Schnauze in der Schüssel und schob das Futter hin und her, als wolle es sich die besten Stücke herauspicken. Reste von Haferflocken klebten an ihrem cremefarbenen Fell, die kurzen, borstigen Haare schimmerten feucht im Morgenlicht. Bei jedem zufriedenen Schmatzen zuckte Gerties breiter Rücken, und ihre kurzen Beine scharrten aufgeregt im Stroh. Die Schüssel kippte zur Seite und Gertie folgte ihr mit einem triumphierenden Grunzen, ehe sie genüsslich weiterfraß. Eilis lachte. Gerties Begeisterung war ansteckend. Kein Wunder, dass Schweine Glück bringen sollten.

Die nächste Aufgabe auf der Liste war der Esel. Im Schuppen lud sie sich eine Portion Heu auf die Heugabel und öffnete das Tor zu seinem Paddock. Das Tier hob den Kopf, seine langen Ohren zuckten, als es sie betrachtete.

»Na, Mr. Plüschpopo, wie geht es dir heute? Hast du gut geschlafen?« Wie Cilian es ihr gezeigt hatte, hielt sie das Heu vor sich. »Ich hab dir was mitgebracht.«

Der Esel schnaubte, trat einen Schritt auf sie zu – und hielt dann inne. Prüfend musterte er Eilis, dann legte er die Ohren nach hinten und drehte den Kopf schnaubend zur Seite. Eilis sprach nicht fließend Esel, aber ein »Verzieh dich besser«, verstand sie auch so.

»Komm schon«, versuchte sie es erneut. »Ich hab extra frisches Heu geholt.« Vor Angst rauschte das Blut in ihren Ohren, aber sie kratzte ihren Mut zusammen und machte einen Schritt vorwärts. Dieses Tier war auf sie angewiesen, wenn es nicht hungern sollte. Hatte ihr Cilian nicht genug über die schauerlichen Zustände erzählt, aus denen er die Tiere gerettet hatte? Kein Wunder, dass der Esel misstrauisch war. Sie musste ihm einfach zeigen, dass sie anders war als die Menschen, die er bisher kennengelernt und die ihm so Schreckliches angetan hatten, dann würde alles gut werden.

Sie straffte die Schultern und wagte sich einen weiteren Schritt vorwärts. In einer Geschwindigkeit, die sie einem Grauohr mit Hufproblemen im Leben nicht zugetraut hätte, schnappte der Esel nach dem Zipfel ihres Hoodies, zog ihn nach unten und brachte Eilis damit um ein Haar aus dem Gleichgewicht. Vor Schreck ließ sie die Heugabel fallen.

»Hey! Lass das!« Sie versuchte, ihren Hoodie zu befreien. Der Esel ließ los, nur um sie mit einem Stoß seines Kopfes gegen die Schulter erneut ins Taumeln zu bringen.

»Das kann doch nicht dein Ernst sein!« Ihre Angst wich einem Anflug von Wut. Was fiel diesem flauschigen Teufel eigentlich ein? Sie war noch dabei, sich zu sammeln, da schnappte sich der Esel das Heu und trottete mit erhobenem Haupt davon.

»Wirklich?« Sie stemmte die Hände in die Hüften und sah dem Grauohr kopfschüttelnd nach. Der Esel drehte ihr seinen flauschigen Hintern zu und senkte seinen Kopf in den Heuhaufen. Genüsslich begann er, an den Halmen zu kauen.

»Ich denke nicht.« Wäre doch gelacht, wenn sie sich von diesem sturen Vieh ins Bockshorn jagen lassen würde. Gut, das Vieh war nicht nur stur, sondern auch ziemlich groß und wie es schien gemeingefährlich, aber sie dachte nicht im Traum daran, aufzugeben. Zu gut konnte sie sich ausmalen, wie Cilian reagieren würde, wenn sie ihm eine solche Niederlage eingestehen müsste. Oh, natürlich hatte er ihr nicht direkt ins Gesicht gesagt, was er von ihr hielt, aber seine Miene war beredt genug gewesen. Verwöhnte Stadttussi hatte er gedacht, und das so laut, dass ihr die Ohren davon geklingelt hatten. Nun, sie würde ihn eines Besseren belehren. In der Auseinandersetzung Esel gegen Stadtmädchen war das letzte Wort noch nicht gesprochen.

Mit dem Gartenschlauch füllte sie einen Eimer mit Wasser. Der Esel beachtete sie nicht. Er schien vollkommen vertieft in sein Heu. Kaum hatte sie den Eimer in seiner Nähe abgestellt, fing das Tier an, damit zu planschen. Statt zu trinken, spritzte es das Wasser überall hin und trat dabei so ungeschickt zur Seite, dass Eilis ausweichen musste. Ihr Fuß rutschte auf dem nassen Boden weg, und mit einem erschrockenen Laut landete sie direkt mit dem Hintern im Wassereimer.

»Jetzt zufrieden?« Ihre Stimme überschlug sich, wurde zu einem verzweifelten Lachen. Innerhalb von Sekunden durchnässte das eiskalte Wasser sie bis auf die Haut. Sie versuchte, sich aufzurichten, aber die nasse Hose klebte am Rand des Eimers fest, und als es ihr endlich gelang, sich zu befreien, gab es einen Laut, als hätte Eilis sich seit Wochen nur von Bohnen ernährt.

Ein Lachen hinter ihr ließ sie erstarren. Eilis drehte sich um. Über den Zaun, der den Hof und das Nachbargrundstück voneinander trennte, blickte ihr das Gesicht einer Frau um Mitte vierzig entgegen. Die Fremde lehnte sich über die Absperrung und gab nicht mal vor, ihre Neugier zu verbergen. Ihr Lächeln war warm und ihre Augen glänzten amüsiert. »Ich wollte eigentlich fragen, ob Sie Hilfe brauchen, aber nun sieht es so aus, als hätten Sie sich selbst befreit.«

Eilis fühlte, wie ihr Hitze in die Wangen stieg. »Ich … ich wollte nur …« Sie brach ab und senkte den Blick zu Boden. Was auch immer sie sagen würde, eine Erklärung dafür, wie sie in den Eimer gekommen war, würde die Sache nicht besser machen. Wahrscheinlich hatte Cilian recht. Sie war eben doch ein Stadtmädchen. Ein bisschen Mut und der feste Wille, ihrem Leben eine neue Wendung zu geben, machte aus ihr noch keinen anderen Menschen.

Wieder lachte die Frau. »Man sagt nicht umsonst, Esel seien stur. Aber zu zweit ist es einfacher. Darf ich?« Sie zeigte erst auf den Esel, der inzwischen mit völlig unschuldigem Blick auf dem restlichen Heu kaute, dann auf ein niedriges Tor, das die beiden Hinterhöfe miteinander verband.

Eilis zögerte kurz, dann nickte sie. »Bitte. Ich glaube, er nimmt mich nicht ernst.«

»Das tun sie nie bei der ersten Begegnung.« Freundlich streckte die Fremde Eilis die Hand entgegen. »Ich bin Siobhan. Ihre Nachbarin. Willkommen in Glensiveen.«

Eilis schüttelte ihre Hand, für einen Moment zu überwältigt, um etwas zu sagen. Dann brachte sie ein kleines Lächeln zustande. »Danke. Ich bin Eilis. Und ich glaube, ich brauche wirklich Hilfe.«

»Das dachte ich mir schon.« Zwinkernd wandte sich Siobhan dem Esel zu. »Keine Sorge, zusammen kriegen wir das hin. Ich warte hier auf dich, zieh dir nur lieber erst einmal trockene Sachen an, sonst holst du dir den Tod.«

Gesagt, getan. Eilis schlüpfte zurück ins Haus, wechselte ihre nasse Kleidung, setzte bei der Gelegenheit auch gleich einen Kessel für heißes Wasser auf und kehrte mit einer Mischung aus

Entschlossenheit und neuem Tatendrang in den Hinterhof zurück.

Mit vor der Brust verschränkten Armen und einem breiten Lächeln wartete Siobhan auf sie. »Bereit?« Ihr Blick wanderte zu dem Esel, der immer noch an seinem Heu kaute, als könnte er kein Wässerchen trüben.

»Bereiter werde ich nicht.« Ihre Hände zitterten leicht, als sie die Heugabel wieder aufnahm. Sie schloss die Finger fest um den Stiel. Sicher witterte der Teufelsesel Angst und wartete nur darauf, ihr erneut die Hölle heiß zu machen – oder kalt, je nachdem, wie man es sah.

Entgegen ihrer Befürchtung genügte jedoch bereits Siobhans Anwesenheit, um den Esel von weiteren Dummheiten abzuhalten. Er beachtete Eilis und Siobhan kaum, als sie ihm neues Heu in die Raufe füllten, das Wasser austauschten, den Unterstand säuberten und sicherstellten, dass sich keine Pfützen auf dem Boden sammelten, sodass der Esel einen trockenen und warmen Unterstand hatte.

»War's das?« Zufrieden blickte Siobhan auf ihr Werk.

Eilis zuckte mit den Schultern. »Noch nicht ganz. Cilian hat mir einen halben Zirkus hinterlassen. Das Schwein und der Esel sind erst der Anfang. Drinnen warten auf mich noch jede Menge andere Tiere.«

»Da drinnen?« Siobhan riss die Augen auf. »Das ist doch Malachys alte Buchhandlung. Ich dachte, er sei nun endlich so weit, sie an eine Nachfolgerin zu übergeben.«

Eilis seufzte. »Das dachte ich auch.«

»Was hat es dann mit den Tieren auf sich?«

»Das ist eine lange Geschichte.« Sie holte den Ordner mit

Cilians und ihren Aufzeichnungen von dem Tisch im Schuppen, wo sie ihn abgelegt hatte. Am Ende hatte sie sich doch sicherer damit gefühlt, ihre Handynotizen ganz altmodisch auf Papier zu übertragen. »Die erzähle ich dir aber am besten bei einer Tasse heißem Tee. Willst du mit reinkommen?«

»Zu einer Tasse heißem Tee und einer Portion Klatsch sage ich nie Nein. Davon leben wir hier auf der Insel.« Wie um ihre Worte ein bisschen abzumildern, zwinkerte sie Eilis zu.

Seite an Seite betraten sie das Haus. Seite an Seite zogen sie sich direkt hinter der Tür die Jacken und Gummistiefel aus. Es war verrückt. Eilis kannte Siobhan noch nicht einmal eine volle Stunde, aber das hier fühlte sich vollkommen natürlich an. Als wären sie schon ewig Nachbarinnen. Als wäre Irland wirklich und wahrhaftig der Ort, an den Eilis gehörte, weil sie die Sprache der Menschen hier, ihre Gesten und Mimik, ihre Art zu reden und sich zu verhalten, so viel besser verstand als der Leute zu Hause in Chicago.

In der Buchhandlung selbst begrüßte sie als Erstes der alte Greyhound. Er erhob sich von seiner Decke hinter einem Buchregal und trottete ihnen entgegen. Träge schlug sein Schwanz von links nach rechts. Er drückte seine Nase gegen Eilis' Handfläche, rieb seinen Kopf an ihrem Schenkel. »Da bist du ja«, schien er zu sagen. »Schön, dass du wieder hier bist.«

Mit einer Hand auf dem Kopf des Greyhounds hob Eilis die Kladde mit ihren Notizen ein wenig an. »Hier steht genau, was wir machen müssen. Du kannst mit dem Chamäleon anfangen, das ist am wenigsten kompliziert. Wie ich das verstehe, braucht es nur alle zwei oder drei Tage Futter. Das heißt, wir müssen heute nur gucken, ob die Temperatur im Terrarium stimmt, und es einmal mit Wasser aus der Sprühflasche dort im Regal besprühen.« Mit dem Kinn nickte sie zu der Flasche.

»Alles klar.« Siobhan wollte sich gerade an die Arbeit machen, als ein Ruf des Aras sie zusammenzucken ließ.

»Alles Möwenmist hier! Verdammte Landratten! Dreckschrubber und Pfützenschlag.«

Siobhan presste sich die Hand aufs Herz. »Was ist das?«

»Der Ara.«

»Der Ara? Welcher …?« Sie unterbrach sich selbst. »Ich weiß, ich weiß: eine lange Geschichte.«

Eilis lachte. »Ich hol den Tee.«

Als sie zurückkam, saß Siobhan nicht an dem Tisch, wo Eilis sie erwartet hatte. Stattdessen hockte sie vor der Wurfkiste mit der Mutterkatze und ihren Jungen. Sie gurrte den Tieren zärtliche Worte zu, ihr Arm hing über der Trennwand der Box. Eilis konnte nur vermuten, dass Siobhan eines der Kätzchen streichelte.

Sie stellte den Tee auf den Lesetisch in der Mitte des Raumes und gesellte sich zu ihrer neuen Bekannten.

»Süß, nicht? Cilian meint, die Kleinen müssen so um die sieben Wochen alt sein. Sie fangen an, sich auch für festes Futter zu interessieren, und Mamakatze hier stillt sie langsam ab.«

Siobhan hob den Kopf. Sie hielt ein kleines, rot getigertes Kätzchen mit einem dicken schwarzen Schwanz in der Hand. »Weißt du«, begann sie, während sie das Kätzchen behutsam auf den Arm nahm, »das ist so typisch für Cilian. Ich kenne ihn, seit er ein hemdsärmeliger Stöpsel war. Damals hat er Regenwürmer in einer Schubkarre über die Straße gebracht, damit sie nicht überfahren werden. Dieser Mann hat eine Schwäche für jede verlorene Kreatur, nur Menschen lässt er nicht an sich heran.«

Eilis zog eine Augenbraue hoch und setzte sich neben sie. »Würden sie das denn gerne? Die Menschen an ihn herankommen, meine ich.«

»Oh, sie versuchen es. Glaub mir, sie versuchen es.« Siobhan setzte das Kätzchen zurück zu seiner Mutter und strich sich eine Haarsträhne aus dem Gesicht. »Hier in der Gegend ist er der wahrscheinlich begehrteste Junggeselle überhaupt. Frauen aus ganz Kerry haben sich an ihm die Zähne ausgebissen.«

Eilis runzelte die Stirn. »Cilian? Wirklich?« Sie hatte ihn eher als mürrischen Einzelgänger wahrgenommen.

»Ja, wirklich.« Siobhan reckte sich nach ihrer Teetasse, bevor sie weitersprach. »Er sieht gut aus, hat einen festen Job, ist klug. Aber wenn es um Menschen geht, ist er total verschlossen. Ein Safe ist nichts gegen ihn. Niemand kommt an ihn heran.« Sie hielt inne, als wollte sie etwas abwägen. »Es heißt, seine Mutter sei gestorben, als er noch klein war, deshalb hat sein Großvater ihn aufgezogen. Aber was genau passiert ist, weiß niemand. Auch nicht, was mit dem Vater ist. Von dem war nie die Rede. Es muss schlimm gewesen sein, so viel ist sicher.«

Eilis nahm sich ihre Teetasse vom Tisch. Sie lehnte sich mit dem Rücken gegen eines der Stuhlbeine und schaute in die dampfende Tasse. Die Vorstellung von Cilian als begehrtem Junggesellen passte nach wie vor nicht zu dem Bild, das sie bisher von ihm hatte. Verschlossen? Ja, das schon eher. Sie hatten am Vortag mehrere Stunden miteinander verbracht, während er ihr gezeigt hatte, wie man die Tiere versorgte, und er war nie explizit unfreundlich zu ihr gewesen. Trotzdem hatte sie kein bisschen das Gefühl, ihn heute besser zu kennen als gestern. Nur eines war klar: Von Romantik hielt er so viel wie ein Schneemann von einem Karibikurlaub. Sein Gesicht, als sie ihm von ihrer Idee eines Buchladens erzählt hatte, in dem es nur Bücher mit Happy End gab! Wenn seine so deutlich zur Schau gestellte Abneigung sie nicht so sehr verunsichert hätte, wäre es beinah zum Lachen gewesen. Trotzdem weckte etwas von dem, was Siobhan berichtete, ihre Neugier. »Vielleicht will er einfach seine Ruhe«, sagte sie schließlich.

»Das dachte ich auch mal«, erwiderte Siobhan und lächelte schief. »Aber mittlerweile glaube ich, da steckt mehr dahinter. Dieser Mann hat Mauern um sich gebaut, die niemand einreißen kann. Zumindest bisher nicht. Ich meine, das ist doch nicht normal. Ein Mann in seinem Alter, Mitte dreißig, und immer allein. Und das, obwohl sein Großvater ein Matchmaker ist. Da sollte man meinen, dass die Liebe ihm geradezu in den Schoß fällt.«

Eilis schwieg und nahm einen Schluck von ihrem Tee. Wohlig breitete sich das Aroma auf ihrem Gaumen aus. Süß, nach Bergamotte und ein bisschen bitter.

Mauern, die niemand einreißen konnte. Ein Leben, in dem Tiere der einzige echte Bezugspunkt waren. Was müsste geschehen, damit diese Mauern fielen? Und warum, zum Teufel, dachte sie überhaupt darüber nach? Unmerklich schüttelte sie den Kopf. Sie war nicht nach Kerry gekommen, um sich in Träumereien über einen unerreichbaren Prince not-so-charming zu verlieren. Aussichtslose Beziehungen zu Männern hatte sie in Chicago genug geführt. Nach Kerry war sie gekommen, um endlich etwas zu finden, das ihrem Leben einen Sinn verlieh. Sie wandte den Blick ab und ließ ihn über die Wurfkiste schweifen. Das rot getigerte Kätzchen mit der schwarzen Schwanzspitze hatte es

Siobhan offenbar besonders angetan. Sie hatte es wieder auf den Arm genommen und wiegte es sanft hin und her.

»Na, du kleiner Herzensbrecher. Sag schon, mit diesen süßen kleinen Äuglein wickelst du doch sicher alle um deine süße kleine Schwanzspitze«, säuselte Siobhan. Sacht streichelte sie das Katzenköpfchen. »Dich würde ich am liebsten direkt mit nach Hause nehmen, aber ich fürchte, da hat deine Mama was dagegen.« Wie aufs Stichwort stieß die Mutterkatze ein suchendes Gurren aus. Siobhan hielt das Kätzchen ein Stück von sich weg und musterte es, bevor sie schmunzelte. Auch die Mutterkatze schien das zu beruhigen, denn sie wandte sich wieder ab und begann, sich zu putzen.

»Was meinst du, Eilis, sieht dieser kleine Kerl nicht aus wie ein kleiner Fergus?« Statt auf eine Antwort zu warten, nickte Siobhan. »Ja, Fergus passt perfekt zu dir.«

Eilis zog eine Augenbraue hoch. »Fergus? Das klingt ja schon fast offiziell.«

Siobhan grinste. »Ach, ich habe schon immer gerne allem und jedem, der mir über den Weg gelaufen ist, Namen gegeben.« Sie drückte das Kätzchen sanft an ihre Brust, kraulte mit dem Zeigefinger das winzige Köpfchen. Der kleinen Katze schien das zu gefallen. Sie streckte die Ohren seitlich vom Körper ab, schloss die Augen und begann zu schnurren. »Aber Katzen haben es mir besonders angetan. Ich liebe sie einfach. Solange ich denken kann, gab es Katzen in meinem Leben. Meine letzte Katze …« Sie stockte, schluckte, ihre Augen glänzten auf einmal feucht. »Sie hieß Molly. Ich hatte sie fast zwanzig Jahre lang. Sie war mein kleiner Schatten, hat mich überallhin begleitet. Es ist jetzt ein halbes Jahr her, seit sie gestorben ist, und ich dachte wirklich, ich wäre über den Punkt hinaus, an dem ich noch mal eine Katze will. Aber …« Ihr Blick wanderte zurück zu Fergus, der sich an ihrem Pulli festkrallte und immer noch genüsslich schnurrte. »Jetzt frage ich mich, wie ich es so lange ohne ausgehalten habe.«

Eilis betrachtete die Szene und spürte, wie sich eine Idee in ihrem Kopf formte. Siobhan und Fergus – das schien perfekt zu passen. Während die andere Frau das Kätzchen weiter streichelte und dabei leise mit ihm sprach, erlaubte sich Eilis, den Gedanken zu Ende zu denken. Fergus könnte bei Siobhan ein neues Zuhause finden, sobald er alt genug war, seine Mutter zu verlassen, und bis dahin konnten Siobhan und er sich hier in der Buchhandlung immer weiter anfreunden.

»Das klingt ja fast wie Liebe auf den ersten Blick«, meinte sie schließlich und versuchte dabei, beiläufig zu klingen.

Siobhan nickte, ohne den Blick von Fergus abzuwenden. »Absolut. Ich meine, schau ihn dir an! Wie könnte man so einem kleinen Kerl widerstehen?«

Eilis lächelte. Sie würde den Plan später ganz in Ruhe zu Ende schmieden. Natürlich musste sie das Ganze auch mit Cilian besprechen, schließlich gehörten ihm die Tiere mehr oder weniger. Jetzt war es erst mal Zeit, wieder an die Arbeit zu gehen. Sie klopfte Siobhan leicht auf die Schulter. »Komm, gönn der Mama und den Geschwistern auch noch mal eine Kuscheleinheit mit dem Kleinen. Ich muss die restlichen Tiere versorgen, und du wolltest mir dabei helfen.«

Siobhan seufzte dramatisch, legte das Kätzchen zurück zu seiner Mutter und erhob sich. »Na gut. Aber Fergus und ich haben eine Verabredung. Zumindest in meinem Kopf. Jetzt, wo ich ihn kennengelernt habe, brauche ich täglich mindestens eine Dosis Katzenküsschen.« Sie zwinkerte Eilis zu.

Zusammen machten sie sich daran, die Liste mit den Aufgaben weiter abzuarbeiten, aber der Gedanke an Siobhan und Fergus blieb Eilis den ganzen Morgen über im Kopf.

Cilian saß mit Liam auf einer kleinen Holzbank vor einer alten Scheune. Es war nicht der angenehmste Ort für eine Mittagspause, aber es musste reichen. Der Wind hatte die Wolken für einen Moment vertrieben, und die Sonne schien auf die feuchte Erde. Trotzdem ließ eine kühle Brise die Haut unter seinem Pullover prickeln. Vor ihnen lagen die Felder von Glensiveen. Der Ort in der Ferne war mit Lichterketten an den Fassaden, Kränzen an den Türen und hier und da einem großzügigen Weihnachtsbaum im Vorgarten bereits festlich geschmückt. Der Duft von frischer Erde und Heu lag in der Luft, gemischt mit dem typischen Stallgeruch.

Gerade hatten sie eine Schaffarm besucht, deren Besitzer, Shane Callahan, eines seiner Mutterschafe hatte untersuchen lassen. Das Tier hatte Probleme mit einer entzündeten Klaue, und Cilian hatte es zusammen mit Liam behandelt, den Eiter abgelassen und die Klaue desinfiziert. Shane, der mit seinen breiten Schultern und dem markanten Kiefer irgendwie immer aussah, als wäre er einem Werbeprospekt für Outdoor-Bekleidung entsprungen, hatte sich wie üblich gesprächig gezeigt. Zu gesprächig, wenn man Cilian fragte.

Er löste den Deckel seiner Lunchbox und griff nach einem Sandwich, doch Liam hatte offensichtlich andere Pläne. Statt sich seinem eigenen Mittagessen zu widmen, sah er Cilian erwartungsvoll an. »Also, raus mit der Sprache, Boss.«

»Welcher Sprache?« Cilian biss in sein Sandwich, ohne ihn anzusehen. Wenigstes hatte er sich gestern die Zeit genommen, neben dem Futter für die Tiere in der Buchhandlung auch für sich selbst ein paar Lebensmittel zu kaufen. Auf Dauer konnte er nicht von Fertiglasagne leben, auch wenn er zugeben musste, dass der Wechsel zu angetrocknetem Humus auf labberigem, vom Gewürzgurkenwasser aufgeweichtem Weizenweißbrot nur marginal besser war.

Liam verschränkte die Arme hinter dem Kopf und lehnte sich entspannt gegen die Scheunenwand. »Die Sprache über die geheimnisvolle Fremde, für die du gestern den halben Tag durch die Gegend gefahren bist, während ich deine Termine absagen und verschieben musste, weil plötzlich kein Entwurmungstermin und keine Fohlentaufe so wichtig war, wie der geheimnisvollen Dame aus Chicago zu helfen.«

Cilian zog eine Augenbraue hoch und kaute demonstrativ langsam. »Immerhin habe ich die Tiere in ihrer Buchhandlung zwischengeparkt. Sie kümmert sich netterweise darum. Da war ich ihr etwas schuldig. Es war ein Job wie jeder andere.«

»Ach ja? Deswegen warst du auch so lange dort, dass ich dachte, du ziehst direkt bei ihr ein.« Liam grinste breit. »Wie heißt sie überhaupt?«

Cilian seufzte und nahm einen weiteren Bissen. »Eilis McCarthy. Und nicht nur ich mit den Tieren, auch Malachy hat ihr ein ziemliches Durcheinander in der Buchhandlung hinterlassen.«

Liam nickte langsam, als hätte er eine Erkenntnis gewonnen. »Na, dann macht es ja Sinn, dass sie ein bisschen Hilfe bekommt. Und? Was ist sie für ein Typ?«

Cilian zögerte. Er wollte Liam nicht mit Details füttern, die er selbst noch nicht einordnen konnte. Alles, was er zu Eilis sagen konnte, kam ihm vage vor, als wäre sie ein Rätsel, das sich nicht überstürzt lösen ließ. »Hartnäckig. Nervös. Aber … überraschend.«

»Überraschend? Das musst du erklären.« Liam lehnte sich vor, als erwarte er eine lange, saftige Geschichte. Was den Hunger nach Klatsch und Tratsch anging, war er schlimmer als jedes Fischweib. Andererseits: Wen überraschte es? Der Junge war zweiundzwanzig Jahre alt und lebte in einer der am spärlichsten besiedelten Gegenden Europas. Im Sommer mochte das anders sein, wenn die Touristen in Scharen den Ring of Kerry entlangfuhren. Doch in den langen Wintermonaten, in denen der Wind das Meer in haushohen Brechern gegen die Klippen trieb und es vor lauter Regen und Nebel niemals ganz hell wurde, war es manchmal einfacher, die Kälte im Inneren mit Gesprächen zu füllen, als sich der Einsamkeit zu stellen – selbst dann, wenn diese Gespräche sich um die absurdesten Themen drehten. Obwohl er sich das ungern eingestand, konnte Cilian das nachvollziehen. Auch in seinem Leben gab es Momente, in denen die langen, oft einsamen Nächte und die unbarmherzige Routine des Tierarztalltags ein Loch in sein Herz schlugen, das weder die Tiere noch die bodenständige Art der Menschen in Glensiveen füllen konnten. Manchmal dachte er dann, dass er sich nach jemandem sehnte, der ihn verstand, wirklich verstand. Jemandem, der nicht sofort in seiner Vergangenheit wühlen und Dinge über ihn wissen wollte, an die er nicht denken wollte. Aber solche Gedanken waren gefährlich, eine Schwäche, die er nicht zulassen durfte. Bindungen führten zu Verlusten. Diese Lektion hatte er früh genug gelernt.

»Überraschend, weil sie nicht eingeknickt ist. Trotz allem.« Cilian legte das Sandwich beiseite und rieb sich mit einer Hand übers Gesicht. »Ich habe sie mit Informationen über die Tiere bombardiert, als würde ich sie auf eine Abschlussprüfung vorbereiten, und sie hat alles notiert, sich alles gemerkt. Kein Wort des Widerspruchs, kein Augenrollen. Als wir die Tiere gefunden haben, haben alle nur gesagt, wie leid es ihnen tut, aber helfen wollte niemand. Eilis hat ohne mit der Wimper zu zucken die Verantwortung für diese Tiere übernommen. Dabei hatte sie weiß Gott andere Pläne.«

Liam runzelte die Stirn. »Welche Pläne?«

»Den Buchladen wieder auf Vordermann zu bringen und bis Weihnachten zu eröffnen.«

»Bis Weihnachten? Das sind, was, sieben Wochen?« Liam schürzte die Lippen. »Ganz schön sportlich.«

»Das kann man wohl sagen.« Cilian griff nach seiner Wasserflasche und nahm einen tiefen Schluck. »Aber sie lässt sich nicht unterkriegen. Nicht mal, als ich ihr gesagt habe, dass die Tiere vorerst in der Buchhandlung bleiben müssen.«

»Was hat Malachy sich dabei gedacht, ausgerechnet einer Fremden seinen Laden zu überlassen?« Liam schüttelte den Kopf, aber sein Lächeln verriet, dass er es eher amüsant fand als besorgniserregend. »Aber der alte Matchmaker hat garantiert schon jemanden für sie im Kopf. Was meinst du, würde Shane zu ihr passen? Hinter vorgehaltener Hand tuscheln alle, dass er nach seiner Scheidung wieder bereit sei, was Neues anzufangen. Gerüchte behaupten, man habe ihn auf diversen Dating-Apps gesehen.« Vielsagend wackelte Liam mit den Augenbrauen.

»Ganz sicher nicht.« Den Rest seines Sandwiches legte Cilian angeekelt zurück in die Lunchbox. Dieses Zeug konnte wirklich niemand mehr essen. Wahrscheinlich hätte er auch auf die Hälfte verzichten sollen, die er bereits verspeist hatte. Der Brot-Humus-Gurken-Brei in seinem Magen verursachte ihm plötzlich Übelkeit.

»Warum nicht?« Natürlich ließ sich Liam nicht mit einer kurzen Antwort abspeisen, und so musste Cilian es sich vorstellen. Shane und Eilis. Zusammen. Wie er sie hielt. Wie er sie küsste. Das Mittagessen in seinem Magen machte einen weiteren Looping, und Cilian musste die Zähne zusammenbeißen, um ein Würgen zu unterdrücken. Der Schafbauer und Eilis hatten absolut nichts gemeinsam. Shane war ein Typ, der im Mittelpunkt stehen wollte, ein Mann, der Frauen mit seinem Charme um den Finger wickelte. Cilian musste nur an die Lobrede zur Offenstallhaltung denken, die er ihnen gerade gehalten hatte. Als hätte Shane Callahan das Konzept höchstpersönlich erfunden. Dabei war es Cilian gewesen, der Shane vor gut einem Jahr nach monatelanger Überzeugungsarbeit für diese Art der Haltung gewonnen hatte. Mittlerweile sah Shane an seinen eigenen Tieren, wie viel besser es den Schafen im Winter ging, wenn sie sich frei im Stall bewegen konnten. Bei einem Typen wie Shane, dessen Ego größer war als die Schafherde, die er ihnen gerade so stolz präsentiert hatte, würde Eilis untergehen oder, noch schlimmer, sich in seinen großen Worten verlieren, nur um dann enttäuscht zu werden.

»Ich kann es dir nicht sagen, okay?« Genervt nahm Cilian seine Schiebermütze ab, strich sich mit der Hand durch die Haare und setzte die Mütze wieder auf. »Eins ist jedenfalls sicher: Eilis wird von Malachy mit niemandem verkuppelt. Punkt.«

»Warum nicht? Ist sie so hässlich?«

»Hässlich?« Cilian richtete sich abrupt auf. Sein Ton wurde eine Spur schärfer. »Sie ist so ziemlich das genaue Gegenteil von hässlich. Sie ist …« Er brach ab und spürte, wie Liam ihn mit einem Grinsen ansah.

»Ha, hab ich dich!« Liam lachte. »Sie gefällt dir.«

»Unsinn.« Cilian schüttelte den Kopf und stand auf, um die Pause zu beenden. »Ich habe keine Zeit für so was. Schon gar nicht für eine Frau, die Malachy mir in den Weg geworfen hat.«

»Warum nicht?«, fragte Liam unschuldig. »Scheint doch, als hättet ihr schon einiges zusammen erlebt.«

»Weil ich keine Lust habe, in irgendeiner romantischen Schachpartie meines Großvaters der Bauer zu sein, deshalb.« Cilian griff nach seiner Tasche und machte sich zum Aufbruch bereit. »Und jetzt komm. Wir haben noch genug Arbeit vor uns.«

Trotz seiner Entschlossenheit konnte Cilian den Rest des Tages nicht aufhören, über Liams Neckerei nachzudenken. »Sie gefällt dir.« Die drei Worte hallten in seinem Kopf wider wie eine Glocke, die er nicht abstellen konnte. Was war das, was ihn so nervös machte? War es ihre Hartnäckigkeit, ihre Art, mit einer Mischung aus Unsicherheit und Mut durchzuhalten, obwohl er sie in eine unmögliche Situation gebracht hatte? Nicht wütend zu werden, sondern von Beginn an offen und hilfsbereit zu sein?

Als er am späteren Nachmittag seinen Jeep vor Eilis' Haus parkte, spürte er sein Herz schneller schlagen. Unsinn, dachte er, während er sich eine Jacke überzog. Er war hier, um ihr zu helfen, mehr nicht. Aber die Nervosität blieb. Beim Verlassen der Schaffarm hatte er noch ein Plakat gesehen, das für eine lebende

Krippe im Advent warb. Die Vorstellung, wie Eilis zwischen Weihnachtsbäumen und Schafen mit den Leuten aus Glensiveen sprach und Shane dabei neben ihr stand, stolz den Arm um ihre Taille gelegt, ließ Ameisen über seine Haut krabbeln. Er schüttelte den Kopf und stieg aus dem Auto. Die lebende Krippe war wieder so ein typisches Shane-Callahan-Projekt. Ein cleverer Schachzug, um selbst im Winter Besucher auf die Schaffarm zu locken und den Tourismus ein Stück weit am Leben zu erhalten. Die Schafe, vielleicht ein paar Ziegen, die Schweine, die auf Shanes Hof ihren Lebensabend verbrachten, dazu ein Stall, den man festlich schmückte, und natürlich Freiwillige, die Maria, Josef und die Hirten spielten. Die Kinder aus dem Ort würden begeistert sein, und die Eltern, die mit heißem Apfelpunsch und Weihnachtsliedern bei Laune gehalten wurden, würden sicher nicht mit leeren Händen gehen – ein handgefertigter Wollschal oder ein Beutel hausgemachte Plätzchen an dem Verkaufsstand, es wäre sicher für jeden etwas dabei.

Und Eilis? So, wie er sie kannte, würde sie mit einem nervösen, aber freundlichen Lächeln danebenstehen, ein bisschen überfordert von der ganzen Herzlichkeit, aber dennoch bemüht, ihren Platz in der Gemeinschaft zu finden. Shane würde keine Gelegenheit auslassen, sie herumzuführen und ihr die Vorzüge seines Betriebs zu zeigen. Und Cilian war sich plötzlich sicher, dass der Schafbauer sie ohne zu zögern einladen würde, Teil seiner »lebendigen Weihnacht« zu sein.

Ein unangenehmes Ziehen breitete sich in seiner Brust aus. Unwillkürlich ballte er die Hände zu Fäusten. Er lockerte sie wieder, zwang sich, tief durchzuatmen. Was kümmerte es ihn, ob Shane und Eilis Zeit miteinander verbrachten? Es war nicht seine Sache. Trotzdem staute sich in seinem Inneren Hitze auf. Seine Kiefermuskeln waren so angespannt, dass sie schmerzten.

Lächerlich. Dieses Theater, das er seit seiner ersten Begegnung mit Eilis aufführte, war absolut lächerlich. Er war kein Teenager, der sich über jede Kleinigkeit den Kopf zerbrach oder Herzklopfen bekam, wenn er an ein Mädchen dachte. Er war ein erwachsener Mann. In seinem Leben gab es einen klaren Fokus: seine Arbeit, seine Tiere, seine Verantwortung. Doch auch das half ihm wenig, als er vor Eilis' Haus stand und merkte, dass seine Hände schwitzten.

Er straffte die Schultern und klopfte an die Tür.

5

Die Kunst der Jagd – Ein Kompendium war in goldenen Lettern in den Einband eingraviert und schimmerte selbst nach all den Jahren der Vernachlässigung noch edel, wenn das Licht darauf fiel. Eilis blies den Staub von dem Einband und legte das Buch vorsichtig auf den Stapel »Behalten«.

Den halben Tag lang hatte sie damit verbracht, sich durch die Regale zu wühlen, jeden Buchrücken zu betrachten, Klappentexte zu lesen und die Bücher in mehrere Kategorien zu sortieren: »Mit Happy End«, »Ohne Happy End«, »Behalten«, »Unsicher«, »Wegwerfen«. Mit jedem Buch, das sie in die Hand nahm, verwandelte sich die Buchhandlung ein wenig mehr in ihr Zuhause.

Die Regale waren ein wahres Sammelsurium an literarischen Welten. Da gab es Taschenbücher aus den 90er-Jahren, die Ecken der Cover leicht eingerissen und die Farben längst verblasst, aber immer noch mit Geschichten gefüllt, die Abenteuer, Liebe oder das große Glück versprachen. Manche trugen die Spuren von Kaffee- oder Teeflecken, ein untrügliches Zeichen dafür, dass sie einst jemandem ein treuer Begleiter gewesen waren. Daneben standen Schätze im Ledereinband, die wohl von Hand gebunden worden waren – Bücher, die Geschichten aus längst vergangenen Jahrhunderten erzählten, mit fein säuberlich geschriebenen

Namen und Widmungen auf den ersten Seiten. Doch nicht alle Schätze in Malachys Buchhandlung passten in ein Antiquariat. In den Regalen fand sie auch moderne Bücher, Bestseller aus den letzten Jahren mit schillernden Covern, aufwendig gestalteten Farbschnitten und großen Versprechungen auf den Rückseiten. Außerdem gab es Sachbücher, die praktische Ratschläge oder bahnbrechende Erkenntnisse anboten, und schwere Bildbände, deren Seiten knackten, wenn man sie öffnete. Diese Bücher waren neu. Sie verströmten den Geruch von Druckerschwärze und Papier, Eilis' Finger kribbelten, so sehr wollte sie die Erste sein, die diese Schätze berührte. Ganz anders als bei den antiquarischen Kostbarkeiten, wo der Reiz darin bestand, das letzte Glied in einer langen Reihe von Menschen zu sein, denen diese Ausgaben Freude bereitet hatten.

Wieder nahm Eilis eines der älteren Exemplare aus dem Regal und las den Titel: »Sturmhöhe«. Der Einband war kaum mehr als ein Schatten seiner selbst, brüchig raschelten die Seiten zwischen ihren Fingern. Am liebsten wollte sie das Büchlein beschützen, es abstauben und ihm zu einem neuen Leben verhelfen. Doch wenn sie das bei allen Büchern im Laden machen würde, käme sie niemals voran, und schließlich hatte sie ein Konzept vor Augen. In ihrer Buchhandlung gäbe es nur Happy Ends. Kein Platz für unüberwindbare Trauer oder todbringende Leidenschaft. Grausamkeit gab es genug in der Realität. Und wenn sie sich in diesem Laden, ihrem Laden, mit Büchern eine eigene Welt erschaffen konnte, dann sollte es eine Welt sein, in der Wunden heilbar waren und die Menschen am Ende glücklich. Bücher mit Happy End waren kein Klischee, sie waren magische Schlüssel zu Welten, in denen das Gute letztlich triumphierte. Schweren

Herzens atmete sie aus, dann legte sie die »Sturmhöhe« auf den Stapel »Ohne Happy End.«

»Sorry, Emily«, murmelte sie und strich sich den Staub von den Händen. »Das hier ist kein Laden für tragische Seelenqualen.«

»Sorry, Emily«, echote der Ara.

Eilis' Blick wanderte von dem Vogel zu den Stapeln, die sich überall türmten. Bisher hatte sie sich hauptsächlich mit den Romanen beschäftigt, und schon jetzt war der Boden kaum noch zu sehen. Die Kätzchen schien das zu freuen. Sie nutzten die Bücherstapel als Klettergerüste, spielten dazwischen und darauf Verstecken und Fangen. Trotzdem. Wenn Eilis so weitermachte, würde sie Tage brauchen, um sich einen Überblick zu verschaffen. Zum Glück hatte ihr Cilian seine Hilfe versprochen. Mit seinem Pick-up könnten sie die Bücher, die sie abstoßen wollte, regelmäßig zum Wertstoffhof bringen. Dann hatte sie wieder mehr Platz zum Sortieren und Umgestalten.

Cilian. Ihr Herz machte einen Satz, sobald sie seinen Namen dachte. Sie konnte es kaum erwarten, ihm von Siobhan und Fergus zu erzählen. Selbst ein Griesgram wie er konnte an diesem Match nichts auszusetzen haben. Er musste sich mit ihr darüber freuen, dass der erste ihrer Schützlinge ein neues Zuhause gefunden hatte. Und das ganz von allein. Weder Cilian noch Eilis hatten sich dafür anstrengen müssen. Ihre neue Nachbarin und das Kätzchen hatten zueinandergefunden, als seien sie füreinander bestimmt. Ganz so wie in den allerbesten Romanzen. Nur dass diesmal sie, Eilis, einen kleinen Anteil am Happy End gehabt hatte.

Sie rieb sich die Hände an der Jeans ab, warf einen Blick auf die Uhr und spürte, wie ihr Herz ein wenig schneller schlug. Es war kurz nach fünf. Gleich würde er zur Tür hereinkommen, völlig zerzaust und mürrisch, und sie würde ihm beweisen, dass es sich lohnte, an das Gute im Leben zu glauben. Siobhan und Fergus machten es ihnen vor. Man musste sich dem Glück nur in den Weg stellen, dann fand es einen von allein. Das sagte auch ihre Nan immer.

Sie hatte den Gedanken noch nicht ganz zu Ende gedacht, da kündigte das Glöckchen über der Ladentür einen Besucher an. Eine kühle Brise wehte den Duft nach Salz und Meer in den Raum. Der Greyhound bellte einmal kurz. Eilis wirbelte herum, und da stand er. Beim zweiten Mal ließ sein Anblick sie ebenso wenig kalt wie tags zuvor. Sein Haar war windzerzaust. In der Hand hielt er seine Schiebermütze, eine Spur Müdigkeit beschattete das Blau seiner Augen, und doch stand er aufrecht vor ihr und füllte die enge Buchhandlung mit seiner Präsenz. Eilis' Herz setzte einen Schlag aus, bevor es hektisch weiterhämmerte. Alles in ihr kribbelte und sprudelte, als bestünde ihr Blut aus Brausepulver.

»Cilian!« Ihr Enthusiasmus ließ ihre Stimme höher klingen, als sie es beabsichtigt hatte. »Ich habe großartige Neuigkeiten! Für Fergus! Siobhan will ihn adoptieren. Ist das nicht toll?«

»Wer ist Fergus?« Suchend sah er sich um. Als er keinen freien Platz in der näheren Umgebung fand, legte er die Mütze auf den nächstbesten Bücherstapel. »Und wer ist Siobhan?« Die Wachsjacke folgte der Mütze. Auch sie drapierte er über einen Bücherstapel.

»Fergus ist eines der Kätzchen. Das kleine, mit der schwarzen Schwanzspitze und dem rot getigerten Fell. Und Siobhan ist meine neue Nachbarin. Sie hat mir mit dem Esel geholfen, nachdem er mich in einen Eimer mit Eiswasser geschubst hat. Ich dachte, du kennst sie. Sie sagte zumindest, ihr kennt euch.«

»Der Esel hat was?« Cilians Augen wurden groß.

»Das tut jetzt nichts zur Sache!« Sie machte eine wegwerfende Handbewegung. »Im Moment geht es um etwas anderes, und zwar um Siobhan und Fergus.«

Cilian runzelte die Stirn. Er sah aus, als erwarte ihn eine Wurzelbehandlung beim Zahnarzt, nicht, als ob sie ihm gerade hervorragende Neuigkeiten überbracht hätte. Aber wenn er glaubte, ihr mit seiner schlechten Laune den Erfolg vermiesen zu können, täuschte er sich gehörig.

Sie sprach weiter. »Du hättest Siobhan und Fergus miteinander sehen sollen. Sie hat sich sofort in ihn verliebt und er sich in sie. Es war so süß zu sehen, wie die beiden gekuschelt haben.« Eilis grinste bei der Erinnerung und machte einen Schritt auf ihn zu, ihre Aufregung ein Feuerwerk in der Brust. »Ich meine, das ist doch perfekt, oder? Fergus bekommt ein tolles Zuhause, und wir können den ersten Erfolg in puncto Tiervermittlung verbuchen. Win-win!«

Cilian versteifte sich. Statt sich von ihrer Begeisterung anstecken zu lassen, verschränkte er die Arme vor der Brust. »Das geht nicht.«

Eilis' Lächeln gefror. »Was meinst du damit, ›das geht nicht‹?«

»Genau das, was ich gesagt habe.« Er klang so ruhig, dass es sie umso mehr auf die Palme brachte. »Die Kätzchen sind zu jung, um sie abzugeben. Sie brauchen ihre Mutter noch mindestens ein paar Wochen.«

»Das hat Siobhan auch gesagt!« Eilis hob die Hände und ließ sie wieder fallen. »Sie kennt sich mit Katzen aus, Cilian! Ihre letzte Katze ist vor ein paar Monaten gestorben, und sie wünscht sich von ganzem Herzen eine neue Samtpfote in ihrem Leben. Kein Mensch hat gesagt, dass sie Fergus heute mitnehmen will. Siobhan ist bereit, auf Fergus zu warten. Sie will das Beste für den Kleinen!«

»Es geht nicht nur um das Alter«, meinte er und begann, langsam durch den Raum zu gehen. Geschickt umschiffte er dabei die Bücherstapel. »Da gehört mehr dazu. Ein Schutzvertrag, eine Schutzgebühr, und ich müsste mir das neue Zuhause ansehen. Es gibt Protokolle.«

Eilis starrte ihn ungläubig an. »Protokolle?« Ihre Stimme hob sich. »Das hier ist kein Assessment-Center für den MI6! Ich rede von einem Kätzchen und einer wunderbaren Frau, die sich kümmern will. Warum machst du es so kompliziert?«

»Weil es kompliziert ist!« Seine Stimme klang jetzt schärfer. »Es geht nicht nur darum, ob jemand ›wunderbar‹ ist. Tiere bedeuten Verantwortung. Es geht um ihr Wohlergehen, nicht um romantische Vorstellungen davon, wie alles perfekt laufen könnte.«

Eilis ballte die Fäuste. »Du machst alles kaputt!«

»Ich mache alles kaputt?« Cilian drehte sich zu ihr um, sein Blick unergründlich. »Das ist das Letzte, was ich will. Ich versuche nur, sicherzustellen, dass Fergus es gut haben wird.«

»Fergus hätte es gut!« Ihre Stimme bebte. »Und weißt du was? Vielleicht bist du einfach nur unfähig, dich zu freuen. Vielleicht kannst du es nicht ertragen, dass ich etwas geschafft habe, das funktioniert, ohne dass du eingreifen musstest. Ich, die naive Amerikanerin, die mit großen Träumen, aber ohne richtigen Plan nach Irland gekommen ist.«

Der Treffer saß. Etwas wie Scham flog über Cilians Miene, verschwand aber so schnell, dass sie sich hinterher nicht mehr sicher sein konnte, es gesehen zu haben. Sein Ausdruck verhärtete sich wieder.

Er kam näher, sein Gesicht nur noch wenige Zentimeter von ihrem entfernt. »Das hat nichts mit Freude zu tun, Eilis. Es geht darum, dass du keine Ahnung hast, worauf du dich einlässt. Du denkst, weil Fergus ein süßes Kätzchen ist, wird alles gut? Aber so simpel ist das nicht. Tiere sind Lebewesen! Und wer ein Tier bei sich aufnimmt, der macht das ein verdammtes Leben lang!«

Eilis' Herz schlug so schnell, dass sie es in ihren Ohren rauschen hörte. Sie wollte ihm eine Antwort entgegenschleudern, wollte ihn anschreien, doch seine Nähe ließ sie verstummen. Seine Augen funkelten, seine Brust hob und senkte sich in einem Rhythmus, der sie verrückt machte. Sie spürte die Hitze, die von ihm ausging, und wollte sich nicht bewegen, obwohl sie wusste, dass sie es sollte.

»Warum bist du so?« fragte sie schließlich, leise, aber ihre Worte waren von Wut und Frustration getränkt. »Warum kannst du nicht ein einziges Mal an das Gute glauben? Du sagst immer, es geht dir um die Tiere, aber weißt du, was ich glaube? Du hast Angst! Du hast so große Angst, einmal nicht der tolle Cilian zu sein, dass du immer in allem nur das Schlechte sehen musst. Denn nur so kannst du den Retter spielen! Zeig doch ein bisschen Mut! Wer weiß, vielleicht würde die Welt dich überraschen!«

Bevor er antworten konnte, sprang eines der Kaninchen zwischen ihnen hindurch. Wahrscheinlich hatte ihr Streit es verängstigt. Eilis wich zurück, stolperte über einen Stapel Bücher und prallte gegen ein Regal. Ein Schwall alter Magazine regnete auf sie herab. Sie quietschte auf, die Arme über den Kopf gezogen.

»Eilis!« Sofort war Cilian bei ihr. Er zog sie aus dem Chaos und hielt sie fest, während er ihre Schultern überprüfte. »Hast du dich verletzt? Alles okay?« Seine Stimme klang besorgter, als sie erwartet hätte.

Sie schüttelte den Kopf, ihre Hände zitterten, doch die Wärme seiner Berührung drang durch die Anspannung. Selbst, als er sie auf die Füße gestellt hatte, ließ er sie nicht los. Ihre Blicke trafen sich, und die Worte, die sie ihm noch an den Kopf werfen wollte, lösten sich in nichts auf.

Da war nur noch die Nähe. Die Wut, die sie beide durchgeschüttelt hatte, verschmolz mit etwas, das so viel mächtiger war. Seine Finger an ihren Oberarmen zuckten, als überlegte er, ob er sie loslassen sollte.

Er tat es nicht.

Sein Griff blieb fest, seine Brust hob und senkte sich schnell, als ob er darum kämpfte, die Fassung zu wahren. Sein Blick fiel in ihren, und in seinen Augen flackerte etwas, das Eilis die Kehle zuschnürte. Wut, ja – aber da war noch mehr. Etwas, das sie verunsicherte, aber gleichzeitig anzog.

Durch seine Kleidung spürte sie seine erhitzte Haut. Seine Kiefermuskeln arbeiteten, sein Blick wanderte zwischen ihren Augen und ihren Lippen hin und her. Ihre Wut war ein Katalysator, ein Funke, der alles entzündete.

Für den Bruchteil einer Sekunde herrschte Stille. Sogar der unanständige Ara hielt den Schnabel, nur ihr hektisches Atmen füllte den Raum. Dann überwand Cilian die letzte Distanz zwischen ihnen. Der Kuss war kein zögerliches Suchen, sondern eine Explosion. All die Emotionen, die sich zwischen ihnen angestaut hatten, entluden sich in einem Gefecht mit Zungen und Zähnen und Lippen. Seine Hände hielten sie fest. Eilis packte sein Hemd, zog ihn näher, wollte ihn gleichzeitig wegstoßen und mehr von ihm spüren. Das, was sie taten, war wild, roh und so voller unausgesprochener Dinge, dass ihr Kopf sich davon drehte. So musste es sich anfühlen, auf Drogen zu sein. So musste es sich anfühlen, wenn man nicht mehr wusste, wo oben und unten war, was richtig war und was falsch.

Sie küssten und küssten und küssten einander. Bücher fielen zu Boden. Cilian packte sie am Hintern und hob sie hoch. Sie schlang die Beine um seine Taille. Durch den Stoff ihrer Kleidung spürte sie seine Härte. Sehnsucht pochte hinter ihrem Nabel, pulsierte durch ihren Unterleib. Sie drückte sich an ihn, so fest sie konnte. Nicht nur, um nicht runterzufallen, sondern weil sie mehr wollte, mehr brauchte. Tischbeine schabten über uralte Bohlen, und auf einmal saß sie auf dem Lesetisch. Sie kickte sich die Schuhe von den Füßen, Cilian nestelte am Knopf ihrer Jeans. Ein prüfender Blick zum Schaufenster: Niemand konnte sie sehen. Sie waren allein. Allein mit einem Dutzend Tiere. Doch als würden selbst die wissen, dass dieser Wahnsinn, den sie mit Cilian teilte, nur etwas zwischen ihm und ihr war, versteckten sie sich in ihren Schlupfwinkeln und eigenen Eckchen. Sie nickte, ließ sich zurück auf die Ellenbogen fallen, während Cilian ihr Hose und Unterhose in einem von den Beinen streifte. Sie schloss die Augen, gab sich hin: Dem Kribbeln und Flattern, dem Wissen, dass es verrückt war, was sie hier machte, und vielleicht gerade deshalb so gut. Bei all ihren Dates in Chicago hatte sie Regeln gehabt und diese immer befolgt. Küssen beim ersten Date höchstens in der Öffentlichkeit. Kein Sex, ehe es ernst wurde. Sie wollte mit ihrem Körper keine Versprechen geben, die ihr Herz nicht einhalten konnte, und so hatte sie Monate hinter sich, in denen sie keine Männerhände auf ihrer Haut gefühlt hatte. Wochen und Wochen, in denen sie beinah vergessen hatte, wie gut man der Welt und ihren Problemen davonlaufen konnte, wenn man nicht allein war. Wenn Hände über Haut strichen. Wenn Finger feuchtes Fleisch teilten und erkundeten. Wenn sich das ganze Sein nur noch auf diesen Punkt im Inneren richtete, auf den Wunsch zu fallen und dabei sicher zu sein, weil es jemanden gab, der sie hielt. Über dem Rauschen von Blut in ihren Ohren hörte sie das Ratschen eines Reißverschlusses, dann das Rascheln von Stoff. Ein einzelner Gedanke durchbrach den Nebel aus Lust und Verlangen, in dem sie sich verloren hatte. Sie hob den Kopf, öffnete die Augen.

»Kond…«, fing sie an. Sie musste nicht zu Ende sprechen. Er war ihr zuvorgekommen, war schon dabei, ein Präservativ aus seiner Brieftasche zu holen und sich und sie zu schützen. Ein Schaudern durchrieselte sie, Vorfreude und Verlangen. Mit einem Schnatzen rutschte das Kondom an die richtige Stelle, und Cilians Hände waren wieder frei. Frei, ihre Schenkel zu packen, frei, um sich in die richtige Position zu bringen. Frei, gemeinsam mit Eilis das zu tun, was ihre Körper verlangten.

Es war schnell, und es war wild, und sie kam schon nach wenigen Stößen kurz und heftig und mit einem so lauten Rauschen in den Ohren, dass sie nicht hörte, ob Cilian etwas sagte, als auch er sich verlor, ob er fluchte oder stöhnte oder ganz leise war, allein mit sich und seiner Lust.

Ein Atemzug. Noch einer. Dann ließ Cilian ihre Beine sinken, und die Muskeln ihrer Schenkel zuckten schmerzhaft. Auch über ihrem Steißbein tat es weh, dort, wo die Tischkante gegen ihre Knochen gerieben hatte.

Irgendwo in den Tiefen der Buchhandlung seufzte der Greyhound.

Was zum Teufel war hier in den letzten fünf Minuten passiert? Länger hatte der Rausch, der ihn und Eilis ergriffen hatte, nicht gedauert, und jetzt erwachte er wie im Schock. Er sah nach unten, seine Jeans und die Boxershorts waren in die Kniekehlen gerutscht. Wie ein Wellenkamm war mit seinem Höhepunkt die Ekstase zusammengebrochen, die ihn durch die letzten Minuten getragen hatte, und jetzt stand er hier, immer noch zwischen Eilis' Beinen, die wiederum immer noch halb auf dem wackligen Lesetisch lag. Ihre Hände waren zu Fäusten geballt und lagen rechts und links neben der Hüfte. Ihr Atem ging schnell, mit undeutbarem Blick starrte sie an die Decke, und der Moment, der gerade noch voller Leidenschaft und Hitze gewesen war, fühlte sich plötzlich roh und dreckig an. Wie etwas, das er sich genommen hatte, obwohl es ihm nicht gehörte.

Er streifte das Gummi ab und zog sich die Hose hoch. Zum Glück fand er in der Jeanstasche ein fast unbenutztes Papiertaschentuch. Darin wickelte er das Kondom ein und steckte es anschließend etwas unbeholfen zurück in die Hosentasche. Was war nur in ihn gefahren? Er hatte vollkommen die Kontrolle verloren, etwas, das ihm seit Jahren nicht mehr passiert war. Was hatte er sich dabei gedacht? Eilis war nicht irgendeine Frau. Was nicht heißen sollte, dass es bei irgendeiner Frau okay wäre, sich

Hals über Kopf und ohne nachzudenken in so eine Dummheit zu stürzen. Aber bei Eilis war es anders schlimm. Sie war neu in der Stadt, ein Bündel aus Hoffnungen und Träumen, das ihm tiefer unter die Haut ging, als er jemals zugeben würde. Außerdem war sie keine Fremde, keine flüchtige Bekanntschaft, die man am nächsten Tag vergessen haben konnte. Innerhalb von zwei Tagen war sie mitten in seinem Leben angekommen. Durch die Tiere, durch Malachy, durch diese verdammte Buchhandlung und ihren Deal waren sie aneinander gebunden. Und jetzt hatte er sie in einer impulsiven Sekunde überrannt – oder war es umgekehrt gewesen? Er fühlte sich wie ein Teenager, der großen Mist gebaut hatte.

»Das war …«, begann er, wusste aber direkt nicht mehr, wie weiter.

Eilis rutschte vom Tisch. Ihre Bewegungen wirkten abgehackt. Er bückte sich nach ihrer Jeans und reichte sie ihr. Sie griff danach. Er ließ den Stoff erst los, als sie seinen Blick erwiderte. Eindringlich musterte er sie. Ihre Wangen waren immer noch gerötet, aber ihre Augen glitzerten vor Wut – oder war es Frust, weil er nicht einmal einen einzigen geraden Satz herausbrachte?

Ein scharfer Unterton verwandelte ihre Stimme in pures Eis, als sie ihm die Jeans mit einem Ruck aus der Hand zog und fragte: »Das war was?« Ein Bein fand in die Hose. Dann das zweite. »Ein Fehler? Das wolltest du doch sagen, oder?« Sie verschränkte die Arme vor der Brust und sah ihn herausfordernd an.

»Nein …« Das war nicht ganz ehrlich. Er war sich nicht sicher, was er hatte sagen wollen. »Ich wollte nur … ich meine, dass das nicht … geplant war.« Er biss die Zähne zusammen. Seit wann stotterte er wie ein Idiot?

Eilis hob eine Augenbraue. »Nicht geplant?« Sie schnaubte leise, die Spannung in ihrem Gesicht blieb unverändert. »Keine Sorge, nur weil ich an die Liebe glaube, verwechsle ich das, was wir hatten, nicht mit echter Zuneigung. Es war Sex, Cilian. Mehr nicht.«

Autsch. Das so unumwunden aus ihrem Mund zu hören, tat unerwartet weh – warum auch immer. Eines wenigstens folgte aus dem Schmerz hinter seinem Brustbein: Seine Schutzschilde fuhren hoch, und endlich gelang es ihm, wieder besser zu atmen.

»Darum geht es nicht.«

»Worum geht es dann?« Sie trat einen Schritt auf ihn zu. »Fühlst du dich schlecht, weil du denkst, ich könnte es bereuen? Denkst du, ich wäre nicht in der Lage, Entscheidungen über meinen eigenen Körper zu treffen? Ist das irgendeine Art von umgekehrtem Heldenkomplex, dank dem du dich jetzt selbst zermartern musst, weil du dir *etwas von mir genommen hast, ohne zu fragen?*« Der letzte Halbsatz troff vor Ironie. Das änderte allerdings nichts an der Tatsache, dass sie den Nagel punktgenau auf den Kopf traf. Er öffnete den Mund, aber keine Antwort kam heraus. Hilflos rieb er sich mit der Hand den Bart. Seine Finger rochen nach ihr, und sofort sammelte sich Speichel in seinem Mund, als hätte ihm jemand eine verdammte Süßigkeit vor die Nase gehalten. Er biss die Zähne zusammen. Immer war sie ihm einen Schritt voraus, zerrte an seiner Fassade, ließ ihm keine Zeit, sich zu sammeln. Die Wut in ihrer Stimme war wie ein Spiegel seiner eigenen Unsicherheit.

»Ich wollte das genauso wie du, Cilian«, fuhr sie fort, jetzt ein wenig sanfter. »Also hör auf, so zu tun, als hättest du mich zu irgendwas gezwungen.«

Langsam nickte er, der Druck auf seiner Brust verschwand dadurch nicht. Natürlich hatte sie recht, doch die Schuldgefühle ließen sich nicht so leicht abschütteln. Er atmete tief aus. »Anständig sein zu wollen, macht mich nicht zu einem Arschloch.«

»Nein.« Auch sie atmete aus. Es klang wie ein Seufzen. »Das nicht. Aber ich mag dieses scheinheilige Getue nicht, verstehst du? Ich hab es zu oft erlebt. Ich bin einunddreißig Jahre alt, Cilian, und ich hatte bisher nie eine wirklich ernste, langfristige Beziehung. Natürlich habe ich in den letzten zehn, zwölf Jahren nicht als Nonne gelebt. Aber egal, wie man es macht, ist es falsch.« Sie presste die Lippen zusammen, sah auf den Boden. Von Natur aus waren ihre Lippen eher dünn, doch von ihren Küssen und seinem Bart waren sie ein wenig geschwollen. Er wünschte, er dürfte sie noch einmal küssen.

»Wenn eine Frau mit dem Sex wartet, spielt sie angeblich Spielchen. Wenn sie nicht wartet, ist sie nicht beziehungsfähig. Man soll eine tolle Liebhaberin sein, aber gleichzeitig immer Liebe und Sex miteinander verbinden, sonst ist man kalt oder manipulierend. Egal, wie man es macht – irgendein Urteil hagelt es immer. Und ehrlich gesagt, Cilian, solche Kommentare wie deiner gerade erinnern mich da dran. Dann ist es für mich einfach … zu viel.«

Er schluckte. Sie hatte recht. Natürlich hatte sie recht. Seine eigenen Dämonen würden ihm wahrscheinlich nur halb so viel zu schaffen machen, wenn es anders wäre. »Ich hab's wirklich nicht so gemeint«, murmelte er schließlich. Er zwang sich, sie anzusehen. Sein Lächeln geriet schief, aber wenigstens bemühte er sich. »Es tut mir leid, okay? Ich hab nicht nachgedacht.

Vielleicht, weil …« Er brach ab und suchte nach Worten. »Weil du mich durcheinanderbringst.«

»Ich bringe dich durcheinander?« Ihre Lippen kräuselten sich zu einem leichten Lächeln. Ihre Haltung entspannte sich, ein Funkeln trat in ihre Augen.

»Ja«, gab er zu und schüttelte den Kopf. Den Knoten in seinen Gedanken löste das nicht, aber einen Versuch war es wert gewesen. »Das tust du. Seit du hier bist, bringt mich alles durcheinander. Du, die Tiere, deine Verbindung zu meinem Großvater. Du machst es mir unmöglich, vernünftig zu sein und klar zu denken.«

Sehr langsam hob sie den Blick, und was er in ihren Augen sah, brachte die Welt für einen kurzen Augenblick zum Stillstehen. Dieses unglaubliche Grau. Wasser, das über Kiesel rann.

Sie brach den Bann, indem sie eine Hand hob und ihm auf die Brust legte. »Und was ist, wenn du mal aufhörst, vernünftig zu sein und klar zu denken? So schlimm war es doch gar nicht, oder?« Sie zwinkerte ihm zu. »Das gerade?«

Seine Mundwinkel zuckten. »Nein, schlimm war es wirklich nicht.« Die Wut, die sie bisher angetrieben hatte, verebbte. Ihr Körper wurde weich und fügsam. Er zog sie an sich. Viel zärtlicher diesmal, auf der Suche nach Nähe. Erst eine Sekunde, dann noch eine und noch eine, machten sie nichts anderes, als gemeinsam zu atmen. Schließlich war er es, der das Schweigen brach. »Eilis …?«

Sie schüttelte den Kopf, ihre Stirn fast an seiner. »Nicht«, bat sie. »Lass es einfach sein, Cilian. Nur noch für einen Moment.«

»Und dann?«

»Dann machen wir weiter wie bisher und lernen einander kennen. Es gibt da zwölf Tiere, die auf uns vertrauen. Und eine Buchhandlung, die in sieben Wochen wieder geöffnet sein soll.«

»Okay.« Es klang nicht wie der schlechteste Plan. Einander kennenlernen. Es langsam angehen, warten, wie es sich entwickelte, statt zu versuchen, jede Geste, jeden Blick und jedes Wort schon im Vorfeld einzuordnen und ihnen irgendeinen Zweck zu unterstellen.

Als sie ihren Kopf an seine Brust legte, glitten seine Hände wie von selbst um ihre Taille. Es fühlte sich gut an. Anders gut als der wilde Sex eben. Intimer und irgendwie viel näher als das, was er normalerweise zuließ, wenn er Frauen kennenlernte.

Am Ende war es Eilis, die sich aus der Umarmung löste. Ihr Blick wanderte durch den Raum. »Eigentlich wollten wir uns ja treffen, um aufzuräumen. Irgendwie sieht es aber aus, als hätten wir eher mehr Unordnung gemacht als weniger.«

»Dann sollten wir jetzt wohl mit der eigentlichen Aufgabe anfangen.« Sie lösten sich voneinander, und auf einmal fühlte sich der Raum um einige Grad kälter an.

Sie begann mit den Magazinen, die bei ihrem Streit aus dem Regal gefallen waren und so die ganze Sache ins Rollen gebracht hatten. Kurz beobachtete er sie, dann kniete er sich neben sie.

»Die sind wohl nur noch für die Mülltonne gut, oder?« Ohne genau hinzusehen, fischte er eines der Hefte aus dem Stapel. Es hatte ein verblasstes Cover und sah aus, als wäre es seit mindestens dreißig Jahren nicht mehr angefasst worden.

»Irgendwie schade, oder?« Auch Eilis griff sich ein Exemplar. Sie blätterte durch die Ausgabe. Wie die meisten anderen Magazine in dem Wust handelte es sich um eine Informationsbroschüre des Tourismusverbandes. Anzeigen warben für Fährfahrten zu den Cliffs of Moher oder nach Skellig Michael. Dazwischen gab es längere Artikel. Einen Bericht über einen Schaffarmer, der seinen Hof in fünfzehnter Generation betrieb. Eine Reportage über eine örtliche Destillerie und ein Wetterbericht für die Region. Plötzlich erstarrte sie.

»Was ist?«, fragte er und beugte sich näher. Die Seite, die Eilis aufgeschlagen hatte, zeigte eine Familie, die um ein großes Terrarium versammelt war. Darüber prangte der Titel: »Irlands faszinierende Reptilien – Ein Ausflug zur Auffangstation für Echsen und Schlangen.«

Cilian nahm ihr das Heft aus der Hand und betrachtete das Bild genauer. »Das ist … uralt. Ich hab von dieser Station noch nie gehört.«

»Reptilien waren auch nicht unbedingt das, was ich mit Irland assoziiert habe.«

»Das liegt daran, dass es hier kaum heimische Reptilien gibt«, erklärte Cilian. »Das scheint eher eine Auffangstation für Tiere zu sein, die Leute als Haustiere gehalten und dann ausgesetzt haben. Oder die aus illegalen Transporten stammen. Ich habe keine Ahnung, ob es den Zoo noch gibt, aber …« Er brachte den Satz nicht zu Ende. Auch so wusste er, dass sie dasselbe dachten. Es wäre eine Chance. Zumindest einen Versuch war es wert. Das Chamäleon könnte sich nichts Besseres wünschen, als in dieser Reptilienrettungsstation unterzukommen. Sobald er zu Hause war, würde er herausfinden, ob es die Einrichtung noch gab.

Die Berührung von Eilis' Hand ließ ihn aufsehen. Ihre Miene war weich, ihr Lächeln sanft und liebevoll.

»Siehst du«, meinte sie. »Man muss dem Schicksal nur seinen Lauf lassen, dann findet es seinen Weg. Es ist genau wie bei Fergus und Siobhan. Er darf doch bei ihr einziehen, wenn er alt genug ist?« Ihre Augen waren groß, ihr Blick flehend und offen, und falls es einen Mann gab, der diesem Blick widerstehen konnte, so war das nicht er. Lächelnd nickte er, und Eilis bedankte sich mit einem Kuss. Noch mochte er sich dagegen wehren, doch insgeheim wusste er, dass sie recht hatte: mit den Tieren. Mit dem Plan für ihre Buchhandlung. Und vielleicht auch mit ihm.

6

Am Abend des kommenden Freitags hatte die Buchhandlung schon etwas von ihrer chaotischen Atmosphäre verloren. Eilis schaute aus dem Schaufenster und wischte sich die Hände an einem alten Handtuch ab. Hinter den Häusern spiegelte sich das warmgoldene Licht der Straßenlaternen und Weihnachtslichterketten auf der ruhigen Wasseroberfläche des Hafenbeckens. Sanft schaukelten die Fischerboote im Takt der Wellen, ihre Masten zeichneten Schatten auf die Goldpfützen auf dem Wasser. Eine Welle der Erschöpfung überrollte sie. Seit ihrer Ankunft in Irland schuftete sie Tag für Tag mindestens zwölf Stunden. Kein Wunder, dass sie müde war. Aber wenigstens hatte Cilian sein Versprechen bisher eingehalten und half ihr, wann immer es seine anderen Verpflichtungen zuließen.

Sie wandte sich von dem Anblick vor dem Fenster ab und widmete sich wieder dem Eimer mit Putzwasser. In der Buchhandlung selbst war das Licht gedämpft, nur die alten Deckenlampen spendeten etwas Helligkeit und malten mit ihrem warmen Schein alle Kanten weich. Der Geruch von Seifenlauge hing in der Luft, gemischt mit der mittlerweile vertrauten Note des Staubs, der sich teilweise hartnäckig in den Ecken vor ihrem Putzlappen versteckte. Ja, es war anstrengend, aber es war auch ihr Traum, den sie sich hier verwirklichte. Dank Cilians Hilfe waren sie trotz allem schon weiter, als sie je geglaubt hätte, am Ende ihrer ersten Woche zu sein. Gemeinsam hatten sie die Stapel an alten Büchern und Magazinen, von denen sie sich trennen musste, zu Cilians Pick-up geschafft. Dem auf diese Weise frei gewordenen Regalplatz waren sie mit Seifenlauge und Putzlappen zu Leibe gerückt. Auch jetzt schrubbte Cilian gerade mit voller Hingabe über ein Regalbrett. Das Hemd hatte er vor einer Weile ausgezogen. Wahrscheinlich, um es vor der Seifenlauge zu schützen. Was auch immer der Grund dafür war, ihr sollte es recht sein. Der Anblick eines Cilians im engen Shirt entschädigte sie für einiges. Fasziniert beobachtete sie das Spiel seiner Muskeln in den Unterarmen. Er hatte wirklich sexy Unterarme. Mit langen Sehnen, die Adern leicht sichtbar unter einem goldenen Flaum weicher Härchen. Ein leises Seufzen entwich ihrer Kehle. Sie presste die Lippen zusammen, um es zurückzuhalten, doch es war schon zu spät.

Mit erhobenen Augenbrauen drehte Cilian sich zu ihr um. »Alles okay?«

»Ja, klar.« Sie räusperte sich. »Ich hab nur eine kurze Pause gemacht. Jetzt geht es weiter.« Mit etwas zu viel Enthusiasmus widmete sie sich wieder ihrem Regal. Natürlich durchschaute Cilian sie. Aus dem Augenwinkel sah sie sein Grinsen, eine Spur zu selbstzufrieden für ihren Geschmack. Aber nun, dagegen konnte sie nichts machen. In diese Bredouille hatte sie sich selbst gebracht.

»Weißt du was?« Er wrang den Lappen aus und legte ihn auf die Arbeitsfläche. »Ich glaube, wir sollten aufhören. Hier drin wird es langsam zu dunkel.«

Eilis wollte gerade nicken, als ein leises Grummeln sie überraschte. Eines der Tiere? Sie sah sich um. Nein. Der Ara saß zufrieden in seinem Käfig und knabberte an einer Hirsestange, die Cilian ihm als Leckerbissen mitgebracht hatte. Die Kaninchen hatten sich in ihre Verstecke zurückgezogen und Mama Katze machte gerade ein Nickerchen, während ihr aufgeweckter Nachwuchs durch die Buchhandlung tollte. Nur, wo sich der Greyhound versteckt hatte, konnte sie momentan nicht sehen.

Das Geräusch ertönte erneut. Cilian presste sich eine Hand auf den Bauch.

Begreifend riss Eilis die Augen auf. »War das dein Magen?«

Sie lachte, als er rot wurde. Diese leichte Unsicherheit stand ihm gut. Sie hatte ihn nie so erlebt, aber es machte ihn irgendwie nahbarer.

»Seit dem Frühstück habe ich nichts mehr gegessen«, gab er zu. »Es war ein langer Tag.«

»Oh.« Neckend zwinkerte sie ihm zu. »Ist das hier zu viel für dich?«

»Das glaube ich kaum. Mit meiner Ausdauer ist alles in Ordnung, aber vielen Dank der Nachfrage. Ich dachte, davon hättest du dich schon überzeugt.« Vielsagend zwinkerte er ihr zu. »Trotzdem hab ich Hunger.«

»Dann lass uns etwas essen.« Sie stand auf und sah ihn erwartungsvoll an. »Ich wollte dich sowieso zum Dank einladen.«

»Zum Dank?« Er zog eine Augenbraue hoch. »Dafür, dass ich mit Schuld an dem ganzen Durcheinander hier habe?«

»Fürs Aufräumen, Mr. Griesgram.« Sie verschränkte die Arme und grinste ihn an. »Jetzt, wo ich drüber nachdenke, könnte das mit der Einladung ohnehin etwas schwer werden. Seit ich hier bin, war ich noch nicht richtig einkaufen. Der Kühlschrank ist quasi leer.«

»Kein Problem.« In einer einzigen fließenden Bewegung angelte er seinen Autoschlüssel aus der Jeanstasche, warf ihn in die Luft und fing ihn wieder auf. Diesmal hinderte sie den Seufzer gerade noch rechtzeitig daran, ihren Lippen zu entwischen. Dem Ara hingegen war jede Zurückhaltung fremd. »Großschnabel«, krächzte er von seinem Aussichtsplatz im Käfig aus. »Möwenputzer! Pfau ohne Federn.«

Eilis lachte laut auf, Cilian schüttelte grinsend den Kopf.

»Ich fahre dich schnell zum Supermarkt.«

Als Ablenkungsmanöver war das ziemlich erfolgreich, immerhin mussten sie sich etwas wegen des Abendessens überlegen. »In den Pick-up passen genug Vorräte rein, auch wenn die halbe Ladefläche jetzt voll mit alten Büchern ist.«

»Okay, warte. Ich hol mir nur schnell eine Jacke und mein Portemonnaie von oben.« Sie wollte eben losspurten, als das Glöckchen über der Tür klingelte. Beide drehten sich um.

»Malachy.« Eilis' Stimme überschlug sich vor Freude. Sie trat auf ihren Vermieter zu, der im Türrahmen stand. Offensichtlich hatte er sich für seinen Besuch schick gemacht. Der Anzug, den er trug, wirkte wie ein Relikt aus einer anderen Zeit – kariert, aus Tweed und perfekt geschnitten. Die Fliege, ein tiefes Blau mit einem feinen Muster, saß akkurat unter einem gebügelten Hemdkragen, und die dicken, runden Brillengläser ließen seine hellblauen Augen größer wirken, als sie waren. Wie schon bei ihrem ersten Kennenlernen zog seine Ausstrahlung von altmodischer Würde sie sofort in ihren Bann, diese Mischung aus Schalk und Charme, die ihn augenblicklich sympathisch machte. Offenbar hatte er sich gut von seiner Krankheit erholt.

»Ich hoffe, ich störe nicht.« Neugierig ließ er den Blick durch den Raum schweifen und nickte anerkennend. »Du hast schon ordentlich was geschafft.« Seine Augen blieben kurz an den leeren Regalen hängen, wanderten dann zu den geordneten Stapeln am Rand des Raumes und schließlich zu der Schüssel mit Seifenlauge auf dem Boden. Erst da schien er Cilian zu bemerken. Er hob die Augenbrauen. »Du hier?«

Cilian, der bis dahin vermeintlich unsichtbar zwischen den Regalen gestanden hatte, schob sich eine Hand durch die Haare und trat auf sie und Malachy zu. »Offensichtlich. Ein Geist bin ich jedenfalls nicht.«

»Mein Enkel, der Scherzkeks.« Grinsend musterte Malachy Cilian von oben bis unten. »Ich muss schon sagen, die Rolle als Buchhändler steht dir. Habe ich es nicht immer gesagt?« Selbst auf die Entfernung von einigen Schritten spürte Eilis, wie Cilian sich verkrampfte.

»Das hat nichts mit der Buchhandlung zu tun. Wenn ich ein Versprechen gebe, halte ich es ein.« Obwohl die Worte härter klangen, als sie von Cilian vermutlich gemeint waren, zuckte Eilis zusammen. An Malachy schienen sie abzuprallen. Wenn überhaupt, wurde seine Miene weicher.

»Das weiß ich doch.« In einer beschwichtigenden Geste hob Malachy die Hände. »Und was oder wer auch immer dich dazu bewegt hat, jetzt gerade hier zu sein, ich bin froh, dass du es bist. Ich freue mich, dich zu sehen.« Aufrichtiger konnte ein Lächeln nicht sein. Trotzdem wich Cilian dem Blick seines Großvaters aus. Was war hier los? Eilis spürte die Spannung im Raum wie eine unsichtbare Mauer zwischen den beiden Männern. Ihre Blicke trafen sich kaum, und Cilian hatte sich förmlich in sich selbst zurückgezogen. Was auch immer da zwischen Großvater und Enkel schwelte, sie wollte nicht, dass es den Abend ruinierte.

Sie räusperte sich, versuchte, ihre Stimme fröhlicher klingen zu lassen, als sie sich fühlte. »Ohne Cilian hätte ich das alles jedenfalls nie in der Geschwindigkeit geschafft.« Um ihren Worten mehr Gewicht zu verleihen, hakte sie sich bei Cilian unter.

Statt sich in ihre Berührung zu lehnen, wich dieser davor zurück. Autsch! Nach allem, was sie in der kurzen Zeit ihrer Bekanntschaft geteilt hatten, fühlte sich die Zurückweisung an wie ein Schlag ins Gesicht. Dabei war sie sich nicht einmal sicher, ob sie ihr oder nicht viel mehr Malachy gegolten hatte.

Doch ehe die Situation außer Kontrolle geraten konnte, rettete der Greyhound sie. Wie aus dem Nichts tauchte er zwischen ihnen auf. Er beschnupperte sie und Cilian, nahm dann aber direkten Kurs auf Malachy. Kaum hatte er eine erste Nase voll von dem betagten Herrn gerochen, fing sein Schwanz an zu wedeln. Mit dem ganzen Körper drückte er sich an Malachy, winzige Freudenlaute verließen seine Kehle, und die großen schwarzen Augen sahen staunend zu ihm auf.

»Ja, wer bist du denn, alter Junge?« Er bückte sich zu dem Greyhound. Eilis meinte fast, seine alten Knochen bei der Bewegung knacken zu hören, aber Malachy schien mindestens genauso froh wie der Greyhound. Er streichelte dem alten Hund den Kopf, klopfte liebevoll seine Flanke. »Hast du einen Namen?«

»Bisher nicht.« Auf einmal brannten Eilis' Augen vor Rührung. Sollte Cilian sie doch für rührselig und über-romantisch halten, sie jedenfalls konnte sich nicht vorstellen, wie dieser Anblick jemanden kalt lassen konnte. Die beiden Senioren, Hund

und Herr, sahen aus wie die beiden Seiten einer perfekten Medaille.

»Hm, dann lass uns mal überlegen.« Immer weiter kraulten Malachys alte Finger den Greyhound. »So ein prächtiger alter Kerl wie du braucht einen besonderen Namen.« Nachdenklich hielt er inne. Der Greyhound hob den Kopf und sah ihn mit großen, dunklen Augen an, als würde er auf die Entscheidung warten.

»Bran«, beschied Malachy schließlich. Er sah Eilis an. »Das war der Name von Fionn Mac Cumhaills treuem Hund.« Er sprach es aus wie Finn McCool. »Ein Begleiter, der ihn nie im Stich ließ. Stark, mutig, aber auch klug und mit einem großen Herzen. Genau das sehe ich in diesem alten Jungen.« Er klopfte dem Hund sanft die Flanke. »Was meinst du, Bran? Passt das zu dir?«

»Ich habe keine Ahnung, wer Finn McCool war.«

»Fionn Mac Cumhaill«, berichtigte Cilian ihre Aussprache, »erlangte unendliches Wissen, nachdem er den Lachs der Weisheit aß.«

»Finn McCool erlangte ewiges Wissen, weil er den Lachs der Weisheit aß?«, echote Eilis. Ein Lachen blubberte aus ihrer Kehle.

Cilian zuckte mit den Schultern. »So lautet die Legende. Da kann ich nichts machen.«

Als würde er immer noch auf eine Antwort warten, sah der Greyhound zwischen ihnen hin und her. Er stieß ein leises Winseln aus, als wollte er sagen: Wird's jetzt mal?

»Wenn das so ist«, meinte Eilis, »ist Bran natürlich der perfekte Name für unseren alten Jungen hier.«

»Na also.« Malachy rieb sich die Hände. »Da haben wir es doch: Ab jetzt heißt du Bran.«

Eilis hätte den Moment am liebsten festgehalten. Malachy, der alte Hund, die Wärme in der Buchhandlung, das alles wirkte fast wie ein Traum. Nur die Anspannung, die immer noch in Cilians Schultern steckte, bewies, dass auch in diesem Augenblick nicht alles perfekt war.

Endlich richtete Malachy sich wieder auf. Er sah von ihr zu seinem Enkel und wieder zurück. »Also, was meint ihr? Wollen wir Brans Taufe im Pub feiern? Ich lade euch ein. Und Bran natürlich auch. Auf mich wirkt ihr alle drei, als ob ihr etwas zwischen die Zähne bekommen könntet.«

»Wir haben keine Leine für ihn.« Dieser Einwurf kam natürlich von Cilian.

Malachy winkte ab. »Eine Leine? Unsinn. Bran weiß, wo er hingehört. Stimmt's, Junge?« Der Greyhound legte den Kopf schief und drückte sich enger an Malachys Seite.

Gespannt wartete Eilis auf Cilians Reaktion. Einen Moment lang schien er tatsächlich zu zögern, doch dann nickte er. »Einverstanden.«

»Also los.« Noch einmal klopfte Malachy Bran die Flanke, dann schlenderte er Richtung Tür. Der Greyhound folgte ihm wie ein Schatten, dicht an seiner Seite.

Eilis sprintete in ihre Wohnung, um sich Jacke und Schlüssel zu holen. Als sie zurückkam, hatte auch Cilian sich Jacke und Mütze angezogen und wartete am Ausgang auf sie, die Tür in der Hand. Gemeinsam traten sie ins Freie. Eilis verschloss die Buchhandlung. Der Abend war klar und kühl, die Luft roch nach Salz und Holzrauch. Sie wandten sich in Richtung Hafen.

Malachy und Bran gingen voraus, weder überstürzt noch träge – gerade so, wie es für beide richtig war. Eilis fiel mit Cilian ein paar Schritte zurück. Von der Seite her warf sie ihm einen Blick zu, beobachtete, wie er seinen Großvater und den Hund im Auge behielt. War das etwa ein Lächeln, das sich in seinem Bart versteckte? Es war kaum mehr als ein Heben der Mundwinkel, aber es war da, und das war alles, was im Moment zählte.

Das Pub hieß »The Harp and Anchor« und lag direkt am Hafen. Das Rauschen der Wellen hinter der Hafenmauer schwoll mit dem Wind an und ab, der durch die schmalen Gassen pfiff. Gischt spritzte von den Mauersteinen auf, durchtränkte die Luft mit Feuchtigkeit und ließ das Kopfsteinpflaster glänzen wie frisch geölt. Die Holzbänke auf der Terrasse, die im Sommer sicherlich immer voll besetzt waren, lagen an dicken Ketten im Winterschlaf. Ein Fischerboot stand auf einem Trailer neben der Straße. Alles wirkte wie im Dornröschenschlaf. Eingemummelt für die kalte Jahreszeit, eingefroren und still. Umso einladender leuchteten die Fenster des Pubs. Die Tür war mit einer Girlande aus Tannenzweigen geschmückt, durchsetzt mit kleinen roten Beeren und einer Schleife aus goldenem Band. Darüber hing ein Mistelzweig, der sich sanft im Wind wiegte. Auch hier war Weihnachten also bereits eingezogen.

Cilian trat an die Spitze ihres kleinen Zugs und öffnete die schwere Holztür. Mit einem Quietschen schwang sie auf. Drinnen empfing sie Stimmengewirr und Lachen. Das Pub war gut besucht, die Wände mit dunklem Holz vertäfelt, alte Fotografien von Fischerbooten und Hafenszenen hingen schief in ihren Rahmen. Ein Kaminfeuer in der Ecke warf flackernde Schatten an die Wände, und in der Nähe der Theke gab es einen Billardtisch, um den sich eine Gruppe Jugendlicher versammelt hatte.

Sie hatten sich noch nicht einmal halb bis zur Theke vorgekämpft, da wurden sie bereits erkannt.

»Malachy! Cilian! Schaut, wer sich hier blicken lässt!«, rief ihnen eine stämmige Frau mit blondiertem Haar und einer auffälligen Leo-Leggings von der Besucherseite der Bar entgegen. Sie prostete Malachy mit ihrem Pintglas zu. In Cilians Richtung zwinkerte sie mit einer Mischung aus Flirt und Schalk. »Hätte nicht gedacht, dass du heute Abend vorbeikommst, Cilian. Ich dachte, du bist zu beschäftigt damit, die Welt zu retten!«

Cilian verzog das Gesicht zu einem angedeuteten Lächeln. »Hallo, Maggie. Auch Weltretter brauchen ab und zu eine Auszeit.« Maggies antwortendes Lachen klang nach zwei Packungen John Player Blue am Tag, als sie sich wieder ihrem Bier zuwandte.

Breit grinsend klopfte Malachy Maggie auf die Schulter und führte Cilian und Eilis weiter zur Bar, Bran stets dicht an seiner Seite. »Das war Maggie«, erklärte er Eilis. »Unsere inoffizielle Pubkönigin. Wenn du einmal etwas über jemanden wissen willst, frag sie. Sie kennt jeden und jede. Von ihr erfährst du alles. Meistens sogar mehr als das.«

»Gut zu wissen.« Eilis versuchte, sich das Gesicht der Frau einzuprägen. Sie konnte sich gut vorstellen, was Maggie morgen ihren Bekannten und Freundinnen erzählen würde. Vor allem, als Cilian ihr eine Hand auf den unteren Rücken legte, um sie durch die Menge an die Bar zu manövrieren.

An der Theke herrschte reger Betrieb. Cilian musste ein paar Mal die Hand heben, ehe es ihm gelang, die Aufmerksamkeit der Barkeeperin auf sich zu ziehen.

»Ein Guinness, ein halbes Lager für meinen Großvater – und …« Fragend sah er Eilis an.

»Ein Cider für mich bitte«, ergänzte sie.

»Süß oder trocken?« Die Barkeeperin zog eine Augenbraue hoch, während sie ein sauberes Glas aus einem gestapelten Turm griff. Mit ihrem von zahlreichen grauen Strähnen melierten, kurzen Haar, das wahrscheinlich mal schwarz gewesen war, sah sie aus, als hätte sie schon alles erlebt. Ihr Hemd war leicht zerknittert, die Ärmel bis zu den Ellbogen hochgekrempelt, und ihre kräftigen Hände bewegten sich flink, während sie nebenbei ein Pintglas unter den Zapfhahn hielt. Am Hals trug sie eine kleine Harfenkette. Der Akzent in ihrer Stimme war so deutlich Kerry, dass Eilis kurz überlegen musste, was »süß oder trocken« genau bedeutete.

»Ähm, süß bitte. Irgendwas Lokales.«

»Wird gemacht. Auch was zu essen?«

Eilis musterte die Schiefertafel neben dem Schnapsregal. Riesig war die Auswahl nicht, aber die Aufschrift versprach, dass alle Gerichte selbst gekocht und mit Zutaten aus der Region zubereitet wurden.

Ehe sie sich entscheiden konnte, ergriff Cilian das Wort. »Gibt es heute nichts Vegetarisches?«

»Vegetarisch? Heute nur den Hühnernudeleintopf.«

In Cilians Kiefer spannten sich die Muskeln an. »Hühner. In einem vegetarischen Eintopf.«

»Ist halt so.« Die Barkeeperin zuckte mit den Schultern. Die Getränke waren fertig gezapft, und sie stellte sie vor Cilian, Malachy und Eilis auf die Bar.

Cilian seufzte. Halb erwartete Eilis, dass er eine Diskussion anfangen würde, doch offenbar ahnte er, dass das nichts bringen würde, und gab nach. »Gut, dann nehme ich die Beilagen vom

Daily Roast. Zwei Portionen Kartoffelbrei, bitte.« Kopfschüttelnd notierte sich die Barkeeperin Cilians Bestellung, dann richtete sie ihren Blick auf Eilis.

»Die Muscheln in Weißweinsud, bitte.«

Malachy bestellte den Braten – »für mich aber mit Braten, versteht sich« – und prostete Maggie noch einmal zu, ehe sie ihre Gläser und ein kleines Holzschild mit einer Nummer bekamen, das der Bedienung später zeigen sollte, an welchen Tisch sie ihr Essen bringen musste.

Das Glück war ihnen hold. In einer Ecke des Pubs fanden sie einen freien Platz. Von dort aus konnten sie das Geschehen gut beobachten, waren aber abseits genug, um sich unterhalten zu können und Platz für den Hund zu haben, den das Gewusel sichtlich nervös machte.

Mit dem Unterhalten war es allerdings gar nicht so einfach. Während sie auf ihr Essen warteten, kamen immer wieder Leute an ihren Tisch. In ganz Glensiveen schien es keine Menschenseele zu geben, die Malachy nicht kannte, und jedem stellte er Eilis stolz als seine Nachfolgerin in der Buchhandlung vor. Sie schüttelte unzählige Hände und lächelte so viel, dass ihre Wangen schon bald davon schmerzten. Es war eine bunte Mischung an Persönlichkeiten, die nacheinander bei ihnen vorbeischauten. Ein älterer Herr mit einem Flanellhemd, dessen Kragen so ausgeblichen war, dass man unmöglich sagen konnte, welche Farbe er ursprünglich gehabt hatte, lobte sie überschwänglich für ihren Mut bei der Aufgabe, die sie sich mit der Buchhandlung aufgehalst hatte. Eine Frau mit strahlend roten Locken und einer Stimme wie eine Sirene versprach, ihr selbst gebackene Scones vorbeizubringen – »Für den ersten richtigen Tag«. Ein Mann um die dreißig, mit einem verschmitzten Grinsen und raspelkurz geschnittenen Haaren, schlug vor, ein paar seiner im Selfpublishing veröffentlichten Bücher über Fischertechniken auszustellen – »Die Touristen lieben so was«, schwor er Eilis. »Die finden das authentisch.«

Bald schon gab Eilis auf, sich alle Namen merken zu wollen. Ein paar der Leute würde sie im Laufe der Zeit besser kennenlernen. Andere nicht. So war es nun mal im Leben. Sie hörte zu, gab höfliche Antworten, aber je mehr Gesichter an ihr vorbeizogen, desto schwerer fiel es ihr, sich auf die Gespräche zu konzentrieren und desto mehr zog der Mann an ihrer Seite ihre Aufmerksamkeit auf sich. Keine von Cilians Bewegungen entging ihr. Wie er sich leicht vorbeugte, um Malachy besser zu verstehen. Wie sein Zeigefinger an seinem Glas entlangfuhr, während er sich geduldig die Geschichten der anderen anhörte. Wie sein Oberschenkel immer wieder gegen ihren stieß. Die Berührung war so beiläufig, dass sie kaum bemerkbar war, und doch schien ihr ganzer Körper darauf zu reagieren. Wann hatte sie zum letzten Mal einen anderen Menschen derart intensiv wahrgenommen?

Das Essen kam, und der Strom an Neugierigen hörte auf. Schon der erste Löffel ihres Gerichts ließ Eilis aufseufzen. Die Weißweinsauce war heiß und würzig, kleine Stückchen glasiger Zwiebeln tanzten auf Eilis' Gaumen. Das Muschelfleisch war fest, der Geschmack cremig, leicht salzig und mineralisch, als würde sie direkt ins Meer beißen. Dazu gab es frisches, knuspriges Brot, das sie in die Sauce tunkte. Jeder einzelne Bissen umarmte sie von innen und ließ ein Gefühl von Behaglichkeit in ihr aufsteigen, das sie bis in die Fingerspitzen durchdrang und jede Anspannung löste.

Der Cider tat sein Übriges. Mit jedem Schluck breitete sich eine angenehme Wärme in ihrem Körper aus, ihre Schultern entspannten sich, sanken nach unten. Die Gespräche um sie herum verschwammen zu einem Summen.

Siobhan kam und setzte sich für eine Weile zu ihnen. Ihr Lächeln überspannte ihr ganzes Gesicht, als Eilis ihr sagte, dass Fergus wirklich bei ihr einziehen durfte, sobald er alt genug war. »Oh, Eilis«, sagte sie, und ihre Stimme brach fast dabei. »Das ist das Beste, was ich seit Wochen gehört habe. Cilian, du wirst sehen, keinem anderen kleinen Kater auf der Welt wird es so gut gehen wie Fergus.«

Cilian hob den Blick von seinem Essen, sah erst Siobhan an, dann Eilis und nickte. »Das glaube ich dir.« Sogar ein kleines Lächeln rang er sich ab. »Ich vertraue dir.«

Eilis beobachtete ihn aus dem Augenwinkel. Wie schwer ihm diese Worte gefallen sein mussten. Ein Hauch von Stolz machte sich in ihr breit. Cilian war nicht der Typ Mensch, der leicht losließ. Weder Kontrolle noch seine Zurückhaltung. Und doch hatte er es in der vergangenen Woche schon mehrfach getan. Für sie. Das musste etwas bedeuten. Was, wusste sie nicht genau, nur, dass es wichtig war.

Als die Teller leer waren und die Gläser ausgetrunken, machten sie sich auf den Heimweg. Alles war ruhig, nur irgendwo in der Ferne dudelte »Let It Snow« aus einem Lautsprecher. Bran lief brav an Malachys Seite, alle paar Schritte hob er den Kopf und sah Malachy mit seinen großen, feuchten Augen fragend an. Dann legte Malachy die Hand kurz auf den Scheitel des Hundes, brummte ein paar unverständliche Worte, und die beiden gingen weiter. Hund und Herr gezeichnet vom Leben, die Glieder ein wenig gekrümmt, die Haltung gebückt vom Alter, langsam, aber stetig.

Vor der Buchhandlung blieben sie stehen.

»Na, Bran«, meinte Malachy und kraulte den Hund hinter den Ohren. »Zeit, nach Hause zu gehen. Überlassen wir das junge Gemüse sich selbst.«

Cilian blickte überrascht zu seinem Großvater. Er öffnete den Mund, schloss ihn wieder, versuchte es noch einmal. »Du willst ihn einfach so mitnehmen?«

»Warum nicht?« Malachy legte eine Hand auf die Schulter seines Enkels, fing Cilians Blick mit seinem ein. Die Brillengläser verstärkten die Intensität in seinen Augen. Er sagte: »Habe ich nicht bewiesen, dass ich mich gut um verlassene Seelen kümmern kann?« Eilis war sicher, dass zwischen den Worten noch eine komplette stille Unterhaltung stattfand. Ein Gespräch, das nur Enkel und Großvater etwas anging.

Cilian senkte den Blick. Seine Augen schimmerten feucht. »Du weißt, dass ich es so nicht meine, Daideo.«

Beschwichtigend klopfte Malachy auf Cilians Schulter. »Das weiß ich, mein Junge.« Für die Dauer eines Herzschlags standen sie so da. Der alte Kavanagh und der junge. Beide stumm, beide spürbar von einer Erinnerung gehalten, die nur sie beide teilten. Ehe Cilian etwas erwidern und so den Moment zerstören konnte, wandte Malachy sich ab, nickte Eilis zu und ging mit Bran in die Nacht.

Cilian und sie blieben zurück, und plötzlich war die Luft voller unausgesprochener Worte. Es war Zeit, sich zu verabschieden. Cilians Pick-up stand direkt neben ihnen, bereit, ihn zurück in seine eigene Welt zu bringen. Doch keiner von ihnen bewegte sich. Stattdessen verharrten sie, ihr Atem stieg in kleinen weißen Wölkchen in die Nacht auf. Etwas veränderte sich zwischen ihnen. Wie ein Echo der Leidenschaft, die sie an jenem zweiten Nachmittag miteinander geteilt hatten, schwoll Sehnsucht in Eilis' Körper an. Die Welt schrumpfte um sie her. Da waren nur noch sie und er, die Nacht und die Kälte. Sie wusste, dass sie etwas sagen sollte, irgendeine Floskel, um die Spannung zu durchbrechen, doch die Worte blieben ihr im Hals stecken.

Ihre Finger zitterten vor Anspannung oder Kälte, wer wusste das schon. Sie nahm sie aus den Jackentaschen, blies Atem darauf. Ihr Lächeln geriet schief, aber Cilian erwiderte es, nahm ihre Finger zwischen seine, wärmte und hielt sie sacht. Seine Stimme war leise, fast zaghaft, als er sagte: »Ich würde dich gerne zum Abschied küssen.«

Eilis' Herz schlug einen Purzelbaum, dann klopfte es so laut, dass sie sicher war, er müsse es hören. »Das würde mir gefallen.«

Ganz langsam senkte er seine Lippen auf ihre. Der Kuss war sanft und zart und beinahe schüchtern. Ganz anders als die Küsse, die sie bisher geteilt hatten. So, dachte sie. So hätte unser erster Kuss sein sollen. Als sie sich voneinander lösten, hielt sie die Augen geschlossen, lächelte. Dieser Moment war so magisch, er hatte das Zeug, die Realität zu verändern. Von nun an würde das hier ihr erster Kuss sein. So würde sie es für immer in Erinnerung behalten.

Nach einem Abend in angenehmer Gesellschaft wirkte die Wohnung noch stiller als sonst. Cilian zog sich Schuhe, Jacke und Schal aus und ging ins Wohnzimmer. Das Tourismusmagazin mit dem Artikel über die Reptilienauffangstation lag noch immer auf dem Wust aus Tierarztzeitschriften und Prospekten auf dem Sofatisch, wo er ihn vor fast einer Woche hingelegt hatte. Ein paar Mal hatte er schon versucht, dort anzurufen, doch bisher immer nur den Anrufbeantworter erwischt. Kein Wunder, wenn er immer erst so spät nach Hause kam, weil er jede freie Minute mit Eilis in der Buchhandlung verbrachte. Er schwor sich, den nächsten Versuch morgen in der Mittagspause zu starten. Bisher hatte Eilis noch nicht nachgefragt, was er in der Sache herausbekommen hatte, aber sicher wäre sie enttäuscht von ihm, wenn er nicht bald ein Ergebnis liefern konnte. Eilis. Bei dem Gedanken an sie breitete sich augenblicklich Wärme hinter seinem Brustbein aus. Sie hatte ihn überrascht. Wieder und wieder hatte sie ihn in der vergangenen Woche überrascht. Obwohl ihre Zusammenarbeit mit einem Streit begonnen hatte, hatte sie sich innerhalb von wenigen Tagen in den Kreis der wenigen Menschen gemogelt, deren Gesellschaft er ohne Vorbehalte genoss. An den Grund des Streits konnte er sich kaum noch erinnern. Die Einzelheiten verschwammen in seinem Kopf. Er wusste nur noch, dass er wütend gewesen war – auf sie, auf sich selbst, auf alles. Und dann hatten sie … Er fuhr sich mit einer Hand über das Gesicht. Er war nicht stolz auf den Quickie, aber Eilis hatte ihn danach nicht bestraft. Kein Drama, keine Vorwürfe. Klipp und klar hatte sie ihm ins Gesicht gesagt, dass sie weder Opfer noch Retterin war. Doch noch viel mehr als ihre Geradlinigkeit hatte ihn ihre Bereitschaft, zu verzeihen, beeindruckt. Nicht einmal ein Hauch von Missstimmung war nach ihrer Aussprache zurückgeblieben. Statt ihn von da an mit Missachtung oder verurteilenden Blicken zu strafen, wie er es fast erwartet hatte,

hatte sie die Ärmel hochgekrempelt und nach vorne geschaut. Gemeinsam mit ihr zu arbeiten, machte Spaß.

Und der Pubbesuch? Er konnte sich nicht erinnern, wann er sich zuletzt im *Harp and Anchor* so gut unterhalten hatte.

Ein Vibrieren des Handys riss ihn aus den Gedanken. Richtig. Er hatte sich für morgen eine Erinnerung erstellen wollen, damit er nicht vergaß, in der Reptilienstation anzurufen. Er entsperrte das Display und blieb augenblicklich an der Benachrichtigung hängen. Madeleine hatte versucht, ihn zu erreichen. Gleich dreimal hatte sie angerufen, während er im *Harp and Anchor* gewesen war. In seinem Magen verwandelte sich der Kartoffelbrei in Zement. Kurz überlegte er, die Anrufe zu ignorieren. Der Tag war zu schön gewesen, um ihn sich auf der Zielgeraden verderben zu lassen. Aber aus Erfahrung wusste er, dass das alles nur schlimmer machen würde. Madeleine gab nie auf. Wenn sie etwas wollte, war sie unerbittlich. Widerwillig drückte er auf die Rückruftaste.

Der Klingelton hatte noch nicht mal eingesetzt, da nahm sie ab.

»Endlich«, kam es ohne Vorwarnung. Madeleines Stimme klang wie immer: eine Mischung aus Gereiztheit und unterschwelliger Aggression. Kein Wunder, dass Eilis' sanfte Hartnäckigkeit im Umgang mit ihm sich anfühlte wie Balsam auf seiner Seele. Sie war das genaue Gegenteil von Madeleines Art. »Ich habe schon dreimal versucht, dich zu erreichen.«

»Das habe ich gesehen.«

»Und da war es zu viel verlangt, sich etwas zügiger zu melden? Hast du auf die Uhr geschaut? Es ist nach acht.«

Cilian war fünfunddreißig Jahre alt und stand seit über zehn Jahren auf eigenen Beinen, doch wenn er mit Madeleine sprach, fühlte er sich grundsätzlich wie ein kleiner Junge. »Ich war beschäftigt«, erwiderte er knapp.

»Offensichtlich zu beschäftigt, um auch nur fünf Minuten zu opfern. Es ist nicht so, dass ich Spaß daran habe, dich zu verfolgen, Cilian.«

Er schnaubte leise und hoffte, dass sie es nicht hörte. »Das bezweifle ich.«

»Wirklich witzig.« Ihre Stimme triefte vor Sarkasmus. »Hör zu, ich wollte dich daran erinnern, dass Vater nächsten Monat achtzig wird.«

»Ja, Madeleine. Das habe ich mitbekommen.« Er ließ sich auf die Couch sinken, den Kopf gegen die Lehne gestützt. Sein Blick schweifte zum Fenster, wo die Dunkelheit der Nacht nur gelegentlich von Scheinwerfern unterbrochen wurde. Seine Gestalt spiegelte sich in der Scheibe. Das war er, musste er sich erinnern. Breite Schultern, lange Beine, Bart: ein erwachsener Mann.

Madeleines Stimme holte ihn aus seiner Betrachtung. »Ich meine es ernst, Cilian. Das wird eine große Sache. Du kannst das nicht ignorieren.«

»Große Sache? Ich dachte, es wird nur eine kleine, private Feier?«

»Privat genug, um dich dabeihaben zu wollen. Niemand würde von dir erwarten, dass du dich vor Kameras abmühst. Für die Reden und Ehrungen wird es an einem anderen Tag eine Veranstaltung im Dáil Éireann geben, da wird auch die Presse anwesend sein. Deine Anwesenheit dort würde die alte Geschichte nur wieder ans Tageslicht zerren, und das wollen wir alle nicht. Aber für das private Fest könntest du dir Mühe geben. Für Vater.«

»Nach allem, was er für mich getan hat, meinst du?« Seine

Finger krampften sich um das Handy. Wenn er noch ein bisschen fester zudrückte, würde er das Gerät wahrscheinlich zerquetschen. Sie beide wussten, dass niemand Cilian auf dieser Feier dabeihaben wollte. Madeleine ging es einzig und allein darum, ihn zu quälen.

»Jetzt fang nicht wieder damit an.« Der scharfe Unterton in der Stimme seiner Schwester trat nun noch deutlicher hervor. »Ich weiß, dass du denkst, er war nie für dich da, aber …«

»Aber was?« Er richtete sich auf, die Müdigkeit wich einer altbekannten Wut. »Genau das ist es, was passiert ist. Er hat äußerst deutlich klargestellt, dass ich ein Problem war, das er nie wollte. Er hat mich erst anerkannt, als er von außen dazu gezwungen wurde.«

»Und einmal mehr stellst du dich als Opfer dar! Glaubst du, Francis und ich hatten es leichter? Deine Mutter …«

»Bring sie nicht ins Spiel«, unterbrach er sie. Seine Stimme war leise, aber schneidend. »Das hier hat nichts mit ihr zu tun. Es geht um ihn. Es geht darum, dass ich nie dazugehört habe. Dass ich nie dazugehören sollte.«

Ein Laut purer Frustration klang durch die Leitung. »Natürlich geht es um sie. Ihretwegen ist unsere Familie zerbrochen. Das war allein ihr Werk und du warst ihr Werkzeug. Was genau erwartest du von uns? Dass wir vor Freude im Kreis springen?«

Cilian biss die Zähne zusammen. »Werkzeug? Ich war ein Kind, Madeleine. Ein Kind, das keine Wahl hatte. Hör auf, so zu tun, als hätte ich irgendeine Kontrolle gehabt.«

»Du tust ja so, als hätten wir eine Wahl gehabt!« Ihre Stimme war lauter geworden, durchdrungen von einem bitteren Lachen. »Francis und ich mussten zusehen, wie unser Leben auseinanderbrach, während du …« Sie hielt inne, ihre Worte gefärbt von einer Mischung aus Wut und Schmerz. »Ihr habt uns alles genommen.«

»Alles?« Er dachte an das protzige Anwesen, in dem sein Vater residierte, an das Penthouse in London, das seine Schwester sich von einem der angesagtesten Innendesigner hatte einrichten lassen, den die britische Hauptstadt zu bieten hatte. Er dachte an die ganzen Wohltätigkeitsveranstaltungen, auf deren roten Teppichen seine Stiefmutter regelmäßig abgelichtet wurde. Und er dachte an das offene Grab auf dem Friedhof von Glensiveen, an dem nur ein alter Mann und ein kleiner Junge bezeugten, wie ein heller Eichensarg in der Erde verschwand. »Mach dich nicht lächerlich.«

»Ja, das ist typisch. Einmal mehr zeigst du, dass du wahrlich der Sohn deiner Mutter bist.« Ihre Stimme zitterte jetzt leicht, und für einen Moment klang sie nicht mehr wie die manipulative Schwester, die er kannte, sondern wie jemand, der wirklich verletzt war. »Immer denkst du nur an dich. Ich kenne keinen Menschen, der egoistischer ist als du, Cilian. Selbst nach all den Jahren bist du nicht bereit, zu sehen, was es uns gekostet hat, dich in der Nähe zu haben. Nie. Immer tust du, als seist du der Einzige, der gelitten hat.«

Er wollte etwas erwidern, irgendeinen schneidenden Kommentar, der ihn wieder die Oberhand gewinnen ließ, doch die Worte blieben ihm im Hals stecken. Und was, wenn sie recht hatte? Sagte man das nicht auch hier im Ort über ihn? Emotional unerreichbar, unnahbar, kalt? Er starrte auf sein Spiegelbild im Fenster. Der Mann, der ihm entgegenblickte, wirkte so verdammt müde.

»Madeleine«, begann er schließlich, seine Stimme rau, »wir können das nicht immer wieder durchkauen. Es bringt nichts.« Zum tausendsten Mal nahm er sich vor, ihre Nummer zu blockieren. Francis und sein Vater meldeten sich ohnehin kaum je telefonisch bei ihm. Sie bevorzugten es, ihn persönlich zu quälen, und bestanden mit offiziellen Einladungskarten und altmodischen Briefen auf seiner sporadischen Anwesenheit bei sogenannten Familienfesten, nur um ihn dann keines Blickes zu würdigen. Doch ehe er das machen konnte, musste er dieses Gespräch hinter sich bringen, und Madeleine war noch nicht fertig mit ihm.

»Nein, was nichts bringt, ist, dass du dich weigerst, Verantwortung zu übernehmen. Für irgendwas. Schreib ihm wenigstens eine Karte. Und wenn du genug Anstand besitzt, erscheinst du bei der Feier. Das ist das Mindeste, was du tun kannst.«

Er atmete tief ein und aus. Wie ein Fels drückte die Anspannung auf seine Brust. »Ich schreibe eine Karte«, willigte er ein, hauptsächlich, um diesem Gespräch endlich zu entkommen. »Ob ich komme, weiß ich nicht.«

Sie schnalzte mit der Zunge. »Nun, mehr kann ich, wie es scheint, nicht von dir erwarten. Also werde ich mich damit wohl oder übel zufriedengeben müssen.«

»Es reicht jetzt, Madeleine.« Wie viele dieser Gespräche hatten sie schon geführt? Er wusste es nicht. Die Worte wechselten, doch das Grundgerüst blieb dasselbe: ihre Forderungen, seine Abwehr, ihr Selbstmitleid. Sie verhielten sich wie zwei erbärmliche Schauspieler in einem Theaterstück, das endlos wiederholt wurde, obwohl die Zuschauer längst gegangen waren. Warum zum Teufel spielte er immer noch mit? Er hatte Daideo. Er brauchte keine weitere Familie. Und doch … Er unterdrückte ein Seufzen. War sein Wunsch, in ihren Kreis aufgenommen zu werden, wirklich und wahrhaftig dazuzugehören, immer noch so groß? Warum?

Er besann sich zurück auf das Gespräch. »Ich schreib die Karte. Mehr kann ich dir nicht versprechen.«

Ein Moment der Stille. Dann hörte er ein kurzes, scharfes Einatmen. »Gut. Ich sage dir Bescheid, wann und wo.«

Bevor er etwas hinzufügen konnte, legte sie auf. Cilian starrte auf das Display seines Handys und ließ es langsam sinken. Die Wärme und Leichtigkeit, die der Nachmittag und Abend mit Eilis hinterlassen hatte, war verflogen. Er erhob sich und ging ins Schlafzimmer, um sich bettfertig zu machen. Doch als er im Bad stand, die Zahnbürste in der Hand, zögerte er. Er wollte nicht den Geschmack von Eilis' Abschiedskuss wegputzen.

Er legte die Zahnbürste zurück ins Glas, beugte sich leicht nach vorne und stützte sich mit den Händen am Rand des Waschbeckens ab. Die Kühle des Porzellans sickerte in seine Handflächen, half ihm, die Gedanken zu klären. Es war lächerlich, sich so an einem Kuss festzuklammern. Aber irgendetwas daran wollte er bewahren – vielleicht das Gefühl, dass zwischen all den unerwarteten Wendungen der letzten Woche etwas wirklich Gutes passiert war. Er schüttelte den Kopf, richtete sich auf und griff wieder zur Zahnbürste. Was sein muss, muss sein. Die vertrauten Bewegungen führten ihn durch die Routine, doch die Zahnpasta schmeckte bitterer als gewöhnlich. Als er den Schaum ausspuckte, war auch der letzte Rest von Eilis' Geschmack von seinen Lippen verschwunden, die Erinnerung an den Kuss dafür klarer als zuvor. So klar, dass dagegen sogar sein Frust über das Telefonat mit seiner Schwester verblasste.

7

Viele von denen, die Eilis im *Harp and Anchor* kennengelernt hatte, machten ihr Versprechen wahr und kamen sie im Laufe der nächsten zwei Wochen in ihrem Laden besuchen. So lernte sie auch Fiona, die Betreiberin des Oxfam-Ladens in Glensiveen, besser kennen. Fiona war eine Frau Ende fünfzig mit einem ansteckenden Lachen und einem scharfen Blick für Details. »Weißt du, woran man erkennt, dass Weihnachten vor der Tür steht?«, hatte sie bei ihrem ersten Besuch gefragt, während sie ein sorgfältig gefaltetes Paar handgestrickter Wollsocken auf Eilis' Verkaufstresen legte. »Daran, dass die Leute endlich Zeit haben, über andere nachzudenken. Und daran, dass ich mich jedes Jahr frage, warum ich mir den Stress antue, wenn ich dann wieder sortieren muss, wer aus dem Wunsch, etwas Gutes zu tun, spendet und wer denkt, ein Wohltätigkeitsladen sei ein Ort, um seinen Müll loszuwerden und gleichzeitig etwas für das Gewissen zu tun.« Trotzdem war es offensichtlich, dass Fiona ihre Arbeit liebte. Ebenso sehr liebte sie es, die Menschen im Ort miteinander zu verbinden.

Die Socken schenkte sie Eilis. »Davon kann man im Winter nie genug haben. Solange die Füße warm sind, muss man nie frieren.« Zuletzt wünschte sie Eilis noch gutes Gelingen für die Wiedereröffnung des Ladens und verabschiedete sich bis zum nächsten Mal.

Und dass es ein nächstes Mal geben würde, dessen war sich Eilis sicher. Noch waren es etwas über vier Wochen bis Weihnachten und damit der großen Eröffnung, doch schon jetzt verging kaum ein Tag, an dem das Glöckchen über der Ladentür schwieg. Jedes Mal, wenn es klingelte und jemand mit einem Lächeln und einem neugierigen Blick hineinschaute, flatterte Eilis' Herz vor Rührung und Zuversicht. Wenn all diese Menschen auch nach der Einweihung in ihren Buchladen kamen, womöglich sogar zu Stammkunden würden, dann müsste sich Eilis um die Zukunft des *Happily Ever After Books* keine Sorgen machen. Dann würde aus ihrem persönlichen Traum wahrlich und wahrhaftig ein Ort der Gemeinschaft und des Zusammenhalts werden. Ein Ort, an dem die Menschen nicht nur für ein Buch oder eine Tasse Kaffee kamen, sondern, weil sie das Gefühl hatten, hier ein neues Kapitel ihres Lebens aufzuschlagen.

So wie Tommy. Der junge Autor brachte wie im Pub angekündigt sein Buch vorbei. Hauptberuflich war er Fischer in achter Generation, und mit dem Scharlachara lieferte er sich amüsante Fluchduelle. Kaum betrat Tommy den Laden, sah ihm der Vogel von seinem gewohnten Platz auf der hohen Stange mit funkelnden Augen entgegen.

»Na, du alter Plunderhaufen!« Auf Tommys Herausforderung hin neigte der Ara den Kopf zur Seite, sah seinen menschlichen Konkurrenten abschätzig an und krächzte: »Klappfisch!«

In gespielter Empörung stemmte Tommy sich die Hände in die Hüften. »Hör mal, ich lasse mir von niemandem sagen, wie man anständige Flüche raushaut, schon gar nicht von so einer gefiederten Schimpfkanone wie dir!«

Prompt antwortete der Ara mit einer lautstarken Folge aus unsortierten Beleidigungen, darunter »Seeratte«, »Taugenichts« und »Pfützenschrubber«.

Grinsend drehte Tommy sich zu Eilis und deutete auf den Vogel. »Der ist eindeutig überqualifiziert für deinen Laden. Du solltest ihm ein Mikrofon und eine Bühne geben.«

Ein Stich fuhr in Eilis' Magen. Tommys unschuldiger Kommentar erinnerte sie daran, woher diese Tiere kamen. Gut möglich, dass auf einer Bühne zu stehen und das Publikum mit seinen Flüchen zu unterhalten, einmal der Job des Aras gewesen war.

Sie zwang sich zu einem Lächeln und zuckte mit den Schultern. »Vielleicht hat er genug davon und genießt jetzt seinen Ruhestand, indem er dich piesackt.«

Als hätte er jedes Wort verstanden, krächzte der Ara zustimmend. Zum Dank reichte Tommy ihm ein Stück Apfel, das er extra für den Vogel mitgebracht hatte.

Maggie, die Frau, die Malachy Eilis als Pubkönigin vorgestellt hatte, tauchte mit einer Ladung selbst gebackener Scones und einer Handvoll Gerüchte bei ihr auf.

»Hattest du schon Gelegenheit, Shane Callahan kennenzulernen? Ihm gehört die Schaffarm an der Straße Richtung Portmagee. Seine Scheidung ist jetzt seit einem Jahr durch, und rate mal, woran er angeblich besonders interessiert ist?« Sie beugte sich ein Stück vor, als würde sie ein großes Geheimnis verraten. »An einer neuen Frau, Eilis! Und nicht irgendeiner Frau. Shane hat hohe Ansprüche, weißt du? Und die kann er sich auch leisten, in den letzten Jahren hat er seine Farm ganz auf Bio umgestellt und dem alten Betrieb ordentlich neues Leben eingehaucht. Mit einem Hofladen und einer Pop-up-Galerie für lokale Künstlerinnen und Künstler und einem Gnadenhof für Streicheltiere, den die Touristen lieben. Du solltest ihn mal besuchen. Vielleicht an dem Adventswochenende, wenn er seine lebendige Krippe aufstellt.«

»Lebendige Krippe?« Glensiveen hatte offenbar nicht nur *einen* Kuppler. Im Gegensatz zu Malachys Ansatz waren Maggies Versuche allerdings alles andere als subtil. Umso leichter war es, sie zu umgehen.

Maggie verzog den Mund und zuckte mit den Schultern. »Du weißt schon: ein Stall, echte Tiere. Zur lebendigen Krippe kommen dann auch Kostümierte, die Maria, Josef, die Hirten und Engel und so spielen. Dazu gibt es Essen, heiße Getränke und ein paar Carol Singers. Das volle Programm eben.«

Eilis wusste nichts vom halben oder ganzen Programm, aber sie nickte trotzdem. Sie hatte kein Interesse daran, Maggies kaum verhohlenen Verkupplungsversuch weiter zu fördern. Um ehrlich zu sein, hatte sie überhaupt kein Interesse daran, neue Männer kennenzulernen.

Cilians Gesicht tauchte vor ihrem inneren Auge auf. Die klaren Linien seiner Wangenknochen, der angedeutete Schatten seines Bartes. Seine Augen – das Blau eines Sees in der Wintersonne – zogen sie magisch an. Sie hatten etwas, das sie nicht greifen konnte. Ernst, manchmal unnahbar, aber weich, wenn er sie ansah, als würde er einen Moment lang vergessen, sich zu verschließen. Und dieser leichte Zug um seine Lippen, der nie ganz ein Lächeln war, sondern eher ein Hauch von Nachdenklichkeit oder Zurückhaltung. Wärme stieg in ihr auf, wenn sie daran dachte, wie er beim Grübeln die Stirn runzelte und wie diese Härte verschwand, wenn er sich entspannte. Obwohl er ihr nach wie vor fast jeden Abend in der Buchhandlung half, hatten sie das, was zwischen ihnen war, nicht näher definiert. Sie hatten auch nicht noch einmal miteinander geschlafen. Ohnehin waren es die kleinen Berührungen, die sie jeden Tag mehr an ihn banden. Ein flüchtiges Streifen ihrer Hände, wenn er ihr ein Buch reichte. Sein Daumen, der einen Moment länger an ihrem Handgelenk verweilte, wenn sie ihn auf eine besonders schöne Stelle in einem Text hinwies. Oder die Art, wie er sich manchmal leicht zu ihr hinunterbeugte, um etwas zu sagen. So nah, dass sie seine Stimme nicht nur hörte, sondern als Streicheln von Atem auf ihrer Wange spürte.

Ohne dass sie darüber gesprochen hätten, hatte sich zwischen ihnen eine stillschweigende Vertrautheit aufgebaut. Sie liebte es, wie er sie in Gespräche verwickelte, ohne je aufdringlich zu sein, wie er ihren Tag mit Kleinigkeiten erhellte, ohne zu wissen, wie viel das für sie bedeutete. Sie liebte seine Hingabe für die Tiere, die er gerettet hatte, und das Engagement, mit dem er von seinem Beruf erzählte.

Eilis wusste, dass sie sich tiefer in diese Gefühle fallen ließ, als es klug für sie war. Trotz all der Enttäuschungen mit Männern, die sie erlebt hatte, war sie im Herzen eine Romantikerin. Sie glaubte an die Liebe und sehnte sich nach einer Beziehung, wie Nana und Grampa sie geführt hatten. Doch für diese Träume war Cilian nicht der Richtige. Von ihrer ersten Begegnung an hatte er deutlich gemacht, wie wenig er von Romantik und Liebe hielt. Zu gern wüsste sie, was ihn daran glauben ließ, dass Liebe ein Spiel war, das niemand gewinnen konnte. Eilis biss sich auf die Unterlippe und schüttelte den Kopf. Es war unvernünftig, sich in ihn zu verlieben. Unvernünftig und gefährlich. Ob absichtlich oder nicht, er würde sie verletzen. Doch trotz dieser Gewissheit schien ihr Herz jedes Mal einen Schritt auf ihn zuzumachen, während ihr Verstand versuchte, sie zurückzuhalten.

So ging es ihr auch an diesem Nachmittag, als das Glockenspiel über der Tür klingelte und seine Ankunft verkündete. Wie so oft sah er windzerzaust aus. Kaum fiel sein Blick auf sie, füllte sich seine Miene mit Wärme. Sie wollte ihn mit einem sachten Necken begrüßen, aber er hielt sie auf, indem er die Hand hob.

»Gute Neuigkeiten!«, verkündete er. Ein anderer hätte mehr daraus gemacht. Hätte vielleicht »großartige Neuigkeiten« gesagt, oder »rate, was heute passiert ist«. Dagegen hörte sich das leise gesprochene »gute Neuigkeiten« von Cilian fast schüchtern an. Aber Eilis hatte ihn kennengelernt in den letzten Wochen. Sie wusste, dass ein »gute Neuigkeiten« von ihm viel mehr wert war als ganze Freudensprünge von anderen. Denn Cilian war keiner, der das Glas halb voll sah. Wenn man ihn ließ, hüllte er sich in Pessimismus, als wäre er ein wärmender Mantel. Es musste also etwas bedeuten, wenn er sich traute, Neuigkeiten als »gut« zu bezeichnen.

Eilis kam nicht dazu, nachzufragen.

Er fuhr bereits fort. »Ich habe endlich die Leute von dem Reptilienzoo erreicht. Wenn wir uns beeilen, können wir unseren Freund hier …« Er nickte zu dem Terrarium, in dem das Chamäleon unter der UV-Lampe saß und langsam blinzelte. »… noch heute vorbeibringen.«

»Das ist ja großartig!« Sie klatschte in die Hände.

»Ja.« Er lächelte. »Eigentlich nehmen sie keine neuen Schützlinge mehr auf, aber für uns machen sie eine Ausnahme.« Er machte eine kurze Pause, holte Atem, dann fuhr er fort. »Ich habe mich umgehört, Eilis. Dass das Chamäleon dort unterkommen kann, ist ein großes Glück. Ein besseres Reptilien-Zuhause gibt es auf der ganzen Insel nicht.«

»Und wo ist der Haken?« Sie hatte es als Scherz gemeint, aber Cilian fiel das Lächeln vom Gesicht. So einfach war es, Vorsicht bei ihm zu wecken.

»Es ist ziemlich weit weg. Von hier bis Kilkenny sind es locker vier Stunden Fahrt.« Unwillkürlich zückte sie ihr Handy und sah auf das Display. Kurz vor drei.

Cilian deutete ihre Geste richtig. »Peter – der Besitzer des Zoos – würde auf uns warten. Aber hin und zurück schaffen wir es auf keinen Fall heute noch.«

»Und warum fahren wir nicht direkt erst morgen?«

»Mit Liams Hilfe könnte ich mir den Tag morgen schon komplett freinehmen.« Er befeuchtete sich die Lippen mit der Zunge, senkte den Blick. War er etwa verlegen?

»Aber?«, bohrte sie vorsichtig nach.

Er gab sich einen Ruck. »Aber ich hatte eine Idee. Ich dachte …« Wieder stockte er. »Ich dachte, wir könnten einen Ausflug draus machen. Für eine Nacht ein Cottage mieten. Zu dieser Jahreszeit dürfte die Auswahl groß sein. Irgendwo im Nirgendwo, wo niemand ist, der uns kennt. Morgen den Tag vielleicht mit einer Wanderung starten. Auf dem Weg nach Osten könnten wir einkaufen gehen. Für eine Nacht braucht man ja nicht so viel. Wir könnten uns dick einmummeln und nachts Sterne gucken.« Je länger er redete, desto unsicherer wirkte er. Er machte eine wegwerfende Handbewegung. »Es war eine blöde Idee. Vergiss einfach, was ich gesagt habe.«

Das würde sie ganz sicher nicht! In drei Schritten war sie bei ihm. Sie schlang ihm die Arme um die Mitte, drückte sich so nah an ihn, dass kein Zweifel mehr zwischen sie passte. Mit der Hand strich sie ihm sanft über den Bart. »Ich liebe die Idee, Cilian. Ich würde liebend gerne mit dir eine kleine Auszeit in einem romantischen Cottage irgendwo im Nirgendwo verbringen.«

»Wirklich?«

Sie nickte. »Wirklich. Wann geht es los?«

»Sobald wir einen Sitter für die Tiere in der Buchhandlung haben und das Chamäleon reisefertig ist.«

Vier Stunden Fahrt auf kurvigen Landstraßen lagen hinter ihnen, als sie die unscheinbare Einfahrt zum »Emerald Reptile Sanctuary« erreichten. Der Weg war kaum als solcher zu erkennen, nur eine verwitterte Holztafel, auf der man im Licht der Scheinwerfer schemenhaft ein schlichtes, grünes Logo ausmachen konnte, wies darauf hin. Während der letzten Kilometer begann sich die Feuchtigkeit, die sich seit Stunden wie ein Schleier über die Landschaft gelegt hatte, zu verwandeln. Erste Schneeflocken tanzten durch die goldenen Lichtkegel der Scheinwerfer. Die Felder zu beiden Seiten verschwanden in der Dunkelheit. Die Hecken warfen zackige Schatten über den Asphalt, und die Baumkronen darüber lösten sich in der Schwärze des Himmels auf. Die Welt schien stillzustehen. Jeder Kilometer ein weiterer Schritt von Herbst zu Winter.

Eilis war eingeschlafen, den Kopf gegen die Fensterscheibe gelehnt, während der kleine Terrariumkasten mit dem Chamäleon hinter ihnen auf der Rückbank stand. Cilian hielt den Wagen an und drehte sich zu ihr.

»Eilis?« Er sprach leise, um sie nicht zu erschrecken. Sie öffnete die Augen, blinzelte kurz und setzte sich auf. »Wir sind da.«

Sie nickte, streckte sich und blickte aus dem Fenster. »Das sieht … unspektakulär aus«, bemerkte sie mit einem Lächeln, das andeutete, dass sie mehr erwartet hatte. Cilian erwiderte nichts. Ihn überraschte das äußere Erscheinungsbild des Reptilienzoos nicht. Gut möglich, dass seit dem Erscheinen des Artikels, den Eilis und er in dem Tourismusmagazin aus den 80er-Jahren gefunden hatten, hier keine großen Renovierungsarbeiten vorgenommen worden waren. Tierschutz kostete Geld. Da war es oft eine Frage, welche Löcher am dringendsten gestopft werden mussten, und den Reptilien war es gleichgültig, ob das Haus, in denen sich ihre Terrarien befanden, einen neuen Anstrich hatte.

Sie stiegen aus. Er holte das Terrarium aus dem Wagen. Das Chamäleon sah wachsam aus, seine Augen bewegten sich asynchron in alle Richtungen.

»Im Vergleich zum Anfang macht es einen echt guten Eindruck, oder?«, fragte Eilis und guckte von oben in die Transportbox. Sie hatte recht. Die Hautfarbe des Tiers hatte wieder einen leicht grünen Schimmer angenommen, ein deutliches Zeichen, dass es sich erholte. Auch die Bewegungen seiner Greiffüße wirkten sicherer als noch vor ein paar Tagen.

»Viel besser. Die Haltung ist nicht mehr so eingefallen, und die Atmung sieht ruhiger aus. Hoffen wir, dass es so bleibt.«

Der Eingang des Zoos befand sich in einem flachen Gebäude aus Beton und Glas. Als sie das Haus betraten, umfing sie augenblicklich feuchte, warme Luft. Es roch nach Erde und Pflanzen und etwas, das ihn an ein altes Gewächshaus erinnerte.

Ein groß gewachsener Mann mit dichtem Bart und wettergegerbtem Gesicht erwartete sie an der Theke. Trotz der winterlichen Temperaturen draußen trug er nur ein T-Shirt. Kein Wunder bei der Wärme hier drinnen. Auf der Brusttasche prangte das Logo des Sanctuarys.

»Peter?«, fragte Cilian und stellte das Terrarium vor sich ab.

Der Mann nickte, reichte erst ihm die Hand und dann Eilis. »Ihr seid also die mit dem Chamäleon. Herzlich willkommen! Schön, euch persönlich kennenzulernen. Wir hatten ja schon telefoniert.«

»Ja, genau. Danke noch mal, dass du das so kurzfristig möglich gemacht hast«, erwiderte Cilian. »Ich hätte nicht gedacht, dass wir überhaupt irgendwo einen Platz finden würden.«

Peter winkte ab. »Kein Problem. Als du mir erzählt hast, unter welchen Umständen du das Tier gefunden hast, wusste ich, dass wir etwas tun müssen. Das klang wie eine Szene aus einem schlechten Film.«

Cilian verzog das Gesicht. »Ungefähr so hat es sich auch angefühlt. Umso dankbarer bin ich, dass du den Kleinen hier aufnehmen willst.«

»Keine Ursache. Wenn wir helfen können, tun wir das gerne.« Peter nickte in Richtung des Terrariums. »Er sieht übrigens schon viel besser aus, als ich nach deiner Beschreibung erwartet hätte. Bei euch ging es ihm offensichtlich gut.«

»Wir haben unser Bestes gegeben. Aber ich denke, hier wird er es deutlich besser haben. Eine Buchhandlung ist nicht der richtige Ort für einen Exoten.«

»Da hast du allerdings recht.« Peter machte eine auffordernde Geste. »Kommt, ich zeige euch kurz den Zoo. Dann bringen wir euren Schützling in sein neues Zuhause.«

Sie folgten ihm durch eine schwere Glastür. Drinnen führte ein verwinkeltes Netz aus Pfaden durch dicht bepflanzte Terrarien und Aquarien. Cilian fiel sofort auf, wie viel Mühe in die Details gesteckt worden war. Jedes Gehege ahmte das natürliche Habitat der jeweiligen Tiere nach. Es gab moosbedeckte Steine, gewundene Kletteräste, ja, sogar winzige Wasserfälle, die feinen Sprühnebel verbreiteten.

Vor einem der größeren Gehege blieb Peter stehen. Hinter der Glasscheibe wärmte sich eine Gruppe von Grünen Leguanen unter einer UV-Lampe. Doch das war noch lange nicht alles, was es zu sehen gab. Peter zeigte ihnen ein riesiges Vivarium voller baumbewohnender Schlangen, einen dunklen Raum mit Nachttieren, deren glühende Augenpaare im schwachen Licht leuchteten, und schließlich ein Aquarium mit Alligator-Schnappschildkröten. Geduldig beantwortete Peter die Fragen, die aus Cilian förmlich heraussprudelten. Als Landtierarzt hatte er sich mit Reptilien bisher kaum beschäftigt, doch hier und jetzt begriff er die Faszination, die von diesen Tieren ausging.

Schließlich kamen sie zu einem kleineren Raum, der offenbar den Neuzugängen und Spezialfällen gewidmet war.

»Hier wird euer Chamäleon zunächst wohnen«, erklärte Peter und öffnete eine Glastür zu einem geräumigen Terrarium. Es war perfekt vorbereitet, mit verzweigten Ästen, tropischen Pflanzen und einem automatischen Sprühsystem. »Ehe wir es vergesellschaften können, muss es eine Weile in Quarantäne.« Das ergab Sinn. Cilian hätte es genauso geregelt, wenn er ein fremdes Tier in eine von ihm betreute Gruppe von Artgenossen hätte integrieren wollen.

Er stellte das Terrarium ab und öffnete vorsichtig den Deckel. Das Chamäleon blieb zunächst regungslos, dann bewegte es sich langsam auf einen der Äste zu, die Peter in das neue Gehege gelegt hatte.

Eilis tastete nach Cilians Hand. Er drückte ihre Finger. Das hier war ein großer Moment. Für sie. Für ihn. Für sie beide. Wieder war es ihnen gelungen, einem der Tiere zu einer besseren Zukunft zu verhelfen.

Kurz verließ Peter den Raum, um die Formalitäten zu regeln. Cilian beobachtete das Chamäleon, wie es sich langsam seinen neuen Lebensraum erschloss. Wärme machte sich in ihm breit, Erleichterung, vermischt mit einer Prise Stolz und … war das Wehmut? Auch Eilis schien von dieser seltsamen Stimmung ergriffen zu sein. Sie lehnte sich an ihn, legte den Kopf an seine Schulter.

»Danke, dass du das alles organisiert hast«, meinte sie freundlich.

»War doch das Mindeste«, erwiderte er, ohne den Blick von dem Tier zu nehmen. Er konnte das nicht, konnte das Lob nicht einfach annehmen. »Ich hab unseren ganzen Zoo einfach bei dir abgeladen. Der Spur mit dem Sanctuary hier nachzugehen, war eine Selbstverständlichkeit.«

Sie sagte nichts, aber er spürte ihren Blick auf sich. Das Schweigen zwischen ihnen war angenehm, gefüllt mit der Genugtuung, dass sie das Richtige getan hatten. Er könnte sich daran gewöhnen, an dieses Gefühl. Viel zu selten hatte er es. Wann immer er sich gestattete, auf etwas stolz zu sein, meldete sich die Stimme seiner Schwester mit ihrer ewigen Kritik in seinem Hinterkopf, fühlte er die Kälte und Ablehnung seines Vaters, die ihn jedes Mal traf, wenn er dem Mann gegenüberstand. Über zwei Wochen war Madeleines letzter Anruf her, und noch immer hatte er nicht entschieden, ob er die Einladung annehmen sollte. Er wollte nicht zu dieser Geburtstagsfeier. Am liebsten wollte er sowieso nicht weiter denken als bis zu diesem Moment.

Als Peter zurückkam, überreichte er ihnen eine Quittung und bedankte sich ausführlich. »Wenn ihr in der Gegend seid, schaut gerne wieder vorbei. Ich würde mich freuen.«

»Das machen wir.« Nacheinander schüttelten sie Peter die Hand, verabschiedeten sich und gingen zum Auto zurück.

»Und jetzt zum Cottage?« Eilis lehnte den Kopf an die Nackenstütze des Autositzes. Ihr Blick war offen, ihre Augen feucht und warm.

»Ja.«

Sie nickte, schloss die Augen. »Ich freue mich drauf.«

»Ich auch«, erwiderte er, leise genug, dass sie es vielleicht nicht hörte. Es stimmte, und doch kamen mit der Freude die Vorbehalte zurück, die ihn beinahe daran gehindert hätten, seine Idee mit Eilis zu teilen. Was machte er hier eigentlich? Verrannte sich in eine Idee. Machte Eilis Hoffnungen, die er früher oder später enttäuschen würde. Er war nicht für die Liebe gemacht, und bisher hatte ihn das nicht gestört. Ja, er genoss es, mit Frauen zu schlafen, zu denen er sich hingezogen fühlte. Er wusste gute Gesellschaft zu schätzen und die unkomplizierte Leichtigkeit, die ein belangloser Flirt brachte. Nie, in seinem ganzen bisherigen Leben, hatte er mehr gewollt. Warum also konnte er von Eilis nicht genug bekommen? Und machte es ihn nicht zum egoistischsten Menschen auf Irlands weiter Insel, dass er sich trotzdem immer weiter mit ihr traf? Sie berührte ihn auf eine Weise, die er nie für möglich gehalten hatte. Sie brachte ihn dazu, zu hinterfragen, was er über sich selbst zu wissen meinte. Und doch glaubte er keinen Moment daran, jemals der Mann sein zu können, den sie sich wünschte.

Auf dem Weg vom Reptilienzoo zu ihrer Unterkunft entdeckten sie hinter einer unscheinbaren Fassade einen winzigen Laden. Das Gebäude sah aus wie ein Relikt aus einer anderen Zeit: weiße Farbe blätterte von den Holzbrettern, die Fensterrahmen waren schief und grob geflickt, ein handbemaltes Schild mit der Aufschrift »Gemischtwaren« baumelte über der Tür. Vor dem Laden standen ein paar alte Milchkanister und ein verbeulter Eimer, der aussah, als habe er dort schon Jahrzehnte verbracht. Hätte eine handbemalte Kreidetafel am Straßenrand nicht »Frisches Brot und Eier« angepriesen, hätten sie das Geschäft übersehen. Im letzten Moment bremste Cilian und schlug vor, haltzumachen, um sich vor Ladenschluss nach Zutaten für ihr Abendessen umzusehen.

Kaum öffneten sie die knarrende Holztür, offenbarte sich ihnen eine andere Welt. In vollgestopften Regalen fanden sich nicht nur Lebensmittel, sondern alles, was man für den täglichen Bedarf brauchte, von Mausefallen bis zu Damenbinden, von Konservendosen bis zu Vogelfutter. Gemeinsam durchstöberten sie das Sortiment und überlegten, was sie kochen wollten. Am Ende entschieden sie sich für Pasta mit Tomatensauce, frischem Knoblauch und Basilikum. Simpel und schnell. Dazu nahm

Cilian eine Flasche Wein aus einem der Regale, mit einem Blick, der so selbstverständlich war, dass Eilis lachen musste.

Die kleine Küche des gemieteten Cottages war nicht für zwei Leute gemacht, aber sie arrangierten sich. Ellenbogen an Ellenbogen schnitten sie Tomaten und Zwiebeln, schoben einander zur Seite, wenn der andere mal wieder im Weg stand, und lachten über die Enge. Weil sie keinen Topf fanden, mussten sie die Nudeln in einem Backblech im Ofen zubereiten. Auf Instagram und Co sah das immer so leicht aus. In der Realität klebte die Hälfte der Nudeln am Rand fest, und die Sauce zog nicht wie geplant ein, sondern sammelte sich in einer Ecke. Doch Cilian ließ sich den Stolz über ihr gemeinsam zubereitetes Mahl nicht nehmen. Mit einem Handtuch über dem Arm servierte er das Blech wie ein Maître.

»Et voilà! Der neueste Trend aus der Cilian-Kavanagh-Küche«, verkündete er mit geschwollener Brust. »Ich nenne es: Experimentelle-Fusion-Blechpasta.«

Eilis lachte kopfschüttelnd. »Sehr kreativ.«

Gemeinsam aßen sie das Ergebnis direkt vom Blech, fütterten sich einzelne Häppchen und tranken dazu den Wein. Der war überraschend gut, mit einem fruchtigen Aroma und einer angenehmen Säure, die perfekt zu der Tomatensauce passte, aber darauf kam es gar nicht an. Es waren die Ungezwungenheit, die Improvisation, das gemeinsame Lachen, die diesen Moment so besonders machten.

Den versprochenen Spaziergang unternahmen sie nach dem Abendessen. Dick eingemummelt in Schals traten sie aus dem Cottage hinaus in die stille, mit Schnee bepuderte Landschaft.

Scharf schnitt der Wind durch die klare Nachtluft, die Kälte färbte ihre Wangen rosig und machte ihren Atem sichtbar. Bei jedem Schritt knirschte das steifgefrorene Gras unter ihren Sohlen.

Das Cottage wirkte wie ein natürlicher Teil der Landschaft, als hätte es immer schon hierhergehört. Von hier oben hatte man einen ungehinderten Blick auf die brausenden Wellen, die in rauschendem Rhythmus gegen die Felsen schlugen. Der Schnee hatte sich auf den niedrigen Steinmauern um das Grundstück gesammelt, und einige der Steine glänzten im schwachen Licht, das aus den Fenstern des Cottages floss, als wären sie mit Eis überzogen. Das Meer darunter war dunkel, fast schwarz, nur die Gischt leuchtete in kurzen Momenten auf, wenn eine Welle gegen die Klippen krachte.

Cilian nahm ihre Hand, und gemeinsam gingen sie den Pfad entlang, der sich durch die Hügel oberhalb der Klippen zog. Der Nachthimmel glich einem Funkenmeer, die Sterne nicht nur über ihnen, sondern überall um sie herum. Immer wieder blieb Eilis stehen, legte den Kopf in den Nacken und ließ ihren Blick über das Sternenhimmel gleiten. »Bei so vielen Sternen, fragst du dich da auch manchmal, ob wir allein im Universum sind?«

Cilian drückte ihre Hand etwas fester. »Ob es andere gibt oder nicht, ist eigentlich egal. Allein kann man so oder so sein.«

Nicht mit mir, wollte sie ihm sagen. Nicht, solange du mich in dein Leben lässt, doch dazu fehlte ihr der Mut. Also tat sie, was sie tun konnte, und ließ ihren Körper für sie sprechen. Zurück im Cottage war ihr Liebesspiel vollkommen anders als beim ersten Mal. Langsam und bedächtig. Ihr Stöhnen und Atmen vermischte sich mit dem Knistern der Scheite im Kamin, der warme Schein des Feuers tunkte ihre Körper in ein flackerndes Licht. Der goldene Glanz verwandelte Cilians Haut in Samt. Mit jeder Geste, jeder noch so kleinen Berührung entdeckten sie einander neu. Ohne Hast, ohne Ungeduld kamen sie zusammen. Die Welt außerhalb des Cottages hörte auf, zu existieren. Es gab keinen Wind mehr, keinen Schnee, keine Wellen und keine Kälte. Nur noch sie beide, hier, in ihrer Oase aus Wärme und Zweisamkeit.

Als sie schließlich zur Ruhe kamen, schweißnass und satt von der Liebe, zog Cilian sie unter der Decke nah an sich heran. Sie legte den Kopf auf seine Brust, lauschte seinem ruhiger werdenden Atem. Die Glut des Kamins tauchte den Raum in warmes Licht. Sie konnte seinen Atem spüren, gleichmäßig und tief. Wie um alles in der Welt kam dieser Mann auf die Idee, nichts von Romantik zu verstehen? Die vergangenen vierundzwanzig Stunden gehörten zu den romantischsten ihres Lebens, und niemand anders als Cilian Kavanagh hatte sie wahr gemacht.

Nach und nach verlosch die Glut im Kamin. Die Wärme in ihrem Inneren würde nicht so schnell vergehen. Diese Wärme war es auch, die ihr den Mut gab, die Frage auszusprechen, die ihr schon den ganzen Tag im Kopf herumging.

»Wie kommst du eigentlich auf den Gedanken, nicht romantisch zu sein?« Unter der Bettdecke fuhr sie mit dem Zeigefinger die Linien seines Bauchs nach. Ein feiner Streifen Härchen führte von seinem Nabel zu dem Nest aus Locken zwischen seinen Schenkeln. Sie kitzelten ihren Finger.

Cilian gab ein Geräusch von sich, eine Art Brummen, das mehr aus seinem Hals als aus seinem Brustkorb kam.

»Weil ich nicht an Romantik glaube, Eilis.« Nicht einmal der Hauch eines Zweifels schwang in seiner Stimme mit.

Sie hob den Kopf, um ihn anzusehen. Der Schein der letzten Glut reichte gerade aus, um die Konturen seines Gesichts zu beleuchten. Er sah so schön aus in diesem goldenen Licht. Wie ein gefallener Engel. Genauso schön. Und genauso traurig.

»Das ergibt keinen Sinn. Alles, was du heute getan hast, war Romantik pur. Der Ausflug, das Essen, der Spaziergang – das war alles …« Sie suchte nach den richtigen Worten. »Das war alles echt.«

»Echt vielleicht, aber nicht romantisch. Weißt du, wie ich aufgewachsen bin?« Er machte eine Pause, vergewisserte sich, dass sie bereit war, zuzuhören.

»Du hast nie darüber gesprochen.«

Er nickte leicht. »Ich bin der uneheliche Sohn von Edmund Parnell. Sagt dir der Name etwas?«

Sie schüttelte den Kopf.

»Kein Wunder. Wenn man sich nicht mit irischer Politik auskennt, ist er wahrscheinlich ein No-Name. Hier in Irland ist er bekannt, weil er seit Jahrzehnten im Dáil Éireann sitzt. Das ist das Unterhaus des irischen Parlaments. Um genau zu sein, hält sich Edmund die längste Amtszeit überhaupt. Er ist eine Bastion für traditionelle Werte. Ein Vorbild für die irisch-katholische Lebensweise. Wäre da nicht ich.«

»Was heißt das – wärst da nicht du?«

»Ich bin sein unehelicher Sohn, Eilis.«

Sie blieb still, aber sie spürte die Spannung in seinen Schultern, die sich mit jedem Wort, das er sprach, weiter verstärkte.

»Meine Empfängnis war die Altersvorsorge meiner Mutter«,

meinte er bitter. »Ich war noch klein, aber ich kann mich erinnern, wie sie mir immer wieder klargemacht hat, wie wichtig es ist, sich mit den richtigen Leuten zu umgeben. ›Schau dich an, wie süß du bist. Mit deinen goldenen Löckchen und diesen hinreißenden Grübchen‹, hat sie zu mir gesagt. ›Früher oder später wird dein Daddy dir nicht mehr widerstehen können, und dann werden wir nie wieder im Leben Sorgen haben müssen. Darum hat sich deine Mommy gekümmert. War das nicht klug von deiner Mommy?‹« Er verstellte seine Stimme, ließ sie hoch und lockend klingen. Am liebsten hätte sich Eilis die Hände auf die Ohren gepresst. Doch jetzt, wo er einmal angefangen hatte, schien er seine Geschichte zu Ende bringen zu müssen.

»Meine Mutter dachte, sie könnte ihn mit mir an sich binden, ihn zwingen, ihr Leben leichter zu machen, aber sie hat sich geirrt. So leicht ließ Edmund sich nicht manipulieren. Für ihn war ich nie mehr als ein Problem, ein Skandal, den er um jeden Preis vermeiden wollte.«

Unter der Decke tasteten ihre Finger nach seinen. Sie wollte ihn festhalten, ihm zeigen, dass er nicht allein war mit seiner Erinnerung, doch er erwiderte ihre Berührung nicht.

»Du musst dir das so vorstellen: Edmund war immer ein Vorzeigepolitiker. Seine Ehe, seine ›richtigen‹ Kinder, seine Karriere – das war alles, was zählte. Meine Mutter war ein Fehltritt, den er nie eingestehen wollte. Selbst als ich vier war und meine Mutter starb, hat er mich nicht zu sich geholt. Dafür hätte er alles riskieren müssen, seine perfekte Fassade, seine katholischen Prinzipien. Stattdessen hat mich mein Großvater aufgenommen.«

»Malachy?« Natürlich war es Malachy, trotzdem betonte sie es wie eine Frage.

Cilian nickte. »Ja, Malachy Kavanagh, der berühmteste Matchmaker Irlands, ist der Vater meiner Mutter. Klingt wie ein Witz, oder? Der Enkel eines Mannes, der Menschen zusammenbringt, kann selbst nicht lieben. Mein Großvater ist ein guter Mann, aber um uns durchzubringen, war er abhängig von den Unterhaltszahlungen, die mein Vater heimlich geleistet hat. Für seine Verkupplungsdienste hat Daideo nie Geld angenommen. Für ihn ist das eine Herzensangelegenheit, und genauso war es mit dem Buchladen. Der hat nie genug eingebracht. Selbst mit den Unterhaltszahlungen von Edmund hatten wir es nicht leicht. Ich war vier Jahre alt, Eilis, und ich wusste nicht, was mit mir passiert. Mit meiner Mom habe ich in Dublin in einer schicken Wohnung gelebt, mit tollem Spielzeug und vielen Freunden in einer elitären Kinderkrippe – alles finanziert vom Schweigegeld meines Vaters –, und plötzlich lebte ich mit einem alten Mann in einem zugigen Haus an einem Ort, wo das nächste Kind kilometerweit entfernt wohnte. Ich liebe Daideo von ganzem Herzen, das musst du mir glauben, aber die Umstellung war riesig. Vor allem, weil ich sie als Kind nicht verstanden habe.«

»Das kann ich mir vorstellen. Du musst dich nicht rechtfertigen, Cilian.«

»Vor dir vielleicht nicht, aber vor dem Rest der Welt schon. Als irgendwann alles aufflog – ich weiß nicht genau, wie es passiert ist –, brach Edmunds schöne Welt zusammen. Seine Ehe ging in die Brüche. Seine Frau fiel in Depressionen. Und seine ehelichen Kinder, Madeleine und Francis, hassen mich, weil sie in mir immer nur das Werkzeug meiner Mutter sehen, auch wenn die schon seit über dreißig Jahren tot ist. Aus ihrer Sicht habe ich ihr heiles Leben zerstört.«

»Nichts von dem, was passiert ist, ist deine Schuld.«

Cilian hob das Gesicht und sah sie an. Ein Ausdruck spielte um seinen Mund, der ein Lächeln hätte sein können, wäre nicht so viel Bitterkeit mitgeschwungen. »Vielleicht nicht, aber das ändert nichts daran, wie sie mich sehen. In ihren Augen bin ich schuld an allem, weil meine Mutter mich benutzt hat, um sich abzusichern.«

Eilis spürte, wie ihr Herz für ihn schmerzte. Sie wollte ihn halten, alle Worte auslöschen, die ihm jemals wehgetan hatten. »Cilian …«, begann sie, aber er hielt sie mit einem Blick zurück.

»Verstehst du jetzt, warum ich nicht an Romantik glaube?«, fuhr er fort. »Liebe ist nie uneigennützig, Eilis. Sie ist ein Geschäft, eine Währung. Aufopferung gegen Dankbarkeit. Sex gegen Bestätigung, Loyalität gegen Sicherheit. Meine Mutter wollte Sicherheit. Mein Vater wollte seinen Ruf retten. Niemand liebt einfach so, irgendwelche Hintergedanken sind immer mit im Spiel.«

Eilis schüttelte langsam den Kopf, eine Träne lief über ihre Wange. Was er sagte, tat weh. Doch mehr als die eigene Enttäuschung schmerzte sie die Vorstellung, was er alles durchgemacht hatte.

»Das stimmt nicht«, flüsterte sie. »Nicht alle Menschen sind so. Nicht jede Liebe ist so.«

Er antwortete nicht. Vielleicht wollte er keinen Streit beginnen, vielleicht war er aber auch einfach müde von seinem Geständnis, müde von einem Leben ohne Vertrauen darauf, dass die Menschen, die man brauchte, auch wirklich für einen da sein würden, wenn es darauf ankam. Dass sie ihn überzeugt hatte, glaubte sie nicht. Aber sie konnte es nicht auf sich beruhen lassen.

»Weißt du«, setzte sie von Neuem an, ohne ihn anzusehen, »ich glaube, in Wahrheit verstehst du mehr von der Liebe, als du dir eingestehen willst. Du glaubst nicht daran, weil sie dich so oft verletzt hat, aber ...« Sie hielt inne und suchte nach den richtigen Worten, spürte, wie seine Brust sich unter ihrem Kopf hob, als er tief einatmete und den Atem anhielt. »... aber ich glaube, du bist der liebevollste Mensch, den ich kenne. Du zeigst deine Liebe vielleicht nicht durch große Geständnisse oder Treueschwüre oder was auch immer deiner Meinung nach zur Liebe gehört. Aber du zeigst sie mit dem, was du tust. Wie du mit Tieren umgehst. Wie du dich um sie kümmerst, wie du dich für sie einsetzt und dafür sorgst, dass sie nur das allerbeste Zuhause bekommen. Das ist Liebe, Cilian. Du siehst sie nur nicht als solche.«

Immer noch sagte er nichts, und die Stille lastete schwer zwischen ihnen, doch als sie diesmal nach seiner Hand griff, ließ er sie. Vorsichtig streichelte sie mit dem Daumen über die raue Haut an seinem Handballen.

»Ich will dir nichts beweisen«, sagte sie schließlich. »Ich will dir nichts aufzwingen. Aber ich will, dass du weißt, dass ich hier bin. Und dass ich nicht gehe. Egal, wie lange es dauert, bis du mir vertrauen kannst.«

Seine Hand in ihrer blieb reglos, aber mit dem nächsten Ausatmen wich etwas von seiner Anspannung aus seinem Körper. Nach einer Weile hob er ihre Hand an seine Lippen und küsste ihre Knöchel, bevor er flüsterte: »Du bist verrückt, weißt du das?«

»Vielleicht.« Sie vergrub das Gesicht tief in seiner Armkuhle, inhalierte seinen Duft, atmete seine Nähe. »Aber das ist mir egal.«

Frieden überkam sie, und in diesem Moment schwor sie sich, dass sie einfach für sie beide lieben würde, bis Cilian bereit war, sein Herz zu öffnen. Cilian hatte so viel mehr zu geben, als er selbst glaubte, und sie würde nicht aufgeben, bis auch er das erkannte. Ganz egal, wie lange es dauerte.

8

Mit verschränkten Armen stand Cilian vor der provisorischen Einzäunung, die Shane und Liam aufgestellt hatten, und ließ seinen Blick über das Gelände schweifen. Die Vorbereitungen für die lebendige Krippe liefen besser, als er erwartet hatte. Shane hatte es geschafft, den halben Ort für seine Weihnachtsaktion zu mobilisieren. Auch vor Cilians Assistenten machte er nicht halt. Eigentlich waren Liam und er heute gekommen, um eine Routineuntersuchung bei den Streicheltieren durchzuführen, denen Shane auf seinem Hof ein Zuhause gegeben hatte, damit sie Besucher anlockten und dazu brachten, in seinem Hofladen Geld auszugeben. Einige der Tiere brauchten eine Wurmkur. Mit den Kindern, die in ein paar Tagen für die lebendige Krippe erwartet wurden, war es wichtig, dass alle in einwandfreiem Zustand waren. Neben ihm stapfte eine Schar Freiwilliger mit Holzbalken und Strohballen über die matschige Wiese, während Liam mit einem Zollstock versuchte, die richtige Position für die Krippenhütte zu markieren.

Cilian zog sein Handy aus der Tasche, sah auf die Uhr und steckte es wieder weg. Es war erst zehn Uhr, aber der Tag kam ihm jetzt schon endlos vor. Vielleicht lag es daran, dass er in letzter Zeit kaum noch zu Hause schlief. Die Nächte bei Eilis waren … anders. Nicht nur wegen des Bettes, das viel zu klein für zwei war, oder dem Bücherstapel, der sich auf ihrem Nachttisch zu gefährlichen Höhen türmte. Es war die Art, wie sie sich im Schlaf immer näher an ihn schob, als versuchte selbst ihr Unterbewusstsein ihn daran zu hindern, sie zu verlassen. Dabei hatte er das nicht vor. Nicht sofort jedenfalls. Fast immer war er es, der sie morgens noch einmal an sich zog, um ein paar Minuten länger ihre Nähe zu genießen.

Im Lauf der letzten Wochen war das Außergewöhnliche beinah zur Routine geworden. Sie lebten zusammen, lachten zusammen, arbeiteten zusammen. Nun, nicht einmal mehr drei Wochen vor Weihnachten, waren die gröbsten Modernisierungsmaßnahmen im Buchladen erledigt, nur die verbliebenen Tiere mussten noch ein Zuhause finden, dann stand der großen Wiedereröffnung nichts mehr im Wege. Wenn Cilian morgens, auf dem Weg zur Arbeit, durch die in neuem Glanz erstrahlende Ladenfläche nach draußen ging, war er manchmal geneigt, zu glauben, dass Träume vielleicht doch wahr werden konnten.

Nur heute war etwas anders gewesen. Obwohl normalerweise Eilis diejenige war, die morgens vor ihm in der Küche stand, war sie heute kaum aus dem Bett gekommen. Sie hatte nur etwas Unverständliches gemurmelt, sich zurück unter die Bettdecke verkrochen und gejammert, dass sie sich völlig erschlagen fühlte. Cilian hatte ihr Tee gemacht, sich mit einem Kuss auf die Stirn verabschiedet und ihr geraten, es langsam angehen zu lassen. In der Buchhandlung waren sie mit dem Aussortieren der alten Bestände fertig. Verlagsprogramme konnte sie auch im Bett durchstöbern, um zu entscheiden, welche Neuerscheinungen sie für die Wiedereröffnung bestellen wollte. Als sie ihm nicht mit einem einzigen Wort widersprochen hatte, hatte er begonnen, sich Sorgen zu machen. Wahrscheinlich vollkommen unnötig. Bestimmt machte er aus einer Mücke einen Elefanten, und sie hatte sich bloß erkältet, aber die Erinnerung an ihr blasses Gesicht und die Müdigkeit in ihren Augen ließ ihn nicht los.

»Cilian?« Liams Stimme riss ihn aus den Gedanken. »Kommst du mal? Ich brauch deine Meinung.«

Cilian trat zu ihm. Sein Assistent hantierte immer noch mit dem Zollstock. »Was ist los?«

»Shane will die Hütte da hinten hinstellen, aber ich denke, es ergibt mehr Sinn, wenn wir sie näher am Eingang platzieren. Da laufen die meisten Leute vorbei.«

»Dann mach das so.« Cilian nickte knapp. »Schließlich hat Shane dir die Aufgabe übertragen, oder nicht? Du hast die Verantwortung.«

Liam grinste. »Das sagst du jedes Mal, wenn du keinen Bock hast, dich einzumischen.«

»Vielleicht.« Cilian ließ Liam stehen und ging in Richtung des Offenstalls, wo Shane gerade mit zwei anderen Helfern Heu stapelte. Dem Mutterschaf, dass er am Tag von Eilis' Ankunft versorgt hatte, ging es wieder gut, das wusste er von Shane. Trotzdem wollte er sich persönlich versichern, dass es seinem Schützling an nichts fehlte. Es war gar nicht so einfach, unter den über fünfzig Tieren das richtige zu finden. Doch er erinnerte sich an die auffällige weiße Blesse auf der Stirn seiner Patientin. Sie hatte die Form eines geschweiften Sterns und war ihm schon beim ersten Mal aufgefallen, als er sie untersucht hatte. Die anderen Tiere scharten sich um die Futterstelle, aber seine Patientin stand etwas abseits, die Ohren aufmerksam nach vorne gerichtet. Cilian ging in die Hocke und pfiff leise, um ihre Aufmerksamkeit zu wecken.

Langsam hob das Tier den Kopf, die Augen fixierten ihn für einen Moment, dann machte es ein paar Schritte auf ihn zu.

»Na, Mädchen.« Er streckte die Hand aus, damit sie ihn beschnüffeln konnte. Der Geruch von Stroh, Heu und Lanolin hing in der Luft, die Nase der Aue war so weich und ihre Bewegungen so sacht. Als er sich sicher war, dass sie sich nicht vor ihm fürchtete, tastete er ihr Bein ab und sah sich den Huf an. Es ging ihr gut, zumindest äußerlich. Die Entzündung an der Klaue war vollständig abgeheilt, und sie setzte den Huf wieder normal auf.

Einen Moment lang nahm er sich Zeit, um das Tier zu betrachten. Offenbar hatte es seine Anwesenheit bereits vergessen. Wiederkäuend mischte es sich zurück unter seine Artgenossen.

Zufriedenheit machte sich in Cilian breit. Das war es, was er an der Arbeit mit Tieren so schätzte: ihre Einfachheit. Kein Versteckspiel, keine Masken, keine komplizierten Hintergründe. Nur klare Bedürfnisse, die es zu erfüllen galt. Das war alles, was er brauchte, um sich nützlich und wertvoll zu fühlen. Zumindest hatte er das immer geglaubt.

Er stand auf und machte sich auf den Weg zurück zu Liam. Sie hatten nicht den ganzen Tag Zeit, um Shane zu helfen. Bevor sie Feierabend machten und er nach Eilis sehen konnte, hatten sie noch vier weitere Patienten zu besuchen.

Offenbar hatte sein Assistent sich nicht durchringen können, die Entscheidung um den Verschlag für die lebende Krippe selbst zu treffen. Denn kaum hatte Cilian den Offenstall verlassen, hörte er Liams und Shanes Stimmen. Die beiden standen etwas abseits der anderen Freiwilligen im Windschatten der Stallwand und unterhielten sich. Cilian verstand nur Bruchstücke, doch dann fiel Eilis' Name, und er blieb stehen.

»… gerade mal einen Monat in der Stadt, und sie ist schon eine richtige Berühmtheit«, meinte Shane. »Aber ganz ehrlich, diese Sache mit den Tieren in der Buchhandlung? Ein Schwein und ein Esel? Wer macht denn so was mit?«

»Ja, ich hab auch schon mitgekriegt, wie die Leute darüber reden. Dabei hatte sie im Grunde keine Wahl. Cilian hat ihr die Tiere quasi aufgezwungen. Trotzdem frage ich mich, wie lange sie das durchhalten will. Eine Buchhandlung ist doch kein Tierheim, und spätestens zu Weihnachten will sie den Laden eröffnen. Ich habe schon überlegt, ob ich die beiden Kätzchen, die noch übrig sind, adoptieren soll. Eigentlich wollte ich schon immer ein Haustier.«

Auf Liams Überlegung ging Shane nicht ein. »Ich habe sie noch nicht kennengelernt, aber nach dem, was man hört, muss man bei ihr ohnehin Angst haben, dass der nächste heftige Windstoß sie davonweht, weil sie so ein zartes Persönchen ist, und Tiere zu versorgen ist ein Knochenjob. Das schafft sie doch nie.«

Cilian biss die Zähne zusammen, bis der Kieferknochen knackte. Normalerweise hätte er ein Gespräch wie dieses ignoriert. Er war es gewohnt, dass Leute Dinge sagten, ohne nachzudenken. Aber diesmal fühlte es sich anders an. Weil es nicht um ihn ging, sondern um Eilis. Immer war sie für alle da, bemühte sich um neue Freundschaften, bot ihre Hilfe an, opferte sich geradezu auf dabei. Er musste nur an ihren Anblick heute Morgen denken, und die Ungerechtigkeit dieses Geredes stach ihm ins Herz. Das hatte sie nicht verdient. Niemand hatte das, aber Eilis ganz besonders nicht.

Mit wenigen energischen Schritten trat er auf Liam und Shane zu. »Wenn ihr schon nichts Besseres zu tun habt, als über Eilis zu tratschen, solltet ihr euch wenigstens an die Fakten halten.«

Liam und Shane sahen ihn überrascht an. So kannten sie ihn nicht. Normalerweise war Cilian einer, der seinen Unmut durch eisiges Schweigen zum Ausdruck brachte. Große Reden gehörten in der Regel nicht in sein Repertoire.

»Eilis hat mehr für die Tiere aus dem Zirkus getan als die meisten anderen, die sich einbilden, eine Meinung darüber haben zu dürfen. Ihre Freundlichkeit hat die Menschen in den Laden gelockt, und dort haben sie sich in die Tiere verliebt. Tommy hat den Ara adoptiert, der jetzt bei ihm auflebt wie nie zuvor. Fergus ist vor ein paar Tagen bei Siobhan eingezogen, und ihm steht dort ein erfülltes Katzenleben bevor, genauso wie dem Kätzchen, das Fiona bei sich aufgenommen hat. All das haben die Tiere Eilis zu verdanken.«

Shane hob beschwichtigend die Hände. »Hey, ich hab's doch nicht böse gemeint. War nur eine Bemerkung.«

»Dann solltest du das nächste Mal lieber erst nachdenken und dann sprechen. Das gilt für dich übrigens genauso«, sagte er mit einem Blick zu seinem Assistenten. Der junge Mann schrumpfte sichtlich unter Cilians Rüge. Schweigen folgte. Schweigen, das Cilian ausreichend Gelegenheit dazu gab, sich seine eigenen Worte zu Herzen zu nehmen. Eilis machte es ihnen vor. Bis sie jemand vom Gegenteil überzeugte, ging sie davon aus, dass man es gut mit ihr meinte. Dieser Vertrauensvorschuss hatte den Tieren, die bereits vermittelt waren, geholfen.

Als er sich einen Ruck gab und erneut das Wort ergriff, überraschte ihn dennoch, was aus seinem Mund kam.

»Liam, statt lang nachzudenken, fass dir ein Herz und adoptiere die beiden letzten Kätzchen. Wenn sie zu zweit sind, macht es ihnen nicht so viel aus, dass du tagsüber in der Arbeit bist. Und Shane …« Er nahm den Schafbauern ins Visier: »… die Kundinnen und Touristen, die auf deinen Hof kommen, lieben doch die Streicheltiere, oder? Du hast letztens gesagt, es sei eine deiner klügsten Entscheidungen gewesen, sie bei dir aufzunehmen.«

Shane runzelte die Stirn, offenbar nicht sicher, worauf Cilian hinauswollte. »Das weißt du doch. Warum fragst du?«

Einmal noch atmete Cilian durch. »Dann nimm den Esel und das Schwein bei dir auf. Zwei Schweine hast du schon, macht da ein drittes so viel aus? Und für die lebendige Krippe wäre ein Esel doch perfekt, und auch danach würde er hier nicht stören. Die Tiere brauchen ein Zuhause, und bei dir hätten sie Platz und würden gut versorgt.«

»Ein Schwein und ein Esel … hm.« Shane strich sich mit der Hand über das Kinn und sah zu Liam, als wollte er dessen Meinung hören.

»Du wärst nicht allein mit der zusätzlichen Verantwortung«, kam Cilian seinem Assistenten zuvor. »Du weißt, dass du mich immer anrufen kannst, wenn es Probleme gibt. Ich helfe dir bei allem, was du brauchst.«

Shane sah ihn an, dann nickte er langsam. »Warum nicht? Die Touristen mögen so was. Und für die Krippe passt es wirklich gut. Ich mach's.« Sie besiegelten die Abmachung mit einem Handschlag, und Liam klopfte ihm auf die Schulter, als wäre er stolz auf Cilian.

Stolz fühlte Cilian tatsächlich. Vermischt mit Erleichterung und noch einem anderen Gefühl, das Zufriedenheit ähnelte. Noch vor ein paar Wochen hätte er nicht einmal in Erwägung gezogen, Shane so eine Frage zu stellen. Es hätte sich angefühlt, als würde er die Tiere jemandem aufdrängen, der sie nicht wollte. Aber Eilis hatte ihm gezeigt, dass Menschen oft einen Schubs brauchten, um zu sehen, was in ihnen steckte. Manchmal mussten sie nur wissen, dass sie nicht allein waren.

»Gut«, meinte Cilian abschließend. »Ich spreche mit Eilis, und wir organisieren den Transport.«

»Mach das«, antwortete Shane. Er grinste schief, mit einer Spur von schlechtem Gewissen. »Und sag ihr, dass sie's nicht persönlich nehmen soll, wenn die Leute reden. Ist ja nur, weil sie jemanden wie sie nicht gewohnt sind.«

Cilian nickte knapp, erwiderte aber nichts. Liam gab er mit einem Deut seines Kinns zu verstehen, dass seine Auszeit als Zimmermann vorbei war. Der Assistent verstand. Er gab den Zollstock zurück und verabschiedete sich von dem Schaffarmer.

Auf dem Weg zurück zu Cilians Pick-up stieß ihn Liam neckend mit dem Ellenbogen in die Seite. »Wenn du so weitermachst, gefährdest du noch deinen Ruf.«

Fragend runzelte Cilian die Stirn. »Ich verstehe n…«

»Du wirst weich, Boss«, erklärte Liam lachend, und auch Cilian konnte sich ein Grinsen nicht verkneifen.

»Vielleicht«, gab er zu. Und es störte ihn kein bisschen.

Eilis zog die Decke enger um sich und vergrub die Nase in dem Kissen neben sich. Es roch noch immer nach Cilian. Dieses unverkennbare Aroma nach Sägemehl, frischer Erde und einem Hauch von gemahlenem Pfeffer, der von seiner Seife oder seinem Aftershave kommen musste. Es war längst an der Zeit, aufzustehen. Viermal schon hatte sie ihren Wecker auf Snooze gestellt, doch die Vorstellung, das warme Bett zu verlassen, schien ihr unmöglich. Sie war so müde. Ihr Kopf fühlte sich leer an, ihr Körper schwer, als hätte sie tagelang kaum geschlafen. Zwischen der Doppelverglasung hatte sich Feuchtigkeit gebildet und rückte die Welt auf der anderen Seite in weite Ferne. Mit einem Seufzen erinnerte sie sich daran, wie süß Cilian am Morgen gewesen war. Er hatte ihr Tee gemacht, einfach so, und sie zum Abschied auf die Stirn geküsst. Ein kleines Lächeln schlich sich auf ihre Lippen. Das war nicht der Cilian, den sie am Anfang kennengelernt hatte – verschlossen und distanziert. Je länger sie einander kannten, desto öfter ließ er sie hinter seine Fassade schauen. Seit ihrem gemeinsamen Ausflug in den Osten der Insel überraschte er sie immer häufiger mit Momenten wie diesem. Sie schloss die Augen und döste wieder weg, nur um kurz darauf von dem Hämmern hinter ihren Schläfen geweckt zu werden. Egal, wie ausgelaugt sie sich fühlte, die Tiere brauchten sie.

Langsam schwang sie die Beine aus dem Bett und zog sich die Hausschuhe an. Vielleicht sollte sie einen Tag Pause machen. Pause? Sie verwarf den Gedanken sofort. Es waren nur noch wenige Wochen bis zur Neueröffnung der Buchhandlung. Obwohl sie dank Cilians Hilfe besser vorangekommen war, als sie je zu träumen gewagt hätte, konnte sie sich keine Pause leisten.

Wie auf Autopilot folgte sie ihrer Routine. Zuerst kamen der Esel und Gertie dran. Im Hinterhof blies ihr der eisige Morgenwind um die Nase. Sie schniefte. Zum Glück fand sie in ihrer Jackentasche ein kaum benutztes Papiertaschentuch. Hatte sie sich erkältet? Das würde ihre Kopfschmerzen und die Müdigkeit erklären. Sie zog den Reißverschluss ihrer Jacke bis zum Anschlag und machte sich an die Arbeit.

Der Esel stand am Zaun und drehte die Ohren zu ihr, als sie näherkam. Das Schwein war wie immer damit beschäftigt, den Boden zu durchwühlen, aber der Esel hob den Kopf und machte ein paar Schritte auf sie zu.

»Guten Morgen, mein Großer.« Eilis öffnete das Tor zu seinem Paddock und hielt ihm eine Möhre entgegen. Mit samtigen Lippen nahm der Esel sie an und kaute langsam, während er sie mit seinen großen, dunklen Augen betrachtete. Kaum zu glauben, dass dies dasselbe Tier war, das ihr am Anfang das Leben so schwer gemacht hatte. Er hatte nicht nur aufgegeben, sie aus Angst zu triezen, mittlerweile ging er richtig liebevoll mit ihr um. Manchmal schmatzte er genüsslich, wenn er etwas Leckeres fraß, und schnaufte ihr dabei warm in den Hals, als wollte er ihr ein Danke zukommen lassen. Heute ließ er ein tiefes, zufriedenes Brummen hören, als sie ihm sanft über die Nase strich.

Gertie, das Schwein, beobachtete sie von ihrer Seite des Hinterhofs aus. Dass der Esel von Eilis nach der Karotte auch noch ein Stück Apfel absahnte, quittierte sie mit einem aufgebrachten Quietschen.

»Nicht so ungeduldig, junge Dame. Für dich habe ich auch etwas.« Die restlichen Apfelstücke aus ihrer Tasche bekam Gertie, die sich geräuschvoll über sie hermachte. Einen Moment noch beobachtete Eilis ihre beiden Schützlinge, dann machte sie sich daran, das Wasser der beiden auszutauschen.

Als sie sich dem Unterstand des Esels zuwandte, um das Stroh zu erneuern, verkrampfte sich ihr Magen. Sie biss die Zähne zusammen und arbeitete weiter. Gerade war sie dabei, die ersten Haufen des verschmutzten Strohs in die Schubkarre zu schaufeln, als Übelkeit über sie hereinbrach. Ihre Kehle schnürte sich zu, sie musste sich mit einer Hand an der Holzwand abstützen. Ihr war ganz wattig im Kopf. Tief durchatmen, beschwor sie sich. Ein und aus. Dann geht es sicher vorbei. Sie hatte den halben Vormittag im Bett verbracht und noch nichts gegessen, kein Wunder, dass ihr Kreislauf nicht mitspielte. Sie zwang sich zu gleichmäßigen, tiefen Atemzügen, doch der Geruch von altem Stroh und Mist machte es nicht besser. Panisch schluckte sie gegen die Übelkeit an, und tatsächlich gelang es ihr, sie ein wenig zurückzudrängen. Mit zusammengebissenen Zähnen arbeitete sie weiter, obgleich ihr bei jedem Schaufeln das gleiche flaue Gefühl durch den Körper schwappte.

Endlich fertig. Sie schob die Schubkarre zum Komposthaufen und lehnte sich gegen den Zaun. Sie wünschte, Siobhan wäre hier, die ihr, wann immer es sich morgens ergab, dabei half, die Tiere zu versorgen. Doch durch ihr spätes Aufstehen musste sie ihre Nachbarin verpasst haben, also blieb ihr nichts anderes übrig, als allein weiterzuarbeiten.

Drinnen machte sie sich noch eine Tasse Tee und setzte sich für einen Moment an den Lesetisch in der Mitte der Buchhandlung. Sie hielt die Tasse in beiden Händen, atmete den aromatischen Dampf von schwarzem Tee und Bergamotte, aber die Erschöpfung blieb. Die übrigen Tiere in der Buchhandlung warteten auf sie. Sicher hatten sie schon einen riesigen Kohldampf und dachten, nach ihren früheren Besitzern hätte nun auch Eilis sie verlassen. Doch allein der Gedanke an ihre nächste Aufgabe überwältigte sie. Was war noch mal als Nächstes an der Reihe? Richtig. Die Kaninchentoilette. Sie musste sie reinigen. Normalerweise störte sie das nicht, aber heute trieb die Vorstellung, auf die Knie zu gehen, um die benutzte Streu und die feuchten Holzspäne in eine Schaufel zu schieben und den unangenehmen Geruch einzuatmen, Tränen in ihre Augen.

Sie schluckte hart, zwang sich aufzustehen.

Die Mutterkatze lag zusammengerollt in einem Korb im Schaufenster. Ihre beiden Jungen spielten daneben mit einem zerfetzten Ball aus Schnur. Eilis blieb stehen und beobachtete sie. Der Anblick beruhigte sie ein wenig, aber die Schwere in ihrer Brust konnte er nicht vertreiben.

Die Kaninchen hoppelten in ihrem Auslauf herum und knabberten an einer Handvoll Heu. Sie schienen immer so zufrieden und genügsam, und normalerweise fand Eilis das ansteckend. Doch heute war es, als hätte sich ein Schleier über sie gelegt. Sie setzte sich auf den Boden, zog die Knie an die Brust und sah den Tieren zu.

Es war ein bittersüßer Anblick. Von den zwölf Tieren, die anfangs hier gewesen waren, waren nur noch die Mutterkatze mit zwei ihrer Jungen und die Kaninchen im Inneren der Buchhandlung übrig. Sie war so froh, dass die Vermittlungen funktioniert hatten. Jeder Abschied war schwer gewesen, aber sie hatte immer gewusst, dass es das Beste für die Tiere war. Jetzt hatten sie ein Zuhause, Menschen, die sich um sie kümmerten und sie liebten. Das war gut so. Nichts anderes hatte sie sich für ihre Schützlinge gewünscht, warum also liefen plötzlich Tränen über ihre

Wangen? Sie schniefte, räusperte sich, wischte die Tränen weg. Es kamen immer weitere nach.

Eilis kapitulierte. Sie legte die Stirn auf die Knie und ließ den Tränen freien Lauf. Sie sollte froh und stolz auf sich sein, doch in ihr drinnen war nur noch Leere und Erschöpfung. Jeder Handgriff, jede noch so kleine Aufgabe, ragte wie ein gigantischer Berg vor ihr auf. So würde sie es nie bis zur Eröffnung schaffen, das *Happily Ever After Books* nicht nur zu einem funktionalem Buchladen, sondern zu einem Ort zum Träumen zu machen. Dazu brauchte es mehr als geputzte Regale und ein ausgesuchtes Warensortiment. Es brauchte liebevoll ausgesuchte Deko und eine besondere Persönlichkeit der Besitzerin, die nicht aus dem Katalog, sondern nur aus ihrem Herzen kommen konnte.

Vor lauter Schluchzen hätte sie um ein Haar das Klingeln ihres Handys überhört. Sie angelte das Gerät aus der Tasche ihres Hoodies, wischte sich die Tränen aus dem Gesicht und sah auf das Display. Es war ihre Großmutter.

Eilis schniefte, drückte sich die Ärmel ihres Hoodies ins Gesicht, um die feuchten Spuren auf ihren Wangen zu beseitigen, und nahm den Anruf an.

»Hi, Nana«, sagte sie so hell wie möglich und hoffte, dass ihre Stimme stabil klang. In Chicago musste es gerade früher Morgen sein. Sechs, höchstens sieben Uhr. Normalerweise schlief Nana um diese Zeit oder trank gerade ihren ersten Kaffee, während sie die Zeitung durchblätterte.

Hatte sie sich extra den Wecker gestellt, um Eilis anzurufen? Wundern würde es sie nicht. Nana wusste immer, wenn es Eilis nicht gut ging. Manchmal sogar, bevor Eilis es selbst ahnte.

»Aber Kindchen, was ist denn los?« In der Stimme ihrer Großmutter klang Sorge. Das Theater mit den unterdrückten Tränen hätte sich Eilis sparen können. Natürlich hatte Nana sie sofort durchschaut.

»Was soll schon los sein?« Obwohl niemand es sehen konnte, setzte Eilis ein Lächeln auf. »Ich hab mich nur gerade hingesetzt, war ein langer Morgen.«

»Eilis, erzähl mir keinen Blödsinn.« Nana klang nicht streng, aber entschieden. »Du hast geweint.«

Eilis leckte sich über die trockenen Lippen und blinzelte zur Decke. »Nein, es ist nichts, wirklich. Ich bin einfach nur müde.«

»Müde?« Nana seufzte leise. »Ist es der Buchladen? Gibt es Ärger mit irgendwelchen Lizenzen oder Formalitäten? Ich wusste, dass dieser ganze Papierkram komplizierter ist, als sie dir gesagt haben.«

»Nein, nein, alles läuft nach Plan«, beeilte sich Eilis zu versichern. »Sogar besser als geplant. Ich liege dank Cilians Hilfe vor dem Zeitplan.«

»Dann sind es die Leute?«, hakte Nana nach. »Sind sie unfreundlich? Ich weiß, die Iren können manchmal verdammt spröde sein.«

Sie dachte an Fiona mit ihren selbst gestrickten Socken, an den jungen Tommy und seine spitzbübische Freude an einem alten, unfreundlichen Ara. Sie dachte an Siobhan, die ihre Zuneigung in Gummistiefel gehüllt bewies, indem sie Eilis bei Wind und Wetter half, Gertie und den Esel zu versorgen. Sogar Maggie mit ihrer dramatischen Art, aus jeder kleinen Begebenheit in Glensiveen eine große Geschichte zu spinnen, hatte Eilis in ihr Herz geschlossen. »Nein, sie sind großartig«, erwiderte sie daher und meinte es so. »Ich hätte es mir nicht besser wünschen können.«

»Hast du vielleicht Heimweh?«

»Auch nicht. Es ist wirklich großartig hier.«

»Dann sag mir, was los ist, Mädchen.«

Eilis öffnete den Mund, aber keine Antwort kam heraus. Stattdessen schnürte sich ihr die Kehle wieder zu. Sie schluckte heftig und versuchte es noch einmal, aber ihre Lippen blieben störrisch.

»Eilis?« Neben der Sorge mischte sich in Nanas Stimme nun etwas, das Eilis nur als Liebe beschreiben konnte. Es war das Gefühl, das in ihren einunddreißig Lebensjahren bisher nur ihre Großmutter in ihr hatte wecken können, und das fest verwoben war mit dem Wissen, immer und jederzeit so angenommen und akzeptiert zu werden, wie sie war.

»Ich weiß es nicht«, brachte Eilis hervor. Und das war die Wahrheit. »Ich weiß es wirklich nicht, Nana. Ich sitze hier und mir laufen die Tränen runter, und ich habe keinen blassen Schimmer, warum.«

»Ach, mein Mädchen.« Nana seufzte. »Dann lass uns über etwas Schönes reden. Erzähl mir von diesem Cilian. Ist er immer noch so spröde, wie du ihn beschrieben hast?«

Trotz ihrer trüben Stimmung zuckte Eilis' Mundwinkel. »Er ist wundervoll.«

»Wundervoll? Na, das klingt ja schon anders als beim letzten Mal«, meinte Nana amüsiert. »Hat er dich endlich mit seinem Charme um den Finger gewickelt?«

»Ich glaube, es ist eher umgekehrt passiert.« Sie erzählte von dem Ausflug, von dem winzigen Laden mitten im Nirgendwo, von dem improvisierten Essen, das grandios gescheitert und trotzdem perfekt war. Sie sprach über den Spaziergang unter den Sternen, darüber, wie er sie ansah, als könnte er es selbst nicht glauben, dass das Schicksal sie und ihn auf gewundenen Wegen zusammengeführt hatte.

»Es war …« Sie suchte nach den richtigen Worten. »Es war einfach besonders.«

»Besonders klingt gut. Besonders klingt sehr gut.«

»Ja, das war es auch. Wahrscheinlich habe ich mir bei dem Ausflug einfach nur irgendwas eingefangen und bin deshalb jetzt so neben der Spur.« Sie schniefte ein wenig. »Egal, wie romantisch das Cottage war, als das Feuer in der Nacht ausgegangen ist, wurde es ziemlich kalt.«

Sie hatte erwartet, dass Nana etwas Neckisches antworten würde, vielleicht eine Bemerkung darüber, dass Cilian sie hätte wärmen müssen. Stattdessen wurde es still am anderen Ende der Leitung. Das Schweigen hielt länger an, als es sich angenehm anfühlte. Eilis hörte die Rädchen in Nanas Oberstübchen rattern, doch sie hatte keine Ahnung, was an ihrer absolut harmlosen Bemerkung ihre Großmutter derart zum Grübeln gebracht haben könnte.

»Nana?«, fragte Eilis schließlich nach und runzelte die Stirn.

»Du bist doch immer vorsichtig, oder?« Dringlichkeit schwang plötzlich in Nanas Stimme mit.

»Vorsichtig bei was? Ja, ich bin vorsichtig, du kennst mich doch. Nach Irland zu ziehen, um Malachys Buchhandlung zu übernehmen, war das erste Impulsive, was ich in meinem Leben gemacht habe.«

»Natürlich.« Nana räusperte sich. »Hör nicht auf mein Gerede. Ich mache mir nur Sorgen, als Großmutter ist das mein Job.«

Eilis lächelte leicht. »Du musst dir wirklich keine Gedanken machen. Ich hole mir in der Apotheke ein paar Vitamine fürs Immunsystem, dann geht es mir bestimmt bald besser.«

Statt beruhigt zu klingen, klickte Nana mit der Zunge. »Das war es nicht, was ich meinte.«

Eilis blinzelte verwirrt. »Was dann?«

»Wahrscheinlich sollte ich doch lieber sofort nach Irland kommen.«

»Nana, bitte.« Eilis rieb sich über die Stirn. »Wir haben doch darüber gesprochen. Und so spontane Flugtickets sind teuer. Bleiben wir bei unserem Plan, ja?«

Nana schwieg einen Moment, dann seufzte sie leise. »Na gut. Aber versprich mir eins, Mädchen: Wenn du jemanden brauchst, wenn dir alles zu viel wird oder du nicht weiterweißt, rufst du mich an. Ich meine es ernst, Eilis. Du bist da ganz allein, und du weißt, dass du mir alles sagen kannst.«

»Das weiß ich.« Eilis' Stimme war leise.

»Dann versprich es mir.«

»Ich verspreche es.«

»Gut.« Nana hielt kurz inne. »Und jetzt mach dir eine Suppe oder so was. Tee ist kein Frühstück.«

Eilis lachte leise. »Ja, Nana.«

»Ich liebe dich, Mädchen.«

»Ich dich auch.«

Als sie auflegte, hielt Eilis das Handy noch eine Weile in der Hand und starrte auf das Display. Lang genug, um die Push-Benachrichtigung ihrer Mail-App zu sehen, die auf dem Bildschirm auftauchte, um ihr den Eingang einer neuen Nachricht zu verkünden. Sie las den Namen des Absenders, und plötzlich war die Übelkeit wieder da. Chase Harrington. Warum, um alles in der Welt, hatte ihr ehemaliger Boss ihr geschrieben?

Es war schon Nachmittag, als Eilis es endlich zur Apotheke schaffte. Der Tag war an ihr vorbeigezogen, ohne dass sie wirklich ein Teil davon gewesen war. Sie hatte mit Cilian telefoniert, der ihr berichtet hatte, dass sein Assistent Liam die beiden letzten Kätzchen adoptieren wollte und ein Schaffarmer namens Shane bereit sei, den Esel und Gertie bei sich aufzunehmen. Um sicherzugehen, dass Eilis sich ausgiebig von ihren Schützlingen verabschieden konnte, hatten sie vereinbart, dass Cilian, Liam und Shane die Tiere am kommenden Vormittag abholen würden. Eigentlich hätte sie sich freuen sollen – wieder fanden zwei ihrer Pechvögel ein Für-immer-Zuhause bei einem Besitzer, der sich mit Tieren auskannte und sich der Verantwortung bewusst war, die es bedeutete, andere Lebewesen in sein Leben zu lassen. Doch selbst als sie das Gespräch beendet hatte, wollte das Gefühl der Erleichterung sich nicht einstellen. Es war, als wäre sie aus Watte gemacht, abgeschirmt von allem, was um sie herum passierte.

Draußen auf der Hauptstraße hatte sich die Weihnachtsdekoration seit ihrem letzten Spaziergang vor gerade einmal zwei Tagen noch weiter vermehrt. Die Lichterketten an den Straßenlaternen funkelten selbst am Tag, aus einigen Fenstern blinkten bunte Lichter. Vor dem Gemeindezentrum hatte jemand einen riesigen Teddybären mit Weihnachtsmütze aufgestellt, der nun träge im Wind schwankte. Aus der Bäckerei duftete es nach Zimtsternen und Früchtebrot, und vor dem Pub stand ein aufwendig geschmückter Weihnachtsbaum, in dessen Zweigen kleine handgeschriebene Wünsche baumelten – eine Tradition im Ort, wie ihr Siobhan erzählt hatte.

Kurz vor der Apotheke musste sie zwei Kindern ausweichen, die mitten auf dem Gehweg stehen geblieben waren und lautstark diskutierten.

»Santa gibt's wirklich!«, beharrte der eine Junge, die Fäuste in die Hüften gestemmt. »Er bringt die Geschenke, das hat Mam gesagt!«

»Blödsinn«, schnaubte das Mädchen, bei dem zwei geflochtene Zöpfe unter der dicken Wollmütze hervorlugten. »Wenn das so wäre, warum haben wir dann letztes Jahr einen Kassenzettel für meinen Roller im Mülleimer gefunden, hm?«

»Das war bestimmt nur, weil Santa Mam gefragt hat, was du willst!«

»Oder weil Santa eine Erfindung ist!«

Eilis schmunzelte. Alles war, wie es sein musste: Immer würde es eine Skeptikerin geben und einen Romantiker. Eine Person, die glaubte, sich etwas von ganzem Herzen zu wünschen, war bereits der halbe Erfolg, und eine Person, die der Meinung war, Pessimismus sei der sicherste Schutz vor Enttäuschung. Wie oft hatte sie als Kind an genau solchen Diskussionen teilgenommen? Wie oft hatte sie sich gefragt, ob es da draußen jemanden gab, der ihre Wünsche hörte? Noch lange nachdem all ihr Schulfreundinnen und -freunde geschworen hatten, nicht mehr an Santa zu glauben, hatte sie an Heiligabend Milch und Kekse an den Kamin gestellt, um dem Weihnachtsmann für seinen Besuch zu danken und ihm zu zeigen, dass sie an ihn glaubte. Die sentimentale Niedergeschlagenheit, die sie seit dem Wachwerden begleitete, passte nicht zu ihr. Normalerweise war immer sie es, die selbst dem größten Übel die Zähne zeigte, weil sie hoffte, es sähe aus wie ein Lächeln.

Sie erreichte die Apotheke. Im Inneren roch es nach Kamille, Desinfektionsmittel und irgendetwas, das sie an Hustenbonbons erinnerte. Eine alte Frau in einem dicken, mit Schneeflocken bestickten Wollmantel lehnte sich über den Tresen und unterhielt sich mit der Apothekerin über das Wetter.

»Ein Wahnsinn ist das! Gestern noch Frost, und heute regnet es wieder in Strömen. Kein Wunder, dass sich die halbe Nachbarschaft erkältet.«

»Ach, das ist der Dezember in Irland«, seufzte die Apothekerin. »Sobald man denkt, es bleibt trocken, kommt der nächste Regenschauer.«

Eilis zog die Schultern zu den Ohren. Tatsächlich hatten die Temperaturen in den letzten Tagen ständig gewechselt. Mal war es frostig mit klarem Himmel, dann wieder nass und ungemütlich. Heute war einer dieser typischen Tage, an denen der Nieselregen in der Luft hing und die Kälte in jede noch so kleine Öffnung kroch. Der Schnee, der vor einer Woche in Glensiveen gefallen war, war längst geschmolzen und hatte nur feuchte Straßen und aufgeweichte Böden hinterlassen. Von Weihnachtsidylle hielt der Wettergott jedenfalls wenig. Dafür hingen auch in der Apotheke Weihnachtsgirlanden mit roten Schleifen über den Regalen, und auf der Theke stand ein Tablett mit Pfefferminztäfelchen, vermutlich ein Dankeschön für die Kundschaft.

Obwohl die Wärme der Apotheke sie umhüllte, fröstelte Eilis. Die Kälte von draußen hatte sich in ihren Knochen festgesetzt. Sie bewegte sich zitternd durch die Gänge, suchte die Vitamine, die sie Nana versprochen hatte zu kaufen, doch ihre Gedanken waren woanders.

Chase. Warum ausgerechnet jetzt?

Die Mail, die er ihr geschrieben hatte, hatte sie immer noch nicht gelesen. Warum sollte sie? Es war über ein halbes Jahr her, seit er ihr gekündigt hatte. Sechs Monate, in denen sie sich jeden Gedanken an ihn verboten hatte. Sechs Monate, in denen sie ein neues Leben angefangen hatte, das mit jedem Tag realer wurde. Selbst in Irland war sie inzwischen über einen Monat. Einen Monat.

Der Gedanke ließ sie innehalten.

Das Türglöckchen bimmelte erneut. Gerade als Eilis die Schachtel mit den Vitaminen aus dem Regal nehmen wollte, trat ihr jemand in den Weg. »Oh, entschuldige, Eilis!«

Eilis blinzelte, sah auf und erkannte Moira, eine der Frauen aus der Bäckerei. Sie trug eine Einkaufstasche voller Kekspackungen und Honiggläser.

»Alles gut«, murmelte Eilis und machte einen Schritt zur Seite.

In der Bewegung streifte ihre Schulter ein Regal. Eine Schachtel fiel zu Boden. Reflexartig bückte sie sich, um sie aufzuheben. Und blieb abrupt stehen.

Es war ein Schwangerschaftstest.

Ihr Herz setzte für einen Schlag aus.

Sie hielt die Pappschachtel in der Hand und starrte sie an, als wäre sie aus einem anderen Universum in ihre Hände gefallen.

Ein Monat. Gerade eben hatte sie gedacht, dass sie bereits über einen Monat in Irland war. Beinah eineinhalb Monate, um genau zu sein.

Sie hatte ihre Periode noch nicht gehabt.

Ihr Magen zog sich schmerzhaft zusammen. Nein. Das konnte nicht sein. Das war absurd. Sie und Cilian hatten immer ein Kondom benutzt. Das war nicht möglich!

Nichts war unmöglich. Selbst die beste Verhütungsmethode konnte versagen.

Nanas plötzliche Sorge am Telefon fiel ihr wieder ein. *Du bist doch vorsichtig, oder?*

Ja. Ja, verdammt, das war sie. Aber war sie das wirklich? Bei ihrem ersten Mal hatte Cilian das Kondom aus seiner Brieftasche hervorgezaubert, oder? Jeder wusste, dass man das nicht machen sollte. Auch sie. Und trotzdem … Kondom war Kondom, hatte sie sich damals gedacht. Und sicher hätte man doch gemerkt, wenn das Gummi gerissen wäre, oder so. Wie lange war ihr erstes Mal her? Sie überschlug die Tage im Kopf, kam zu keinem echten Ergebnis. Sechs Wochen? Sechseinhalb?

Wieder fiel ihr Blick auf den Schwangerschaftstest: *Sicher ab dem Tag der ausbleibenden Regel.*

Das war jetzt. Nein, das war schon mehr als vier Wochen vorbei. Eilis schluckte. Ihr ganzer Körper war mit einem Mal eiskalt, während es in ihrem Kopf brannte.

Sie legte die Schachtel zurück ins Regal, nahm sie wieder in die Hand. Ihr Blick flog durch den Raum. Niemand schenkte ihr besondere Aufmerksamkeit. Niemand wusste, was in ihr vorging.

Einen Schwangerschaftstest zu kaufen, sollte nichts sein, wofür man sich schämte. Aber ihr war klar, dass niemand sehen sollte, was sie in der Hand hielt. Nicht hier. Nicht in Glensiveen.

Es war eine Sache, dass sie selbst nicht wusste, was sie mit den Zweifeln anfangen sollte, die ihr gerade gekommen waren. Bis ihr der Test aus dem Nichts in die Hände gefallen war, hatte sie nicht einen Augenblick lang erwogen, schwanger zu sein. Und jetzt sollte sie nicht nur mit der plötzlichen Unsicherheit klarkommen, sondern auch mit der Vorstellung, dass ganz Glensiveen davon wusste? Was, wenn Cilian ein Gerücht aufschnappte, bevor sie selbst wusste, woran sie war und was sie tun sollte? Sie musste kein Genie sein, um zu ahnen, dass längst über sie und Cilian getratscht wurde. Er verbrachte viel Zeit in der Buchhandlung, zu viele Nächte in ihrer Wohnung. In einer kleinen Stadt wie Glensiveen blieb nichts lange verborgen. Bei ihrem ersten gemeinsamen Besuch im *Harp and Anchor* hatte Malachy sie doch genau davor gewarnt. Auf seine charmante, spitzbübigschalkhafte Art zwar, aber eine Warnung war es dennoch gewesen. Und jetzt stand sie mitten in der Apotheke mit einem Schwangerschaftstest in der Hand.

Ihr wurde schwarz vor Augen. Wieder legte sie die Schachtel zurück ins Regal, nur um sie Sekunden später in die Hand zu nehmen.

Am Ende holte sie tief Luft, griff nach den Vitaminen und der Testpackung und ging zur Kasse.

Die Apothekerin, eine freundliche Frau Mitte fünfzig, die sie bisher noch nicht näher kennengelernt hatte, nahm die Artikel entgegen, ohne mit der Wimper zu zucken. »Sonst noch etwas, Liebling?«

»Nein.«

Die Frau gab ihr das Wechselgeld, legte die Sachen in eine Papiertüte und sagte: »Pass gut auf dich auf.«

Eilis nickte hastig, murmelte einen Dank und eilte aus dem Laden.

Zu Hause angekommen, stieg sie schwer atmend die Treppe zu ihrer Wohnung hoch und warf Mantel und Schal auf den Küchenstuhl. Ihr Herz pochte.

Mit bebenden Fingern nahm sie den Test aus der Tüte und las die Anweisungen auf der Verpackung. Die Bedienung schien selbsterklärend. Einmal aufs Teststäbchen pinkeln, und in ein paar Minuten hätte sie Gewissheit. Dann müsste sie sich nicht weiter mit Hirngespinsten belasten und könnte sich endlich darauf konzentrieren, diese vermaledeite Erkältung loszuwerden, damit sie dem *Happily Ever After Books* den letzten Schliff geben konnte. Sobald ihr Kopf nicht mehr so dröhnte, würde es ihr sicher wieder besser gehen.

Sie schloss die Badezimmertür hinter sich und folgte den Anweisungen auf dem Beipackzettel. Das Teststäbchen legte sie auf den Rand der Badewanne, dann stellte sie den Timer auf dem Handy und atmete tief durch.

Zehn Minuten.

Sie rutschte mit dem Rücken an der hölzernen Wand nach unten, lehnte den Kopf dagegen. Wie fremd ihr all das hier am Anfang vorgekommen war. Die weiß gestrichenen, leicht abgenutzten Holzwände, die dunklen Eisenbeschläge an den Schränken, die frei hängenden Glühbirnen, deren Licht warm, aber auch etwas spärlich war. Doch mit jedem Tag, den sie in Irland verbracht hatte, war dieses alte, verwohnte Apartment über der Buchhandlung mehr zu ihrem Zuhause geworden. Schlechter Wasserdruck und fehlende Mischbatterie inklusive.

Ihr Blick fiel auf den Teststreifen. Noch nicht. Mit größter Anstrengung zwang sie sich, wegzusehen. Ihre ganze Zukunft hing von dem Ergebnis dieses verdammten Schwangerschaftstests ab. Alles, was sie sich in den letzten Wochen aufgebaut hatte, schien plötzlich wieder in der Schwebe.

Panik drohte in ihr aufzusteigen, nagte mit spitzen Zähnen an den Rändern ihres Bewusstseins. Sie presste die Hände auf die kühle Holzablage neben dem Waschbecken, schloss für einen Moment die Augen. Atmen. Sie musste einfach nur atmen.

Da hörte sie ein leises Kratzen an der Tür.

Blinzelnd drehte Eilis den Kopf. Das Kratzen wurde energischer, begleitet von einem nachdrücklichen Maunzen.

Die Mutterkatze.

Eilis streckte sich und erreichte mit der Hand gerade so die Türklinke. Mit einem Knarzen schwang die Tür auf. Gerade weit genug, damit die Katze hindurchschlüpfen konnte.

»Na, sind dir deine Jungen zu viel geworden, brauchst du eine Auszeit?«

Die Katze stieß mit dem Kopf gegen ihr Bein, schlängelte sich gurrend in Achten um Eilis' Schenkel. Vorsichtig kraulte Eilis die Katze unter dem Kinn. Es war kein besonders schönes Tier. Schwarz-weiß gescheckt am Rücken und an den Pfoten, mit großen weißen Flecken an der Seite und dem Bauch. Trotzdem hatte diese Katze etwas, das Eilis' Herz berührte. Sie war so sanft, so liebevoll. Zärtlich, ohne einem je das Gefühl zu geben, gebraucht zu werden. Wenn sie sich Schmuseeinheiten holte, dann, weil sie Nähe wollte, nicht, weil sie sie brauchte.

Mit einem kräftigen Satz sprang sie auf Eilis' Schoß. Sie drückte sich an sie, schnurrte so laut, dass es selbst in Eilis' Brust vibrierte.

»Woher wusstest du eigentlich, was du tun musst, als deine Jungen kamen, hm?«, fragte sie leise. Unablässig streichelte sie das Fell der Katze. Es fühlte sich an wie Seide. »Hat dir das jemand beigebracht? Oder hast du's einfach instinktiv gewusst?«

Die Katze gurrte, als würde sie überlegen.

»Ich wette, deine Mutter hat's dir vorgemacht«, mutmaßte Eilis. »Oder deine Tanten. Vielleicht hattest du auch eine alte, kluge Katze in der Nachbarschaft, bei der du dir abschauen konntest, wie man sich um kleine Fellbündel kümmert.«

Die Katze gähnte, streckte sich auf Eilis' Schoß aus und legte demonstrativ eine Pfote auf ihren Arm, als wollte sie sagen: Jetzt ist genug geredet.

»Aber was, wenn man sich nicht sicher ist, ob so ein Kind überhaupt erwünscht wäre? Was, wenn man Angst hat, den Menschen, den man am liebsten hat, mit so einer Schwangerschaft zu verraten?«

Die Katze hob den Kopf, sah sie mit ruhigen, goldenen Augen an und legte sich danach noch dichter an Eilis' Brust.

Dann stellst du dich der Sache, hieß das. Zumindest in Eilis' Vorstellung.

Ihre Kehle schnürte sich zusammen. Genau darauf würde es hinauslaufen, oder nicht? Egal, welches Ergebnis der Schwangerschaftstest gleich anzeigen würde, sie müsste sich dem stellen.

Ein Piepton riss sie aus den Gedanken.

Der Timer.

Ihr Herz hämmerte so stark, dass sie glaubte, es würde ihr die Rippen brechen. Als würde sie ihre Anspannung spüren, sprang die Katze von ihrem Schoß und suchte das Weite. Auf einmal hatte Eilis das Gefühl, eine Wüste verschluckt zu haben.

Sie wollte nicht.

Sie wollte das Ergebnis nicht sehen.

Sie wollte sich der Wahrheit nicht stellen, die der Teststreifen ihr enthüllen würde.

Aber sie musste.

Mit zitternden Fingern hob sie den Test auf, zwang sich, auf das Anzeigefeld zu sehen.

Darauf stand ein einziges Wort: schwanger.

9

Der Schein der Torffeuer wies ihnen den Weg, als sie das weitläufige Gelände von Shanes Farm erreichten. Eine ganze Wiese hatte der Farmer als Parkplatz ausgewiesen, dennoch hatten sie ganz hinten parken müssen, weil bereits so viele Besucher vor Ort waren. Cilian zog die Schultern zu den Ohren und steckte die Hände in die Taschen seiner Jacke, während er sich einen Überblick über den weihnachtlichen Trubel auf Shanes Hof verschaffte.

Der Aufbau der lebendigen Krippe war eine Punktlandung geworden. Sogar das Wetter spielte mit. Vereinzelte Schneeflocken wirbelten durch die Luft, ließen sich auf den Dächern der Stallungen nieder und verwandelten den Hof in die perfekte Weihnachtskulisse.

Neben ihm zog Eilis ihren Schal enger um sich. Ihr dicker Wollmantel war zu lang für sie, und in Kombination mit der Schneehose und den gefütterten Moonboots verschwand sie geradezu in den Stofflagen. Ständig rutschte die grob gestrickte Wollmütze ihr über die Augenbrauen und ließ nur eine kleine Lücke für ihre rote Nase frei. Cilian betrachtete sie aus den Augenwinkeln. Ihr Anblick berührte ihn mitten im Herz. Am liebsten wollte er sie an sich ziehen und nie wieder loslassen. Oder zumindest erst dann, wenn sie sich wieder entspannte, denn wenn sie eines auch heute nicht war, dann entspannt. Wie immer in den letzten Tagen wirkten ihre Schultern steif, ihre Bewegungen fahrig, und immer wieder presste sie die Lippen aufeinander, als müsste sie Worte daran hindern, ausgesprochen zu werden.

Entlang der alten Steinmauern des Gehöfts brannten Feuertonnen, an denen sich die Leute wärmten, während aus großen Kupferkesseln heißer Cider und Punsch geschöpft wurden. Der Duft von Nelken, Zimt und Orangen erfüllte die kalte Luft. Frauen in warmen Wollschals reichten selbst gebackenes Shortbread an Kinder weiter, die mit frostroten Wangen an dem Gebäck knabberten. Auf einem langen Holztisch stapelten sich Blechdosen mit Christmas Pudding, daneben standen Karaffen mit Whiskey Cream und eine große Thermoskanne mit Hot Toddy, dessen Mischung aus Whiskey, schwarzem Tee, braunem Zucker und Gewürzen selbst den hartnäckigsten Katarrh austrieb. Musik erfüllte den Hof. In einer Ecke spielte eine kleine Gruppe mit Fiddle, Tin Whistle und Bodhrán »The Wexford Carol«, während einige Besucher leise mitsangen. Weiter hinten vor der Krippe hatte sich ein Kinderchor aufgestellt, bereit, die Musikantengruppe abzulösen, sobald sie fertig waren.

Cilian hatte gewusst, dass Shane diese Veranstaltung schon seit Jahren auf die Beine stellte. Er hatte die Plakate gesehen und die Menschen darüber reden gehört, aber selbst besucht hatte er sie noch nie.

Über die Köpfe der Menge hinweg suchte er nach zwei bestimmten Tieren.

Neben ihm blies Eilis in ihre kalten Finger, vergrub die Hände dann in ihren Taschen.

»Es ist schön«, sagte sie leise.

Er wandte sich ihr zu, wollte ihr zustimmen, doch ihre Stimme klang so gedämpft, ja, fast wehmütig, dass er stutzte. Ihre Wangen waren rosig von der Kälte, aber ihr Lächeln wirkte nicht echt. Er kannte das Leuchten in ihren Augen, wenn etwas sie wirklich begeisterte, und jetzt war es nicht da.

»Bist du sicher, dass du nicht frierst?« Er griff nach ihren Händen, um sie zwischen seinen zu wärmen.

Sie ließ es zu, blieb jedoch steif in seiner Berührung. »Ich werde schon warm. Vielleicht.«

»Ich kauf dir was Heißes zu trinken.«

Sie nickte, aber wieder ohne Begeisterung. Das war nicht die Eilis, die er kannte. Nicht dieselbe Frau, die ihn mit ihrer herzlichen Zuversicht und dem eisernen Willen, das Beste in allem und jedem zu sehen, Stück für Stück um den Finger gewickelt hatte.

Tief in ihm zog sich etwas zusammen. Er wusste, wie es sich anfühlte, wenn Menschen, von denen er sich Liebe erhoffte, so taten, als ob. Er wusste, wie es sich anfühlte, nur eine Pflicht zu sein, und das hier kam diesem Gefühl verdammt nahe. Mit aller Willenskraft, die er aufbringen konnte, schob er das Gefühl beiseite.

»Ich hol dir einen heißen Würzwein.«

»Lieber nicht«, sagte sie sofort. »Ich vertrage heute keinen Alkohol.«

»Dann einen Apfelpunsch?«

Sie nickte, aber als er ihr den Becher reichte, nahm sie nur einen winzigen Schluck, ehe sie eine Grimasse schnitt und das Gesicht so hielt, dass der Dampf aus dem Becher ihr nicht in die

Nase geriet. Zwar behielt sie das Getränk in der Hand, aber trinken sah er sie nicht mehr.

»Schmeckt er nicht?«

»Doch, doch …« Sie schüttelte den Kopf. »Ich bin einfach nicht so durstig.«

Nicht so durstig? Dabei war normalerweise sie diejenige, die in kalten Winternächten in jeder Hand eine Teetasse hielt und mit großen Schlucken trank, bis ihre Lippen wieder Farbe bekamen.

Er atmete tief durch. »Warum gucken wir nicht nach Gertie und dem Grauohr? Dafür sind wir schließlich hergekommen.«

Zum ersten Mal, seit er sie heute von der Buchhandlung abgeholt hatte, belebte so etwas wie echte Unternehmungslust ihre Miene. Gemeinsam bahnten sie sich einen Weg durch die Menge, vorbei an Ständen mit Lebkuchenherzen, handgestrickten Socken und geschnitzten Holzfiguren. Die Feuerschalen warfen flackernde Schatten auf die Steinmauern, der Wind trug den Klang von Weihnachtsliedern mit sich. Vor dem Schweinegehege war eine Traube aus Menschen stehen geblieben. In der Mitte lag Gertie, eingebettet in eine dicke Schicht Stroh, umgeben von drei anderen Schweinen. Ihr Bauch hob und senkte sich gemächlich, ebenso wie die ihrer Artgenossen. Gemeinsam ergaben die vier Rüsseltiere ein Knäul selbstzufriedener Gemütlichkeit.

»Sieht aus, als hätte sie sich gut eingelebt«, sagte Cilian und schielte zu Eilis.

»Mhm.«

»Das ist doch genau das, was du wolltest, oder?«

»Ja, natürlich«, sagte sie schnell. Zu schnell, wenn er ehrlich war.

Er wollte weiterfragen, aber in diesem Moment zog der Esel mit einem lauten »Ih-Ah« seine Aufmerksamkeit auf sich.

In einem eigens dafür abgetrennten Bereich hatte Shane die lebendige Krippe eingerichtet. Neben dem Stall, in dem eine Heuraufe aufgebaut war, stand der Esel. Ein kleines Mädchen reichte ihm ein Stück Brot, das es aus einer Tüte zog, und der Esel schnupperte erst kurz, bevor er es mit seinen weichen Lippen nahm. Die Kleine quietschte vor Vergnügen, ihre Mutter lachte und strich ihr über die Haare.

»Der ist ein echter Publikumsliebling«, meinte Cilian. »Schau nur, wie offen er auf Menschen zugeht. Das hätte man anfangs niemals gedacht, oder?«

Wieder bestand die Antwort von Eilis nur aus einem Nicken.

Nicht weit von dem Esel entfernt hockten zwei junge Männer in schlichten Gewändern als Hirten verkleidet auf Holzbänken und wärmten sich die Hände an dampfenden Tonbechern. Ein dickwolliger Schafbock stand ruhig neben ihnen, nur hin und wieder schüttelte er seinen Kopf, sodass die Glocke an seinem Hals ein leises Klingen von sich gab. Ein paar Schritte abseits stand Maria in einem weiten blauen Mantel, das »Jesuskind« – eine sorgfältig eingewickelte Puppe – in ihren Armen. Ihr Josef, ein hochgewachsener Mann mit freundlichem Lächeln, hatte sich neben sie postiert und nickte den vorbeischlendernden Besuchern freundlich zu.

Durch die Besuchermenge näherten sich in diesem Moment drei Weise in kostbaren Gewändern mit bestickten Turbanen der Krippe, ihre Hände umfassten kleine Holzkästchen, die goldene Schleifen zierten. Ein paar Kinder verfolgten sie, eines von ihnen versuchte verstohlen, einen Blick in die Kästchen zu werfen.

Neben dem Stall scharrten zwei Hühner im Stroh, während eine Ziege sich mit stoischer Ruhe kraulen ließ.

Der süße Duft von gebrannten Mandeln mischte sich mit dem herben Geruch von Stroh und Tierfell, und das leise Murmeln der Besucher sowie das gelegentliche Glucksen eines Säuglings verliehen der Szenerie eine fast magische Atmosphäre, bei der sogar Cilian gewillt war, an Weihnachtswunder zu glauben. Nur Eilis schien immun.

Er drückte ihr einen Kuss auf die Schläfe und fragte: »Bist du sicher, dass alles okay ist?«

»Ja.«

»Eilis …«

Sie drehte den Kopf zu ihm. Ihre Lippen waren schmal.

»Ich bin nur müde, Cilian.«

Er ließ sich nicht überzeugen. Ihre Finger waren immer noch eiskalt, selbst als er sie erneut nahm und seinen warmen Atem darüber hauchte. Normalerweise hätte sie das Lächeln nicht unterdrücken können, wenn er so etwas tat. Heute entzog sie ihm ihre Hand.

Was auch immer mit ihr los war, es gefiel ihm kein bisschen, und er hatte keine Lust, sich weiter von ihr die Laune verderben zu lassen. Seit Wochen hatten sie diesen Ausflug geplant, und jetzt stand irgendwas zwischen ihnen, das sie daran hinderte, die Zeit zu zweit zu genießen. Einen größeren Gegensatz zu ihrem Aufenthalt in dem Cottage am Meer könnte es kaum geben. Damals hatte er sich ihr so nah gefühlt. So, als ob alles möglich sei. Und jetzt …? Was war zwischen damals und heute passiert?

»Weißt du was, Eilis, wir müssen nicht bleiben. Du wolltest das Spektakel unbedingt sehen. Seit dir Tommy im Pub davon berichtet hat, warst du Feuer und Flamme, zu kommen. Aber wir können auch wieder gehen.«

Sie kniff die Lippen zusammen. Nickte. Sekunden vergingen. Er wollte sich von ihr abwenden, da fiel ihm die Feuchtigkeit in ihren Augenwinkeln auf. Eine einzelne Träne in jedem Auge. Der Anblick stach ihm wie ein Messer in die Brust.

»Eilis …« Er streckte die Arme nach ihr aus. Wieder wich sie zurück. »Was ist los mit dir? Sprich mit mir.«

Sie sagte nichts, presste die Lippen nur noch fester aufeinander. Ihre Augen liefen über. Mit einer wütenden Bewegung wischte sie sich die Feuchtigkeit von den Wangen.

»Es tut mir leid.« Aus flehenden Augen sah sie ihn von unten herauf an. Wie sollte er ihr da widerstehen? Wie sollte er ihr überhaupt je etwas übel nehmen? Aber hatte er nicht auch sich selbst gegenüber die Pflicht, sich zu schützen? Wie lange war es vernünftig zu hoffen, und ab wann war es klüger, die Flucht anzutreten, bevor sie ihn von sich stieß?

»Ich wollte das wirklich. Ich weiß auch nicht, was mit mir los ist.«

»Willst du lieber nach Hause?«

Sie sah sich um, ließ ihren Blick über die Menschen schweifen, zu dem Esel, zurück zu ihm. »Bist du dann nicht böse?«

Er schüttelte den Kopf, doch die Beschwichtigung, die er auf den Lippen gehabt hatte, blieb ihm im Hals stecken. Er war nicht böse auf sie. Nicht, weil es ihr nicht gut ging, nicht, weil sie einen schlechten Tag zu haben schien oder weil zur Abwechslung einmal sie es war, die offenbar nicht die richtigen Worte fand, um den Aufruhr in ihrem Inneren zu beschreiben. Und trotzdem fühlte es sich an wie eine Lüge, denn auch wenn er nicht wütend auf sie war, weckte ihr Verhalten einen schlafenden Teufel in ihm. Einen Dämon, der jetzt auf seiner Schulter saß und flüsterte: *Geh, bevor sie dich wegschickt. Hüte dein Herz, denn wenn du nicht aufpasst, wird es dir aus der Brust gerissen.*

Cilian schluckte hart.

Bald war Weihnachten, verdammt noch mal. Bald würde Eilis ihren Buchladen eröffnen und damit sich und der Welt beweisen, dass Träume wahr werden konnten. Nicht umsonst galt Weihnachten als das Fest der Wunder und der Hoffnung. Überall um sie herum funkelten Lichter, erfüllten Stimmen und Lachen die Luft, und obwohl Eilis direkt neben ihm stand, hatte er das Gefühl, sie würde sich immer weiter von ihm entfernen. Anders konnte er sich ihr Verhalten nicht erklären.

Er wollte das nicht.

Er wollte nicht zurück in das alte Muster fallen, nach dem er sich zurückzog, sobald er Gefahr lief, verletzt zu werden. Wenn er eins von Eilis gelernt hatte, dann, dass es sich manchmal lohnte, zu kämpfen. Manche Dinge brauchten Zeit, um sich zu fügen. Aufgeben war etwas für Angsthasen.

Er sah sie an. Ihre Wangen gerötet, nicht mehr nur von der Kälte. Ihre Lippen bebten, ihre Schultern hoben und senkten sich, und sie rang sichtbar um Fassung.

Er atmete tief durch.

»Ich bringe dich nach Hause.«

Immer noch unsicher sah sie ihn an.

Er nahm ihre Hand, hielt sie einfach nur fest. »Eilis, du bist mir wichtiger als irgendein blödes Weihnachtsfest. Wenn du nicht hier sein willst, dann gehen wir woanders hin.«

Ein Zittern durchrieselte ihre Finger. Ihre Schultern senkten sich ein wenig.

»Danke.« Es war kaum mehr als ein Flüstern, doch es war echt. Und für den Moment war das genug.

Er wusste nicht, was mit ihr los war. Er wusste nicht, warum sie sich von ihm entfernte, warum sie so anders war, als er sie kannte. Aber eines wusste er genau: Er wollte nicht aufgeben.

Himmel, warum war er nur so hin- und hergerissen?

Vielleicht war Weihnachten tatsächlich die richtige Zeit für Wunder.

Vielleicht war die Liebe doch nicht nur eine kitschige Idee für Geschichten und Lieder, sondern tatsächlich möglich.

Und wenn es eines gab, das er sich wünschte, dann, dass das zwischen ihr und ihm – was auch immer es war – am Ende nicht zerbrach, sondern stärker wurde.

Cilian hielt mit seinem Wagen direkt vor der Buchhandlung. Eilis schloss die Finger fest um den Türgriff des Pick-ups. Alles in ihr schrie danach, sich ihm zuzuwenden, ihn zu bitten, mit ihr nach oben zu kommen, sie festzuhalten, bis die Welt wieder Sinn ergab. Aber sie konnte es nicht. Nicht ein einziges Wort brachte sie heraus.

Am Ende war er es, der die Stille durchbrach. »Ruh dich aus.«

Sie nickte, murmelte: »Ich melde mich später«, und stieg aus.

Cilian widersprach nicht. Er fragte auch nicht, ob er mit nach oben kommen und ihr einen Tee machen sollte, so, wie er es an dem Morgen gemacht hatte, als ihr zum ersten Mal so elendig zumute gewesen war. Er blieb einfach sitzen, die Hände fest am Lenkrad, während sie die Tür schloss und sich von ihm abwandte.

Erst als sie den Weg die Treppe hinauf war, hörte sie den Wagen davonfahren.

Kaum hatte Eilis ihre Wohnung betreten, löste sich die Körperspannung, die sie bis dahin aufrecht gehalten hatte, schlagartig in Luft auf. Sie taumelte ein paar Schritte zu dem kleinen Tisch in der Wohndiele, presste eine Hand gegen die Stirn, mit der anderen stützte sie sich auf dem Tisch ab. Ihr Atem kam in ruckartigen Stößen, dann brachen die Tränen aus ihr heraus, die sie all die Zeit so verbissen zurückgehalten hatte.

Sie wusste nicht, wie lange sie so dastand, während die Tränen stumm auf die Holzplatte tropften. Sie wusste nur, dass es zu viel war. Alles war zu viel. Die Angst, die Unsicherheit, die Geheimniskrämerei. Das Wissen, dass sie Cilian angelogen hatte, auch wenn es nur mit ihrem Schweigen gewesen war.

Doch wie hätte sie es ihm sagen sollen?

Es gab keinen richtigen Weg.

Nicht nach allem, was er ihr über seine Vergangenheit erzählt hatte.

Nicht nach den Worten, mit denen er sich selbst davon überzeugt hatte, dass Liebe immer ein Geschäft war, eine Währung, ein Handel, bei dem jeder nur versuchte, für sich das Beste herauszuholen.

Er musste denken, dass sie das hier absichtlich getan hatte. Dass sie es genauso geplant hatte, wie seine Mutter ihn geplant hatte.

Sie atmete tief durch, presste die Hand auf ihren Bauch.

So viele Fragen. So viele Gedanken, die sich endlos im Kreis drehten.

Mit zitternden Händen griff sie nach ihrem Handy, tippte »Schwangerschaft trotz Kondom Wahrscheinlichkeit« in die Suchleiste. Sie tat das nicht zum ersten Mal in den vergangenen drei Tagen, trotzdem blinzelte sie die Tränen weg, ehe sie das erste Ergebnis aufrief. Sie wollte verstehen, was sie las. Sie wollte sich hundert Prozent sicher sein.

1 bis 3 Frauen von 100.

So stand es da. Stand es überall.

Egal, wie oft sie es las, egal, wie oft sie versuchte, sich in die Statistiken zu vertiefen, das Ergebnis blieb dasselbe.

Sie war eine von ihnen.

Es war passiert.

Sie war schwanger.

Schwanger, schwanger, schwanger. Sobald sie die Augen schloss, tauchte das Wort vor ihrem Inneren auf, in derselben Schrift, wie sie auf dem Test gestanden hatte: *Schwanger*.

Was sollte sie nur tun?

Wie sollte es ihr gelingen, Mutter und Unternehmerin gleichzeitig zu werden? Viele Firmengründerinnen bezeichneten ihr Unternehmen nicht umsonst als *ihr Baby*. Ihren alten Beruf an den Nagel zu hängen und den Mut aufzubringen, einen Buchladen zu eröffnen, war ohnehin schon ein gewagter Schritt gewesen, einer, der ihr oft genug Angst eingejagt hatte. War es überhaupt möglich, das alles mit einem Neugeborenen zu stemmen? Ohne Familie an einem Ort, an dem sie seit gerade einmal etwas über eineinhalb Monaten lebte?

Sie wusste, dass sie nicht schwanger bleiben musste. Ihr

Verstand wusste das sehr wohl, trieb ihre Finger an, die wie von selbst eine neue Anfrage in die Suchzeile tippten: »Familienplanungskliniken in der Nähe.«

Dass in Irland Schwangerschaftsabbrüche in der Frühschwangerschaft grundsätzlich möglich waren, hatte sie in den letzten Tagen bereits herausgefunden. Jetzt starrte sie auf die Ergebnisliste und brachte es nicht fertig, einen der Links anzuklicken.

Ihr Blick wanderte zu ihrem Bauch.

Da war natürlich noch nichts. Nichts Sichtbares.

Aber es war da. Egal wie winzig es war, egal wie unsichtbar, dieses Wesen existierte. Und es war ein Teil von ihr. Ein Teil von Cilian.

Ihr Hals zog sich zusammen.

Sie konnte das nicht. Nicht einmal den Gedanken daran ertrug sie.

Ein leises Geräusch ließ sie aufsehen.

Da war es wieder: das Tapsen von samtigen Pfoten auf der alten Treppe. Kaum war es Eilis gelungen, das Geräusch zuzuordnen, tauchte die Katze auf dem obersten Absatz auf. Sie schwänzelte um ihre Beine, sah sie mit ihren ruhigen, goldenen Augen an.

»Na, du?« Eilis streckte ihr die Hand zum Beschnuppern hin, dann ließ sie sich zu der Katze auf den Boden sinken.

Wie beim letzten Mal tauchte das Tier auf, in dem Eilis am dringendsten jemanden brauchte. Mit dem Kopf verteilte die Katze Stupser gegen Eilis' Kinn. Sie gurrte, drückte sich mit dem ganzen Gewicht gegen Eilis' Brust und rollte sich schließlich auf ihrem Schoß zusammen. Beinah sofort begann sie zu schnurren. Ein tiefes Vibrieren, das den Katzenkörper zum Schwingen brachte und als tröstendes Echo in Eilis nachklang.

Eilis strich über das seidigweiche Fell. Die Strapazen von Schwangerschaft, Geburt und der Aufzucht von vier aufgeweckten, frechen Katzenjungen merkte man ihr nicht mehr an. Die Katzenmutter hatte es geschafft. Ganz allein. Und sie hatte überlebt.

Eilis spürte das sanfte Heben und Senken ihres Atems unter ihrer Hand. Die Wärme des Tieres drang durch ihre Kleidung, und für einen Moment war es, als würde ihr eigener Körper sich daran erinnern, wie es war, sich geborgen zu fühlen.

»Wie hast du das gemacht?«, murmelte sie leise.

Die Katze blinzelte schläfrig.

»Einfach weitergemacht? Dich einfach nicht gefragt, ob du das kannst? Ob du bereit bist?«

Die Katze gähnte, streckte eine Pfote aus, legte sie auf Eilis' Arm.

Eilis' Finger glitten weiter über das weiche Fell.

»Oder hattest du Angst? Hast du dich gefragt, was aus dir wird, wenn deine Jungen nicht mehr da sind?«

Die Katze drückte sich enger an sie, schmiegte ihren Kopf in die Mulde zwischen Eilis' Schulter und Hals.

»Ich wünschte, ich könnte das auch.« Ihre Stimme klang dünn. »Einfach so weitermachen. Einfach sicher sein, dass alles gut wird.«

Ein leichtes Knabbern an ihrem Handgelenk, dann ein weiteres Gurren, als würde die Katze ihr zuflüstern, dass es egal war, was als Nächstes kam. Das Leben ging weiter, ob man bereit war oder nicht.

Eilis lehnte sich zurück, legte die Finger sanft um den kleinen Körper auf ihrem Schoß.

Das Leben ging weiter.

Sie schloss die Augen.

In ihr wuchs ein Kind heran.

Ein Kind.

Ihr Kind.

Das Kind von ihr und Cilian.

Wieder wollten ihre Tränen überfließen.

Er wusste nichts davon. Ahnte es nicht einmal. Sie musste mit ihm reden. Aber wie? Wie sprach man über etwas, das unaussprechlich war? Das Wesen in ihrem Bauch musste ihm vorkommen wie der schlimmste Betrug von allen.

Ihr Magen zog sich zusammen.

Nicht aus Hunger.

Nicht aus Übelkeit.

Es war das Schweigen, das alles so schwer machte.

Sie sollte sich was zu essen machen. Irgendwas. Vielleicht würde sie sich dann nicht mehr ganz so ratlos fühlen, nicht mehr ganz so leer.

Sie gab der Katze einen kleinen Schubs und stand auf.

Die folgte ihr in die Küche und gab ein hoffnungsvolles Maunzen von sich, als Eilis die Kühlschranktür öffnete, dessen Geruch nach Lebensmitteln ihr entgegenschlug.

Den Atem anhaltend schob sie Behälter zur Seite, betrachtete die Mahlzeiten, die sie in den letzten Tagen gekocht hatte.

Unangerührt.

Zwar hatte sie sie gekocht, aber nicht gegessen.

Nicht wirklich.

Ein paar Bissen, mehr hatte sie nie heruntergebracht, und auch jetzt füllte der Gedanke an eine komplette Mahlzeit sie mit Grauen.

Kein Wunder, dass sie sich so schwach fühlte.

Sie holte tief Luft und griff nach einer Scheibe Brot.

Sofort stieg Übelkeit in ihr hoch.

Sie legte das Brot zurück, schloss den Kühlschrank und presste die Hände auf den Bauch.

Nein, das war nicht die Schwangerschaft, konnte es nicht sein. War es nicht noch viel zu früh für so heftige Schwangerschaftsbeschwerden? Irgendwo hatte sie in den letzten Tagen gelesen, dass manche Frauen besonders sensibel auf den Anstieg des HCG-Spiegels im Blut reagierten. Aber das konnte doch nicht für sie gelten. Das wäre nicht fair. Nicht, nachdem diese ganze Schwangerschaft ihr ohnehin die Worte nahm.

Doch sie hatte keine Ahnung, wie sie die Stille brechen sollte. Sie wusste, dass sie Cilian heute verletzt hatte. Sie hatte es in seinen Augen gesehen. In der Art, wie er nach ihrer Hand gegriffen hatte, nur um sie später wortlos loszulassen. In seinem Zögern, als er gefragt hatte, ob sie nach Hause wollte, als müsste er sich innerlich auf die Antwort vorbereiten. Sie hatte ihn zurückgewiesen, hatte ihn ausgeschlossen, und das Wissen brannte in ihrer Brust. Aber die heutige Enttäuschung war nichts gegen das, was auf ihn zukam.

Sobald sie ihm sagen würde, was mit ihr los war, würde sie ihm erst recht wehtun. Denn egal, wie vorsichtig sie die Worte wählte, egal, wie oft sie ihm versichern würde, dass nichts von dem, was geschehen war, ihr Plan gewesen war, er würde es ihr nicht glauben und denken, sie würde versuchen, ihn gegen seinen Willen an sich zu binden. Er würde in ihr seine Mutter sehen.

Egal, welchen Weg sie wählte, sie würde verlieren. Und mit ihr auch Cilian, der gerade erst angefangen hatte, ihr zu vertrauen.

Ihre Gedanken raubten ihr das letzte bisschen Kraft. Sie ging ins Schlafzimmer und ließ sich schwer auf die Matratze sinken. Sie machte sich nicht einmal die Mühe, sich richtig auszuziehen.

Die Katze folgte ihr, sprang auf die Decke und rollte sich neben ihr zusammen.

Eilis fuhr ihr durchs Fell.

Diese Katze! Sie war einfach gekommen, war einfach geblieben. Ungefragt und ungeplant.

Genau wie das Kind unter ihrem Herzen.

Sie konnte sich die Katze nicht mehr aus ihrem Leben wegdenken.

Und das Kind?

Sie schloss die Augen. Darüber würde sie sich später Gedanken machen. Zuerst gab es Wichtigeres zu tun. Sie musste der Katze einen Namen geben.

Es war das Letzte, was sie dachte, bevor der Schlaf sie übermannte.

Nur noch die Dekoration, dann war Eilis bereit für die große Neueröffnung an Weihnachten. Sie schob sich eine lose Strähne aus dem Gesicht und griff nach dem Teppichmesser, um den nächsten Karton aufzuschneiden. Der Duft von Papier und Druckerschwärze stieg ihr in die Nase, ein Duft, der sie, solange sie zurückdenken konnte, immer beruhigt hatte.

Den Rest des Wochenendes hatte sie fast ausschließlich im Bett verbracht. Nach vierzehn Stunden Schlaf fühlte sie sich am Montagmorgen zum ersten Mal seit Tagen nicht völlig erschöpft.

Zwar lastete immer noch eine unsichtbare Schwere auf ihr, und ihre Glieder waren träge, aber die drückende Erschöpfung, die sie in den letzten Tagen begleitet hatte, war in den Hintergrund getreten. Sie hatte es sogar geschafft, eine kleine Schale Porridge zu essen, langsam, Löffel für Löffel, und dazu eine Tasse Tee zu trinken. Ihr Magen hatte protestiert, aber sie hatte alles drin behalten, und das war mehr, als sie erwartet hatte.

Jetzt, mit den Händen tief in einem Karton voller frisch gedruckter Bücher, spürte sie einen Hauch von Hoffnung. Es musste ein gutes Zeichen sein, dass ihr bei dem intensiven Geruch nicht übel wurde. Vielleicht würde sie heute Abend den Mut finden, mit Cilian zu reden.

Eins nach dem anderen nahm sie die Bücher aus dem Karton und hakte sie auf dem Lieferschein ab. Alles war da.

Zufrieden ließ sie den Blick durch die Buchhandlung schweifen. Kaum zu glauben, dass es derselbe Laden war, den sie erst vor wenigen Wochen übernommen hatte. Wo vorher Chaos geherrscht hatte, Bücher in wackeligen Stapeln auf dem Boden lagen und sich Staub in jeder Ecke gesammelt hatte, war nun ein Ort entstanden, an dem man sich gerne aufhielt. Das Holz der Regale glänzte, der alte Dielenboden knarzte unter jedem Schritt, und durch die sauber geputzten Fenster fiel das warme Licht der tief stehenden Wintersonne. Das hatte sie im Sinn gehabt, als sie alles auf eine Karte gesetzt hatte und nach Irland gezogen war: einen Ort, an dem Geschichten lebendig wurden. Ein Refugium für alle, die wussten, dass sich die schönsten Abenteuer zwischen zwei Buchdeckeln befanden. Spätestens in ein paar Tagen würden auch das neue Türschild und die Glasaufkleber ankommen, die sie direkt nach ihrer Ankunft von einer Künstlerin auf Etsy bestellt hatte. Damit würde auch äußerlich aus Malachys »Pages & Promises« das »Happily Ever After Books« werden. Sie stellte sich vor, wie sie das Schild draußen vor der Tür anbrachte, wie sie im Inneren Lichterketten um die Regale schlang, Tannenzweige über dem Türrahmen befestigte und eine kleine Auswahl weihnachtlicher Buchempfehlungen auf einem der Tische drapierte. Vielleicht würde sie ein paar goldene Sterne basteln und sie ins Schaufenster hängen. Wer dann an Heiligabend auf der Suche nach einem Last-Minute-Geschenk nicht zu ihr in den Laden kam oder am ersten Weihnachtstag ihre Eröffnungsfeier verpasste, war selbst schuld.

Ein Geräusch an der Tür riss sie aus den Gedanken. Jemand rüttelte an der Klinke, doch die Tür war abgeschlossen. Durch das Glas sah sie eine Frau mit einem Jungen an der Hand. Den Jungen schätzte sie auf sechs, vielleicht sieben Jahre. Er trug eine Mütze mit Cars-Motiv auf der Stirn und hatte so viele Sommersprossen, dass seine Wangen aussahen wie eine Galaxie. Er deutete auf die Auslage im Schaufenster und sprach dringlich auf seine Mutter ein. Eilis lächelte, hob die Hand und gab ihnen ein Zeichen, dass sie gleich öffnete.

Sie drehte den Schlüssel im Schloss. Malachys Glockenspiel hatte sie behalten, also erklang ein leiser Ton, als sie die Tür aufzog.

»Ich wusste nicht, dass noch geschlossen ist.« Entschuldigend blickte die Frau sie an. Sie musste um die dreißig sein, schätzte Eilis. Ungefähr im selben Alter wie sie selbst. Unter ihrer dick wattierten Winterjacke lugte der Kragen eines Wollpullovers hervor. Die Fingerspitzen ihrer Handschuhe waren leicht abgewetzt, vermutlich oft benutzt, um Schuhe zuzubinden, Brotdosen in

Rucksäcke zu packen oder Mützen zurechtzuzupfen. Jetzt hielt sie die Hand ihres Sohnes fest, als müsste sie ihn davon abhalten, vor lauter Neugier in den Laden zu stürmen. »Von außen sieht es so einladend aus. Wir wollten nur ein bisschen stöbern, wenn das in Ordnung ist?«

»Natürlich.« Eilis machte einen Schritt zur Seite und ließ die beiden eintreten. »Ich bin sowieso gerade dabei, alles herzurichten. Weihnachten steht vor der Tür, vielleicht findet ihr ja noch etwas für eure Wunschzettel.«

Der Junge nickte eifrig. »Genau! Ich brauche noch Ideen!«

»Dann seid ihr hier richtig.« Eilis deutete auf die hinteren Regale. »Nach der Wiedereröffnung wird es hier nur Bücher mit Happy End geben, aber das bedeutet nicht, dass wir keine spannenden Geschichten haben. Ich zeige euch gern die Kinder- und Jugendbuchabteilung.«

Die Mutter nickte, doch der Junge hatte sich schon abgewandt. Er hatte die beiden Kaninchen entdeckt, die in ihrer Kuschelecke lagen und Heu knabberten. Ohne ein Wort ging er in die Hocke und beobachtete die Mümmelmänner.

Eilis und seine Mutter tauschten einen Blick. »Er liebt Tiere«, sagte die Frau leise.

»Ja, er scheint instinktiv zu wissen, wie man sich verhält«, bemerkte Eilis, als der Junge sich ein Stück Heu nahm und es den Kaninchen vorsichtig hinhielt. Statt zu versuchen, die Tiere zu streicheln oder gar auf den Arm zu nehmen, hielt er ganz still und wartete ab, wie die Kaninchen reagieren würden. Er wurde für seine Geduld belohnt. Tatsächlich hoben beide Tiere neugierig die Köpfe. Das braune Kaninchen mit nur einem Auge hoppelte zu dem Jungen, machte ein Männchen und zog das

Heu langsam aus seinen Fingern. Der Junge kicherte leise. Da kam auch das zweite Kaninchen näher und schnupperte an seinem Ärmel. Die Nasen der beiden Tierchen bewegten sich unablässig. Für einen kurzen Moment hielt das einäugige Kaninchen noch das Ende des Halmes fest, dann zog es ihn mit erstaunlicher Geschwindigkeit Stück für Stück in sein Maul. Nun war auch das Interesse des weißen Kaninchens geweckt. Es stupste den Jungen mit der Nase gegen die Hand. Als das nicht sofort zum gewünschten Erfolg führte, setzte es sich auf die Hinterbeine und spitzte erwartungsvoll seine langen Löffel. Erst als auch dieses Kaninchen einen Halm ergattert und verspeist hatte, schien sich der Junge wieder an die beiden Erwachsenen zu erinnern, die ihn und die Kaninchen entzückt beobachteten.

Über das ganze Gesicht strahlend, wandte er sich seiner Mutter zu. »Das ist das Süßeste, was ich je gesehen habe!«, rief er begeistert. »Mam, kann ich das zu Weihnachten haben? Das süße Braune? Bitte? Ich wünsch mir dann auch nichts anderes mehr.«

»Das Kaninchen?« Die Frau lachte überrascht.

»Ja! Es hat nur noch ein Auge und braucht einen Freund. Ich kann sein Freund sein.«

»Aber Schatz, das geht nicht.« Immer noch lachend schüttelte die Frau den Kopf. »Die Kaninchen gehören der Buchhandlung. Stimmt's?« Fragend sah sie zu Eilis.

»Also, eigentlich stehen sie zur Vermittlung.« Sie setzte eine entschuldigende Miene auf und zuckte leicht mit den Schultern. Sie hatte keine Ahnung, ob das die Antwort war, die die Mutter erhofft oder befürchtet hatte. »Aber wenn, geben wir die beiden nur gemeinsam ab. Kaninchen sind gesellige Tiere, man sollte sie niemals alleine halten.«

»Bitte, bitte, bitte!«, flehte der Junge. »Ich schwöre, ich kümmere mich um sie!«

Die Mutter seufzte und sah zu Eilis. »Wir sind doch gekommen, um nach Büchern zu schauen …«

»Das mit den Kaninchen ist ja sowieso nichts, was man aus dem Bauch heraus entscheiden sollte.« Eilis hoffte, dass in ihrer Stimme mehr Mitgefühl und weniger Ermahnung zum Ausdruck kam. Ganz sicher wollte sie nicht zu einem zweiten Cilian werden. Zu gut erinnerte sie sich daran, wie zurechtgewiesen sie sich anfangs gefühlt hatte, wenn er immer wieder darauf herumritt, dass die Adoption eines Tieres niemals überstürzt werden sollte. Inzwischen verstand sie ihn besser. Sie liebte ihre Schützlinge, jeden einzelnen, und auch wenn sie sich für sie ein Für-immer-Zuhause wünschte, so würde sie alles in ihrer Macht Stehende tun, damit es das beste Zuhause war, das sie finden konnte. »Warum geben Sie mir nicht Ihre Nummer? Dann kann ich Ihnen heute Abend eine Nachricht schreiben und wir können über eine mögliche Vermittlung reden. Kaninchen brauchen Platz, Zeit und eine gewisse Vorbereitung. Das erkläre ich Ihnen alles gerne in Ruhe.«

Die Frau überlegte einen Moment, dann nickte sie. »Das klingt nach einem Plan. Haben Sie einen Zettel, auf den ich Ihnen meine Nummer notieren kann?« Eilis reichte ihr Stift und Papier.

Als die Frau fertig war, gab sie den Zettel zurück an Eilis, ehe sie sich mit erhobenem Zeigefinger an ihren Sohn wandte. »Aber mach dir keine zu großen Hoffnungen, junger Mann.«

Der Junge grinste, als hätte sie bereits Ja gesagt. »Aber vielleicht ein bisschen?«

Die Mutter nickte seufzend. »Vielleicht ein bisschen.«

Vielleicht, dachte auch Eilis, als Mutter und Sohn den Laden verließen und sie sich den Zettel in die Tasche steckte, vielleicht war diese Begegnung ein Zeichen. Vielleicht wandte sich jetzt alles zum Guten, und sie fand am Abend endlich die richtigen Worte, um das dringend überfällige Gespräch mit Cilian zu beginnen. Vielleicht fanden die beiden Kaninchen ein neues Zuhause, eine Familie. Und vielleicht galt das auch für Eilis und das Wesen in ihrem Bauch.

Doch je länger sich der Tag hinzog, desto mehr nagte die Müdigkeit wieder an ihr. Mit jedem weiteren Buch, das sie aus den Kartons zog und in die Regale einsortierte, fiel es ihr schwerer, sich auf die Arbeit zu konzentrieren. Sie zwang sich, nicht daran zu denken. Nicht an die nagende Übelkeit in ihrem Magen oder das Reißen in ihren Gelenken. Stattdessen klammerte sie sich an die zu erledigenden Aufgaben, führte sie Handgriff für Handgriff aus, immer mechanischer, bis sie irgendwann nur noch damit beschäftigt war, die Augen offen zu halten.

Als am späten Nachmittag die Türglocke erneut erklang und Cilian die Buchhandlung betrat, war der kurze Anflug von Zuversicht, den der Besuch von Mutter und Sohn am Vormittag in ihr geweckt hatte, unter einer dicken Schicht Erschöpfung vergraben.

Mit einem knappen Nicken kam Cilian auf sie zu.

Sie versuchte, sich zu sammeln.

»Hey.«

»Hey.«

Der Kuss, mit dem sie einander begrüßten, fiel kurz aus. Ein Streifen von Lippen auf Lippen, mehr nicht, und selbst in seiner einsilbigen Begrüßung hörte sie seine Anspannung heraus. Sein Tonfall war verkrampft, fast ungeduldig. Er zog die Mütze vom Kopf und schob die Hände in die Taschen seines Mantels.

»Langer Tag?«, fragte sie. Sie hoffte, dass es ein langer Tag war. Wahrscheinlich machte sie das zu einer Egoistin, aber ein langer Tag wäre so viel besser, als wenn sie der Grund für seine gereizte Stimmung wäre. Sie wollte ihn nicht verlieren, verdammt noch mal. Sie wollte mit ihm eine Zukunft aufbauen, vielleicht sogar eine Familie. Aber dazu musste sie zuerst einmal den Mut aufbringen und ihm von der Schwangerschaft erzählen. Jede Minute, die sie zusammen verbrachten und in der sie weiter schwieg, trieb den Keil zwischen ihnen tiefer.

Er stieß ein kurzes, humorloses Lachen aus. »Madeleine hat angerufen.«

Eilis zog leicht die Brauen zusammen. »Und?«

Er ließ sich auf einen der Sessel am Fenster fallen und stieß einen langen Atemzug aus. »Sie will endlich wissen, ob ich zum Geburtstag unseres Vaters komme oder nicht.«

Sie setzte sich ihm gegenüber auf die Armlehne des anderen Sessels. In nicht allzu ferner Zukunft würden hier hoffentlich Lesende sitzen, die sich von den Seiten eines Buches in eine Welt voller Abenteuer entführen ließen. Hier und jetzt hatte Eilis das Gefühl, sie säße auf einem Brett mit Nägeln. »Und was hast du gesagt?«

»Nichts. Ich hab gesagt, ich überlege noch. Aber das reicht ihr natürlich nicht.« Er fuhr sich mit den Fingern durch die Haare. »Wahrscheinlich stehen längst die Einladungen für einhundert Leute, aber ob ich dabei bin oder nicht, ist plötzlich der entscheidende Punkt. Das ist doch lächerlich.«

»Vielleicht will sie einfach Klarheit.«

Er schnaubte. »Klarheit, ja, sicher. Sie will mich einbinden, mir das Gefühl geben, wichtig zu sein. Und dann, wenn ich da bin, werde ich ignoriert. Es ist immer das gleiche Spiel. Ich hab es so satt.«

Mit sinkendem Herzen beobachtete sie ihn. Sein Kiefer war angespannt, die Schultern hochgezogen. Jedes Mal, wenn seine Familie ins Spiel kam, war es, als würde ein unsichtbares Band ihn zusammenschnüren. Und hier saß sie, keine drei Schritte von ihm entfernt, und bewahrte ein Geheimnis, das sein Leben auf links krempeln würde. Wie sollte sie da je den Mut finden, es anzusprechen?

»Willst du überhaupt hingehen?«

Cilian rieb sich die Schläfen. »Nein. Oder vielleicht doch. Ich weiß es nicht. Vielleicht sollte ich zur Abwechslung mal sehen, wie es sich anfühlt, ihr Spiel nicht mitzuspielen, und einfach nicht hingehen.«

Sie zögerte. »Dann sag ihr das.«

Er lachte trocken. »Ja, genau. Und dann gibt es eine Szene, und am Ende bin ich wieder der undankbare Bastard, der sie vollkommen zu Unrecht bezichtigt, in mir nur einen Störenfried zu sehen.« Er schnaubte. »Ich sag's dir. Es sollte fürchterliche Strafen für Menschen geben, die Kinder in die Welt setzen, ohne sich das vorher gut überlegt zu haben. Ein Lebewesen ist kein Spielzeug.«

Schweigen legte sich zwischen sie.

Cilian trommelte mit den Fingern auf die Sessellehne. »Es ist ja nicht so, dass ich nicht wüsste, worauf diese ganze Geburtstagsfeier hinausläuft.«

Eilis sagte nichts.

»Sie werden mich nicht fragen, wie es mir geht. Sie werden mich nicht fragen, was ich mache, was mich beschäftigt. Sie werden mich begrüßen, mir höflich ein Getränk in die Hand drücken, und das war's. Wenn jemand sich erkundigt, wer ich bin, werden sie irgendeine ausweichende Antwort finden. Irgendwas in der Richtung wie: ›Das ist Cilian. Er kommt aus Kerry.‹« Seine Stimme war flach, beinahe mechanisch. »Und trotzdem tun sie so, als wäre es wahnsinnig wichtig, ob ich komme oder nicht. Gott bewahre, sie würden eine Möglichkeit auslassen, um mir vor Augen zu führen, dass ich ein Außenseiter bin. Bei der ganzen Farce geht es Madeleine doch nur darum, zu beweisen, wie wenig ich dazugehöre.« Er schüttelte den Kopf, fuhr sich mit der Hand über den Nacken. »Ich wette, mein Vater könnte nicht mal genau sagen, womit ich mein Geld verdiene. Dafür weiß er mit Sicherheit auf den Cent genau, was sein Anteil an meinen Studiengebühren war.«

Eilis legte die Hände in den Schoß. Sie wollte etwas sagen, etwas Tröstendes, etwas, das nicht wie eine Floskel klang, aber es gelang ihr nicht.

Cilian seufzte, rieb sich mit einer fahrigen Bewegung das Gesicht. »Es macht mich so wütend, weißt du? Jedes Mal falle ich darauf rein. Jedes Mal denke ich: Vielleicht ist es diesmal anders. Vielleicht bedeutet es ihnen wirklich was.« Sein Ärger umwaberte ihn wie blutiger Nebel. Wie sollte sie jetzt sagen, was gesagt werden musste? Sie würde alles nur noch schlimmer machen.

Sie verschränkte die Arme, zwang sich, seinen Blick nicht zu meiden. »Vielleicht kannst du dich entscheiden, hinzugehen –

nicht für sie, sondern für dich. Um zu sehen, ob es wirklich so ist, wie du es erwartest.«

Er ließ ein trockenes Lachen hören. »Oder um mir ein weiteres Mal bestätigen zu lassen, dass es genauso ist, wie ich es erwarte.«

»Vielleicht. Aber dann weißt du es sicher.«

Cilian betrachtete sie, als suchte er nach einem versteckten Vorwurf in ihren Worten, aber da war keiner. Höchstens ein verstecktes Flehen, das lautete: Zeig mir, wie es geht. Sei mutiger, als ich es gerade bin. Er verstand es nicht.

Statt sie darauf anzusprechen, ließ er es auf sich beruhen, lehnte sich zurück, verschränkte die Arme.

Der Abend zog heran. Sie schlossen den Laden gemeinsam ab und gingen nach oben in die kleine Wohnung.

Während Eilis Teller auf den Tisch stellte, rieb sie sich unauffällig die Schläfen.

Die Müdigkeit hatte sich nicht verzogen. Im Gegenteil.

Cilian stocherte mit der Gabel in seinem Essen, schob das Gemüse zur Seite. Sie konnte es ihm nicht verdenken. Es war eines der vorgekochten Gerichte, die sie in den vergangenen Tagen nicht angerührt hatte. Wenigstens fiel ihm so ihre eigene Appetitlosigkeit nicht auf. Auch sie schob das Essen nur auf ihrem Teller hin und her.

»Weißt du, was das Schlimmste ist?« Er sah sie an, legte die Gabel ab. »Immer wenn ich mit diesen Leuten zu tun habe, habe ich das Gefühl, ich bin nur eine Figur in einem Spiel, dessen Regeln ich nicht verstehe. Ich sage oder tue etwas, und plötzlich zieht jemand an einem Faden, und ich reagiere, wie sie es wollen. Ich habe es so satt.«

Eilis biss sich auf die Unterlippe. Genau das würde auch sie tun müssen. Sie würde ihn vor eine Tatsache stellen, und er müsste reagieren. Das konnte sie nicht tun. Nicht ausgerechnet heute, wenn er bereits mit Madeleines Anruf haderte. Doch wann dann? Ihr lief die Zeit davon. Früher oder später würde er vermuten, was mit ihr los war, und was dann?

Panik stieg in ihr auf, drohte ihr den Atem zu nehmen. Komm schon, beschwor sie sich. Einfach raus mit der Sprache. »Die Kaninchen könnten bald vermittelt werden«, hörte sie sich stattdessen sagen.

Er blinzelte. »Was?«

»Heute war eine Mutter mit ihrem Sohn da. Er war ganz begeistert von ihnen. Sie überlegen, ob sie sie nehmen.« Mit jedem Wort fiel es leichter zu sprechen. Das war nicht das Gespräch, das sie hatte führen wollen, aber es war besser als nichts. Die Tiere waren ihr sicherer Hafen. Über sie hatten sie einander kennengelernt. Sie waren schon immer ihre Verbindung gewesen.

Einen Moment lang sah er sie an, als hätte sie den Verstand verloren, weil sie erwog, zwei ihrer Schützlinge an vollkommen Fremde zu vermitteln, doch dann nickte er langsam. »Das wäre gut. Sie brauchen ein Zuhause.«

Sie schluckte. »Ja. Hoffentlich überlegen sie es sich nicht anders.«

»Ja.« Er beobachtete sie, die Stirn gerunzelt, und sie fragte sich, ob es für ihn ebenso wenig das Gespräch gewesen war, das er mit ihr hatte führen wollen, wie umgekehrt. Gut möglich, denn statt die Nacht bei ihr zu verbringen, verabschiedete er sich nach dem Abendessen wortkarg und ließ Eilis mit ihrem schlechten Gewissen allein.

Der Abend war vorbei, doch auch die Nacht brachte keine Erholung, und als Eilis am Morgen die Augen aufschlug, wusste sie sofort, dass es schlimmer geworden war.

Sie schaffte es gerade so ins Bad, bevor ihr Magen sich auf den Kopf stellte.

Der Würgereiz kam in Wellen, zwang sie auf die Knie, ließ keinen Raum für Widerstand. Sie presste die Stirn gegen den kühlen Rand des Waschbeckens, atmete tief durch, aber es half nichts.

Es hörte nicht auf.

Und während sie zitternd auf den Fliesen saß, wurde ihr klar, dass es so nicht weiterging.

Sie musste es Cilian sagen. Und zwar bald.

10

Cilian trat einen Schritt zurück und betrachtete die Haustür, vor der er stand. Das Holz war frisch in einem dunklen Rotton gestrichen. Ein Kranz aus Tannenzweigen mit getrockneten Orangenscheiben hing daran, sorgfältig drapiert, vermutlich aus einem dieser Bastelsets, die um die Weihnachtszeit in jedem Kaufhaus lagen. Es wirkte inszeniert, unecht und zu laut, als ginge es nur um den Schein.

Er schob den Gedanken beiseite. Er war unfair, das wusste er. In der Vorweihnachtszeit hatten alle viel um die Ohren. Vor allem Familien. Er sollte der Letzte sein, der Menschen anhand ihrer Weihnachtsdekoration beurteilte, und normalerweise tat er das auch nicht. Doch das Rascheln in der Transportbox mit den beiden Kaninchen erinnerte ihn daran, warum er hier war, und das reichte, um ihm die Laune zu verderben.

Stell dich nicht an, ermahnte er sich selbst und drückte die Klingel. Ein Für-immer-Zuhause war das Beste für die beiden Mümmelmänner. Das musste er sich vorsagen. Auch wenn es nur noch sieben Tage bis Weihnachten waren und es einen guten Grund gab, warum viele Tierschutzorganisationen Adoptionen vor den Feiertagen ablehnten. Auch, wenn das Interesse an den beiden Tieren laut Eilis' Schilderungen von einem Kind ausgegangen war und nicht von den Eltern – noch ein großes No-Go im Tierschutz. Aber nun war er schon einmal hier. Er hatte sich auf die Sache eingelassen, jetzt musste er sie durchziehen. Wahrscheinlich war er nur schlecht gelaunt, weil Eilis und er es in den vergangenen Tagen nicht geschafft hatten, einander zu sehen. Gleich an zwei Tagen hatte ihn ein nächtlicher Notruf von ihr ferngehalten. Dass sie darüber sogar erleichtert gewirkt hatte, hatte ihn dann auch am dritten Tag ferngehalten. Er spürte, wie er in alte Muster verfiel, wie es ihm mit jeder Minute, die sie voneinander getrennt waren, schwerer fiel, daran zu glauben, dass Eilis ihn wirklich wollte, und wenn er eines in seinem bisherigen Leben gelernt hatte, dann, dass in solchen Situationen Rückzug die beste Verteidigung war.

Von drinnen ertönte ein greller Klingelton, darauf folgten schnelle Schritte. Die Haustür wurde geöffnet, und die Mutter des Jungen, Hanna war ihr Name, wie er mittlerweile wusste, erschien im Rahmen. Ihr Lächeln wirkte atemlos, als hätte sie nicht mit ihm gerechnet.

»Oh, Cilian!« Sie strich sich einige Haarsträhnen aus dem Gesicht, sah auf die Uhr. Ein nervöses Lachen entfuhr ihr. »Du bist pünktlich. Schön. Komm rein!« Sie machte einen Schritt zur Seite und ließ ihn eintreten.

Der Flur war schmal, aber hell. Eine Kommode stand direkt neben der Tür, darauf ein Tablett mit glasierten Buttercookies und ein paar Mandarinen. Irgendwo aus dem Wohnzimmer hörte er eine aufgeregte Kinderstimme. Das musste Jack sein, der Junge, der alles ins Rollen gebracht hatte. Darüber rauschte ein dumpfes Murmeln, wahrscheinlich von einem Fernseher, der nicht leise genug gestellt war, um als Hintergrundgeräusch durchzugehen.

Vorbei an zwei geschlossenen Zimmertüren und der Küche führte Hanna ihn ins Wohnzimmer. Das vorbereitete Gehege nahm einen guten Teil des freien Platzes ein. Die Größe des Freilaufs war gut – theoretisch. Doch sofort drängte sich Cilian die Frage auf, wie lange die Familie mit dieser Platzeinschränkung leben konnte, bevor es sie nervte. Auch so schwammen sie nicht gerade im Platz. Außer dem Gehege stand noch ein Laufstall im Zimmer, in dem ein Baby leise vor sich hinquäkend unter einem Mobile lag, sowie eine riesige Ledercouch, an dessen einem Ende es sich ein Mann etwa in seinem Alter – er schätzte, der Vater der Familie – mit einer Dose Cola und einer Tüte Chips eingerichtet hatte.

Am Gitter des Auslaufs stand Jack mit strahlenden Augen. »Sind sie hier? Hast du sie mitgebracht?«

Cilian nickte und stellte die Transportbox auf den Boden. Das Gehege war genau so, wie Eilis und er es Hanna bei ihrem gemeinsamen Zoom-Call vorgegeben hatten: Eine gepolsterte Grundfläche von mindestens sechs Quadratmetern, zwei offene Holzkisten – eine für jedes Tier – als Unterschlupf, Heu, eine große Wasserflasche, zwei Futternäpfe. Ein Kaninchenklo war mit weicher Streu gefüllt. Außerdem lagen ein paar Knabberäste bereit. Alles sah gut aus, bis sein Blick zu der Weihnachtsdekoration im Zimmer glitt. Eine rotgoldene Girlande lag auf dem Fensterbrett direkt neben dem Gehege, kleine Glöckchen baumelten an den Enden, zwischen denen sich leuchtend rote Beeren befanden. Eines der Kaninchen in der Box reckte bereits witternd sein Näschen. Das Zeug musste weg.

»Die Girlande besser entfernen«, sagte er knapp, aber bestimmt. »Die Beeren könnten giftig sein. Wenn die Kaninchen anfangen, daran zu knabbern, wird es gefährlich. Es sollten auch kein Lametta oder Duftkerzen in ihrer Reichweite sein.«

Hanna nickte. »Natürlich, ich nehme sie sofort weg.«

Tatsächlich schritt sie umgehend zur Tat und schob die Girlande auf dem Fenstersims so weit nach hinten, dass sie außer Reichweite der Kaninchen war. Erst als das erledigt war, stellte er die Transportbox in das Gehege und öffnete vorsichtig die Klappe. Es dauerte eine Weile, bis das erste Tier sich ins Freie traute. Die erwartungsvolle Spannung in der Zwischenzeit wurde nur von dem immer noch laufenden Fernseher untermalt. Schließlich setzte das frechere, braune Kaninchen vorsichtig die erste Pfote ins Gehege. Unaufhörlich zuckte die kleine Nase hin und her.

Jack kicherte. Vor Begeisterung tippelte er von einem Bein aufs andere. »Das ist so cool!«, juchzte er so laut, dass sich seine Stimme überschlug.

Von der Couch kam keine Reaktion. Wie schon, als sie das Wohnzimmer betreten hatten, saß der Vater mit verschränkten Armen dort und hatte Cilian zur Begrüßung nur kurz zugenickt. Die Augen richtete er unverändert starr auf den Bildschirm. Ein Kommentator sprach monotone Sätze über ein laufendes Spiel der United Rugby Championship. Seit Cilian im Raum war, hatte sich der Mann kein einziges Mal bewegt. Schwer zu sagen, ob das besser oder schlechter war, als wenn er ihm entnervte Blicke zugeworfen hätte.

Das Baby im Laufstall gab ein unzufriedenes Quäken von sich.

Hanna warf einen schnellen Blick hinüber. »Jack, nicht zu laut, bitte, sonst stachelst du nur die Kleine auf.«

»Ja, Mam.« Jacks Tonfall nach zu urteilen, ging die Ermahnung seiner Mutter dem Jungen zum einen Ohr rein und beim anderen raus. Seine volle Aufmerksamkeit galt den Kaninchen. Er setzte sich neben das Gehege, steckte einen Finger zwischen die Gitterstäbe und hoffte wohl, dass eines der Tiere ihn beschnuppern würde. Eins musste Cilian dem Jungen lassen: Er war keines der Kinder, die Tiere mit ihrer Begeisterung überforderten, sondern schien instinktiv zu wissen, dass Vertrauen Geduld erforderte. Vielleicht würde doch alles gut werden.

Er sah sich weiter um. Trotz der Enge des Raums war das Wohnzimmer sauber und aufgeräumt. Ein Weihnachtsbaum stand in der Ecke, geschmückt mit Kugeln, Lichterketten und Strohsternen. Keine Schokolade am Baum, wenigstens das. Auch die hätte er sofort entfernen lassen. Und trotz all dem blieb das ungute Gefühl in seinem Bauch, das ihn schon seit Betreten des Hauses überkommen hatte. Tiere brauchten Zeit und Platz und Aufmerksamkeit. Sie machten Schmutz und verursachten Kosten, meist gerade dann, wenn man es am wenigsten gebrauchen konnte. Konnte diese Familie wirklich all das leisten? Man musste kein Hellseher sein, um zu ahnen, dass der Vater den beiden neuen Hausbewohnern gegenüber bestenfalls neutral eingestellt war. Dazu kam die Fürsorge um ein Kind und ein Baby. Das war nicht leicht zu stemmen, auch ohne zusätzliche Haustiere.

Er griff in seine Tasche und holte die Unterlagen hervor, die er für die Adoptanten vorbereitet hatte. Mehr als einmal hatte Eilis ihm erzählt, wie sehr ihr seine genauen Anweisungen am Anfang geholfen hatten. Eilis. Sie sollte jetzt hier sein. Bei ihm. Immerhin war sie es gewesen, die die Familie als Erste kennengelernt und ihnen eine Adoption in Aussicht gestellt hatte. Sie hatte den Jungen in ihrem Laden erlebt, gesehen, wie er mit den Kaninchen umging, und ihn offenbar für verantwortungsbewusst genug gehalten, dass sie überhaupt in Erwägung zog, die Tiere an seine Familie zu vermitteln. Doch heute war sie es, die sich entschuldigt hatte. Ihr ging es mal wieder nicht gut. Angeblich …

»Hier sind noch einmal alle wichtigen Informationen zu Haltung, Fütterung, Tierarztbesuchen. Für den Fall, dass es noch weitere Fragen gibt, steht meine Nummer auf der letzten Seite. Die ersten Tage sind wichtig, also beobachtet gut, wie sie sich einleben.« Er reichte Hanna die Mappe.

Diese nahm sie entgegen, warf einen kurzen Blick darauf und legte sie auf den Esstisch, wo sie direkt zwischen einem Stapel Kinderzeichnungen verschwand.

Das ungute Gefühl in seinem Bauch verstärkte sich. Wenn das mal gut ging. Wie sehr er sich wünschte, Eilis wäre hier. Vier Augen sahen mehr als zwei. Sie hatte in der Vergangenheit mehr als einmal bewiesen, dass sie ein besseres Gespür dafür hatte, wo es den Tieren gut ging und wo nicht. Ihm stand viel zu oft sein Misstrauen im Weg. Aber er fühlte nun mal, was er fühlte, und es war ein Scheißgefühl, mit aller Macht gegen seine Intuition ankämpfen zu müssen.

Als er heute Morgen eine Nachricht von Eilis bekommen hatte, in der sie ihn bat, die Übergabe alleine zu regeln, hatte ihn das nicht einmal mehr gewundert. *Kopfweh. Bauchweh. Fühle mich elend.*

Natürlich hatte er zugestimmt und ihr gesagt, sie solle sich schonen und ausruhen, während seine inneren Schutzschilde noch ein Stück höher fuhren. Er konnte nichts dagegen tun. Seit ihrem letzten gemeinsamen Abendessen hatte er sie nicht mehr richtig gesehen. Mal konnte er nicht, mal sie, und jedes Mal, wenn er nachfragte, wich sie aus. Sie sei müde. Erschöpft. Sie müsse sich ausruhen. Bei dem Zoom-Call mit Hanna und Jack hatte er es selbst gesehen – die dunklen Schatten unter ihren Augen, die fahlen Wangen. Doch so langsam glaubte er nicht mehr, dass sie einfach nur krank war. Da war mehr als das.

Mittlerweile kannte er Eilis gut genug, um zu wissen, dass sie mit ihm reden würde, wenn sie es wollte. Dass sie es nicht tat, war eine Entscheidung. Er sollte seinen Verlust minimieren und das Weite suchen, solange sein Herz noch die Chance hatte, es zu überleben.

Cilian schob den Gedanken beiseite. Das hier war weder der richtige Ort noch die richtige Zeit, darüber nachzugrübeln.

Er richtete sich wieder an Hanna. »Dann war's das erst mal. Ich melde mich in ein paar Tagen, um zu sehen, wie es läuft.«

Jack sah auf. »Die Kaninchen bleiben jetzt hier, oder? Sie müssen nicht wieder gehen?«

Cilian zwang sich zu einem Lächeln. »Nein, sie bleiben hier. Hast du dir denn schon Namen für sie ausgedacht?«

Jack strahlte. »Ja, ich nenne sie Pirate und Snowball.«

Trotz allen Misstrauens konnte sich Cilian ein Grinsen nicht verkneifen. »Lass mich raten: Das braune Kaninchen ist Pirate, und das weiße Snowball?«

»Genau.«

»Dann ist es jetzt auch deine Verantwortung, dass es Pirate und Snowball immer gut geht. Kannst du dafür sorgen?«

Sehr ernst nickte der Junge. Auch Hanna wirkte erleichtert.

Nur Cilian konnte das Gewicht der schlechten Vorahnung nicht von seiner Brust schütteln. Dennoch nahm er die nun leere Transportbox wieder an sich und verabschiedete sich von Hanna und Jack.

Es gab keinen rationalen Grund, die Tiere wieder mitzunehmen.

Die Entscheidung war gefallen.

Er hoffte nur, dass sein schlechtes Bauchgefühl ihn trügte.

Das war nicht normal. Das konnte nicht normal sein! Eilis ließ sich auf den kalten Badezimmerfliesen nach hinten sinken und zog die Knie an den Körper. Der saure Geschmack im Mund brannte, ihre Augen tränten. Sie lehnte die Stirn an den Rand der Badewanne und atmete tief durch. Ihr Magen fühlte sich leer an, ausgewrungen, als hätte er nichts mehr zu geben. Trotzdem blieb das flaue Gefühl, die ständige Drohung einer neuen Welle Übelkeit.

Unter ihren geschlossenen Lidern quetschte sich Feuchtigkeit hervor. Sollten Schwangere nicht strahlen? Stattdessen musste sie aussehen wie etwas, das die Katze ins Haus geschleppt hatte, nachdem es schon eine ganze Weile tot im Regen gelegen hatte. Sie zwang sich aufzustehen, hielt sich am Waschbecken fest, drehte den Wasserhahn auf und spritzte sich kaltes Wasser ins Gesicht. So gerüstet wagte sie einen Blick in den Spiegel.

Das Ergebnis war schlimmer als befürchtet. Ihre Lippen waren spröde, kleine Risse zogen sich durch das blasse Rosa. Ihre Haut hatte jegliche Frische verloren. Die Wangen waren eingefallen und blass, als hätte jemand die Farbe aus ihnen gesogen. Unter den Augen zogen sich dunkle Schatten bis tief in die Augenhöhlen, nicht einfach nur bläulich, sondern fast violett, darunter ein stumpfer Gelbstich, als hätte sich die Erschöpfung Schicht für Schicht abgesetzt.

Zu gleichen Teilen erschrocken und fasziniert von so viel Hässlichkeit zog Eilis mit Daumen und Zeigefinger die Unterlippe nach vorne. Auch ihr Zahnfleisch war blass, fast weißlich. Sie fuhr mit der Zungenspitze darüber. Es fühlte sich trocken an, rau statt seidig und glatt. Ihre Zähne wirkten gelblicher als gewöhnlich. Die Magensäure, die ständig ihre Kehle hinaufbrannte, hatte volle Arbeit geleistet, dabei putzte sie die Zähne so oft, dass manchmal das Zahnfleisch davon blutete.

Sie blinzelte. Die Äderchen in ihren Augen traten stärker hervor als sonst, feine rote Linien zogen sich durch das Augenweiß. Selbst ihre Wimpern wirkten heller, dünner, als hätte sie in den letzten Tagen nicht nur Kraft, sondern auch Farbe verloren.

Geschlagen ließ sie den Kopf sinken. So konnte das nicht weitergehen. Aber was sollte sie machen? Verzweifelt griff sie nach der Zahnbürste, warf im Kampf gegen die Übelkeit die simpelste aller Routinen in den Ring, und wurde dennoch besiegt. Allein das Minzaroma der Zahnpasta genügte, um ihren Magen auf links zu drehen. Gerade noch rechtzeitig schaffte sie es zur Toilette und erbrach bittere Galle. Mehr hatte ihr Magen nicht mehr zu bieten. Gegessen hatte sie seit Tagen kaum etwas. Jeder Bissen war ein Duell gegen die Übelkeit, und mittlerweile fehlte ihr sogar die Energie, eine Scheibe Toast in den Toaster zu schieben.

Wahrscheinlich war es nur gut, dass sich Cilian schon seit Tagen nicht mehr bei ihr gemeldet hatte. Kein »Wie geht's?«, kein Klopfen an ihrer Tür. Nicht mal eine Handy-Nachricht. Wundern sollte sie seine Schweigsamkeit nicht. Sie war es gewesen, die ihm als Erste aus dem Weg gegangen war, die immer eine Ausrede hatte, wenn er sie treffen wollte. Nach dem Abendessen damals hatte sie ihm gesagt, dass sie sich nicht gut fühlte, und er hatte noch gefragt, ob er etwas tun könne. Seitdem nichts mehr. In seinem vertrauten Schneckenhaus hinter den Mauern fühlte er sich sicher, und sie verstand es. Dass sie es war, die ihn mit ihrem Verhalten zu diesem Rückzug getrieben hatte, tat ihr im Herzen weh.

Zu allem Überfluss war morgen auch noch die Geburtstagsfeier bei seinem Vater. Sie hatte keine Ahnung, ob er sich entschlossen hatte, hinzugehen, oder nicht, aber eines wusste sie mit absoluter Sicherheit: Als ob nicht ohnehin schon alles kompliziert genug war, würde er jetzt noch schlechtere Laune haben.

Sie wischte sich den Mund mit Klopapier ab und schleppte sich in die Küche. Vor dem Fenster hing die kleine Lichterkette, die sie Anfang Dezember in einem Anflug von weihnachtlicher Vorfreude angebracht hatte. Die winzigen, warmweißen Lämpchen spiegelten sich in der dunklen Scheibe. Obwohl es gerade einmal früher Nachmittag war, dämmerte es draußen. Die Straßenlaternen leuchteten seit ein paar Tagen rund um die Uhr und warfen ihre gelblichen Kreise auf das Kopfsteinpflaster.

Hinter den niedrigen Häusern ragten die Masten der Boote als helle Linien gegen den graublauen Himmel auf. Im Hafenbecken tanzten die Lichter der Anlegestellen auf den sanften

Wellen, gebrochen von den dünnen Eisschichten, die sich in den geschützten Ecken gesammelt hatten. Die Fischerboote lagen dicht beieinander, die meisten von ihnen eingewintert, ihre Netze sorgfältig verstaut, die Taue fest verschnürt. Auf einem der Schiffe blinkte eine bunte Lichterkette munter vor sich hin.

Weiter rechts, entlang der Kaimauer auf dem Hauptplatz, an dem auch das *Harp and Anchor* war, stand der Weihnachtsbaum, über und über geschmückt mit roten Schleifen und goldenen Kugeln. Die Lichterkette war nur lose um die Zweige gewickelt, ein paar Birnen flackerten unregelmäßig. Ein Kind in einem dicken Mantel lief auf den Baum zu, zog etwas aus der Manteltasche und befestigte es an einem der Äste. Ein Wunschzettel, nahm sie an. Von dieser Tradition in Glensiveen hatte sie schon mehrmals gehört.

Am Strand hatte der Wind Furchen in den Sand gegraben. Die Brandung rollte in gleichmäßigen Wellen gegen das Ufer, das Rauschen gedämpft durch die Kälte. Ein paar Möwen hockten auf den Holzpfählen, dicht aneinandergedrängt, die Köpfe tief ins Gefieder gesteckt.

Eilis lehnte sich mit der Stirn gegen die Fensterscheibe. Die Kälte des Glases prickelte auf ihrer Haut, schickte einen kurzen Schauer über ihren Nacken.

In der Küche roch es nach der Suppe, die sie sich zu Mittag warm gemacht und dann nach drei Löffeln stehen gelassen hatte. Draußen wirkte die Welt fast magisch, wie ein Ort, an dem Wunder wahr werden konnten. Die Menschen, die sie auf der Straße sah, hatten wahrscheinlich ihre Einkäufe erledigt, trugen Tüten mit Weihnachtsgeschenken nach Hause, freuten sich auf ein warmes Wohnzimmer, auf Plätzchen und Kerzenlicht. Sie hatten Familien, Traditionen, freuten sich auf die kommenden Feiertage und die Zeit mit ihren Liebsten.

Ihr Blick glitt zurück zu dem Weihnachtsbaum auf dem Hauptplatz. Sie stellte sich die vielen, vielen Wunschzettel vor. Wie viele davon waren mit der Hoffnung auf einen Neuanfang geschrieben worden? Ihr Buchladen war einer dieser Träume gewesen. Wie sollte sie in vier Tagen die Eröffnung feiern, wenn sie sich kaum auf den Beinen halten konnte? Wochenlang hatte sie geschuftet wie ein Tier, nur damit ihr jetzt, auf der Zielgeraden, alles entglitt. So, wie die Dinge langen, konnte ihr nur noch ein Wunder helfen. Ein Weihnachtswunder.

Aus dem Gedanken heraus fasste sie einen Entschluss. Sie konnte nicht weiter in ihrer Wohnung sitzen und sich selbst bemitleiden. Was sie brauchte, war frische Luft. Mit ein wenig Glück würde das nicht nur die Übelkeit vertreiben, sondern auch ihren Appetit wecken, und dann könnte sie runter in den Laden gehen und sich von den sorgfältig eingeräumten Regalen und den frischen Bücherstapeln auf den Tischen vor Augen führen lassen, warum es sich lohnte.

Sie hüllte sich in Mantel, Schal und Mütze und machte sich auf den Weg. Ohne darüber nachzudenken, nahm sie Kurs auf den Hafen. Sie winkte im Vorbeigehen Fiona zu, die gerade dabei war, die Sonderangebotskiste vor dem Oxfam-Laden neu zu sortieren, grüßte ein paar Leute, die sie in der Buchhandlung besucht hatten, und stand schließlich vor dem großen Weihnachtsbaum auf dem Hauptplatz. Aus der Nähe wirkte die Tanne noch imposanter als von ihrem Küchenfenster aus. Die Äste waren dunkel und dicht, die Kugeln und Schleifen viel größer als die, die sie von den eigenen Dekorationen kannte. Die zahlreichen Zettelchen zwischen den Zweigen flatterten in der Brise, die vom Hafen her wehte. Es waren so viele! Manche sorgsam gefaltet, andere achtlos zusammengeknüllt. Einige waren mit kunstvollen Schleifen an den Tannenzweigen befestigt, bei anderen durchbrachen die Zweige das Papier und hielten sie so an Ort und Stelle. Wieder andere waren mit schlichten Bindfäden an den Baum gebunden.

Eines hatten alle gemeinsam: Sie enthielten Wünsche, die geheimsten Hoffnungen der Menschen, die sie an den Weihnachtsbaum gehängt hatten. Vielleicht sogar Gebete.

Der Anblick rührte Eilis. Unbewusst schob sie die Hände in die Manteltaschen, suchte, tastete. Da raschelte etwas, nur ganz leise. Ein Papierschnipsel. Wahrscheinlich übrig geblieben von ihrem letzten Einkauf.

Ihr Herz setzte einen Schlag aus, dann raste es davon. Sie zog das zerknitterte Stück Papier hervor. In der anderen Tasche fand sie einen Stift. Fast ausgetrocknet, aber nutzbar.

Einen Augenblick lang drehte sie den Zettel zwischen den Fingern, horchte in sich hinein. Von irgendwoher trug der Wind die Melodie von »God Rest Ye Merry, Gentlemen« zu ihr. Als die Melodie den Refrain erreichte, summte sie unbewusst die Worte mit. »Oh tidings of comfort and joy, comfort and joy. Oh tidings of comfort and joy.« Das Lied handelte von der Botschaft von Freude und Trost, die Weihnachten in die Welt brachte, trotz aller Sorgen und Ängste. Und es verlieh Eilis den Mut, den Wunsch auf Papier zu bringen, von dem sie sich bisher nicht einmal gestattet hatte, ihn in ihren eigenen Gedanken zu formulieren:

Ein Neuanfang. Als Familie. Mit dem Happily Ever After Books. Mit Cilian. Und dem Kind.

Ihre Schrift war ungelenk und krakelig. Weil sie keine Unterlage hatte, und das Papier zerknittert war, weil sie Angst hatte, es auszuschreiben und sie sich so sehr schämte, dass sie Cilian noch immer nicht in die Situation eingeweiht hatte.

Doch nun standen die Worte auf dem Zettel. Blaue Tinte auf weißgrauem Papier. Sie wartete einen Moment, bis die Tinte getrocknet war, dann strich sie mit dem Daumen über das Zettelchen, als könnte sie damit auch ihre eigene Unsicherheit glätten.

Sie würde dieses Kind behalten. Obwohl es ihr jetzt, da es noch nicht einmal mehr war als ein Zellhäufchen, schon Sorge und Unwohlsein bereitete. Trotz der Übelkeit, trotz der Angst vor der Zukunft, die sie empfand, trotz der Müdigkeit, die sie Tag für Tag lähmte.

Klarheit machte sich in ihr breit, ein warmes Gefühl absoluter Sicherheit. Jetzt, wo sie es aufgeschrieben hatte, stand es fest. Sie konnte sich nicht mehr vorstellen, dieses Wesen unter ihrem Herzen nicht zu wollen. Irgendwie würde sie es hinkriegen, Job und Kind unter einen Hut zu bringen. Und vielleicht würde es ihr ja doch gelingen, dass Cilian dabei an ihrer Seite war.

Tief durchatmend trat sie einen Schritt näher an den Baum und befestigte den Zettel an einem der Äste. Ihre Finger waren klamm von der Kälte, das Papier rutschte ihr fast aus der Hand.

»Eilis?«

Die Stimme kam von hinten, ruhig, aber überrascht.

Sie drehte sich um und entdeckte einige Schritte von sich entfernt Malachy. Er trug wie gewohnt einen Tweedmantel, den er für den Winter nur gegen eine schwerere, mit Wolle gefütterte Variante ausgetauscht hatte. Der hochgeschlagene Kragen schützte ihn vor dem Wind, und auf seinen spärlichen Haaren saß eine dunkelblaue Mütze. Eine ganz ähnliche Mütze, wie Cilian sie trug, wenn er zur Arbeit ging. Allein Cilians Namen zu denken, ließ einen Kloß in ihrer Kehle wachsen, doch sie schluckte ihn tapfer hinunter.

Neben Malachy stand Bran, der große Greyhound, eingepackt in einen wärmenden Hundemantel, der aussah, als hätte Malachy ihn aus dem gleichen Stoff wie sein eigener Mantel anfertigen lassen.

Das gefütterte Material schützte das dünne Fell des Hundes, aber seine langen Beine zitterten leicht in der frostigen Luft. Seine dunklen Augen richteten sich aufmerksam auf Eilis, während er mit der Schnauze an Malachys Hand stupste.

»Malachy«, sagte sie und versuchte, ihre Stimme normal klingen zu lassen.

Er trat näher und musterte sie mit einem kurzen, prüfenden Blick. »Ich hab dich seit Tagen nicht mehr gesehen«, meinte er dann, und statt des Schalks, der sonst bei jeder ihrer Begegnungen in seiner Stimme geklungen hatte, hörte sie echte Sorge. »Macht dir mein miesepetriger Enkel Ärger?«

Sie rang sich ein Lächeln ab. »Nein, nein. Ich war nur … beschäftigt.« Wie hohl das klang. Das hatte Malachy nicht verdient. Genauso wenig, wie Cilian ihr Schweigen verdiente.

Sie war ein fürchterlicher Mensch.

Um ihre Befangenheit zu überspielen, streckte sie die Hand aus und streichelte Bran über den Kopf. Das Fell fühlte sich warm an unter ihren kalten Fingern, die Wunde am Hals war mittlerweile komplett verheilt. Selbst mit dem Hundemantel, der einen Großteil seines Körpers bedeckte, konnte Eilis sofort sehen, wie gut dem Greyhound sein neues Zuhause bei Malachy bekam.

»Und du?«, fragte sie und versuchte, das Gespräch in eine andere Richtung zu lenken. »Wie geht es Bran?«

»Oh, dem geht es ausgezeichnet. Hat mich um seine linke Pfote gewickelt wie ein Profi-Casanova. Der alte Knabe weiß mittlerweile genau, wohin er gehört.«

Eilis nickte, ihre Finger kraulten weiter hinter Brans Ohren. Es war gut zu wissen, dass für ihren Schützling alles ein gutes Ende genommen hatte. Wenn sie schon in einem Meer aus Unsicherheit ertrank, so hatten es wenigstens die ehemaligen Zirkustiere verdient, anzukommen.

Malachy ließ seinen Blick über den Weihnachtsbaum und die flatternden Zettel wandern, dann sah er zurück zu ihr. »Hast du dir auch etwas gewünscht?«

»Ja«, sagte sie leise.

Malachy nickte, erwiderte aber nichts. Zeit zerrann. Er betrachtete sie schweigend, dann schob er seine Hände tief in die Taschen seines Mantels. »Du siehst müde aus, Kind. Ich meine es ernst. Ich weiß, was mein geliebter Enkel für ein Dickkopf sein kann. Wenn er irgendwas gemacht hat, das dich verletzt hat, musst du es mir sagen. Ich rück dem Jungen schon den Kopf auf den Schultern zurecht. Das habe ich mein Leben lang getan. Kein junges Ding, das so hübsch und gutherzig ist wie du, sollte so traurig aussehen.«

Sie wollte lachen und protestieren, aber vor allem wollte sie klarstellen, dass es nicht an Cilian lag. Er hatte doch nichts getan!

Sie war es, die alles kaputtmachte, weil sie nicht den Mut für die Wahrheit hatte. Doch Malachys ehrliche Anteilnahme und Sorge trafen sie so unvermittelt, dass sie sich nicht dagegen wehren konnte. Ehe sie sie hinunterzuschlucken vermochte, brannten ihr Tränen in den Augen.

Sie wollte sich wegdrehen, aber es war zu spät. Die Welle kam ohne Vorwarnung. Ein Schluchzen entrang sich ihrer Kehle, und plötzlich liefen die Tränen heiß über ihre Wangen.

»Oh, verdammt …« Sie presste die Hand auf den Mund, schüttelte den Kopf. »Ich … es tut mir leid, ich weiß nicht, warum …«

Malachy tat nichts weiter, als einen Schritt näherzutreten. Etwas unbeholfen tätschelte er ihr die Schulter. »Schon gut, Eilis.«

Bran spürte offenbar ihre Erschütterung, setzte sich neben sie und lehnte seinen Kopf schwer gegen ihre Hüfte.

»Komm«, sagte Malachy schließlich leise. »Ich bring dich nach Hause.«

Sie wollte protestieren, wollte sagen, dass das nicht nötig sei, aber ihre Stimme versagte ihr den Dienst. Stattdessen nickte sie nur.

Malachy hakte sie nicht unter, drängte sie nicht. Er ging neben ihr her, als wäre das hier der normalste Spaziergang der Welt. Bran trottete gehorsam an seiner Seite.

Als sie vor der Buchhandlung ankamen, griff sie nach ihrem Schlüssel, aber Malachy war schneller. »Lass mich mal«, murmelte er und öffnete die Tür mit der Selbstverständlichkeit eines Mannes, der hier schon tausend Mal ein- und ausgegangen war.

Oben angekommen, steuerte er direkt die Küche an.

»Malachy, du musst das nicht …«

Er winkte ab. »Ich habe hier lang genug gelebt. Ich kenne mich aus.«

Ehe sie erneut widersprechen konnte, hatte er den Wasserkessel aufgesetzt und stöberte durch ihre Teesammlung.

Sie ließ sich auf einen der Stühle sinken, erschöpft und ausgelaugt.

»Jetzt trinkst du erst mal etwas Warmes«, kommandierte er ruhig und stellte ihr kurz darauf eine dampfende Tasse vor die Nase. »Und danach kannst du mir erzählen, was los ist. Oder auch nicht. Ganz wie du willst.«

Sie legte die Hände um die warme Keramik, spürte, wie die Hitze durch ihre Finger zog. Sie wusste, dass sie sich jemandem anvertrauen musste, aber wem?

Malachy kam jedenfalls nicht in Frage. Er war Cilians Großvater. Es wäre nicht fair, ihm vor Cilian von der Schwangerschaft zu erzählen. Selbiges galt für ihre neuen Freunde in Glensiveen. Jeder und jede kannte Cilian. Ein Gerücht würde sich schneller ausbreiten als ein Waldbrand. Sie grübelte und grübelte und plötzlich brach aus ihr heraus, was sie bisher nicht einmal zu denken gewagt hatte: »Ich brauche meine Nan, Malachy. Ich brauche sie so sehr.«

»Keine Diskussion, Liam, du bleibst daheim.«

»Aber ich kann doch wenigstens …«

»Nein.«

Am anderen Ende der Leitung seufzte Liam aus tiefster Brust. »Cilian, ich kann sitzen. Ich kann telefonieren. Ich kann Rezepte ausstellen und …«

»… aufhören, den Helden zu spielen. Wie wär's damit?«

»Ich könnte doch wenigstens …«

»Liam«, unterbrach Cilian ihn zum zweiten Mal. Langsam, aber sicher ging ihm die Geduld mit dem Jungen aus. Schön und gut, Liams Pflichtgefühl und Verlässlichkeit waren zwei der Gründe, warum er ihm nach der Probezeit die Stelle als Tierarztgehilfe angeboten hatte. Aber momentan trieb der Kerl es einfach zu weit und ging Cilian mit seiner Sturheit ordentlich auf die Nerven. Hinter seinen Schläfen nistete sich bereits ein leises Pochen ein. Das war nie ein gutes Zeichen.

»Dein Knöchel ist so dick wie eine Wassermelone und blau wie ein verdammtes Veilchen. Wenn du zur Arbeit kommst, humpelst du mir den ganzen Tag hinterher, brichst dir bei dem nächsten Sturz das Genick, und am Ende hab ich noch mehr Stress, weil du endgültig ausfällst.« Schlimm genug, dass Liam sich überhaupt verletzt hatte. Obwohl Cilian sehr wohl bewusst war, dass Unfälle passierten, konnte er das schlechte Gewissen nicht abschütteln, das ihn seit gestern Nachmittag überkam, wenn er an seinen Assistenten dachte. Kurz vor Sonnenuntergang waren sie auf einem Hof in Ballymore gewesen, um eine Rinderherde zu impfen. Reine Routine. Eigentlich. Sie waren gerade dabei, die Koffer mit den Spritzen und Impfstoffen zurück in den Pick-up zu laden, da hatte Liam eine vereiste Stelle auf dem Hof übersehen und war ausgerutscht. Nicht gestolpert, nicht aus dem Gleichgewicht geraten. Nein, er war richtiggehend weggebrochen, das Bein in einem unnatürlichen Winkel unter sich verdreht. Der spitze Schmerzensschrei seines Assistenten würde ihn auf lange Zeit in seinen Albträumen begleiten. Dass es sich nicht nur um einen kurzen Überraschungsschrei gehandelt hatte, war schnell klar geworden. Binnen Minuten war Liams Knöchel dick angeschwollen und hatte sich dunkel verfärbt. Liam hatte die Zähne zusammengebissen und behauptet, es sei nicht so schlimm. Cilian hatte die Ohren auf Durchzug gestellt, ihn ins Auto verfrachtet und direkt ins nächstgelegene Krankenhaus nach Tralee gefahren.

Er hatte gewartet, bis der Arzt sie aufrief. Während Liam auf der Untersuchungsliege saß, das Gesicht eine Mischung aus Trotz und Schmerz, hatte Cilian das Röntgenbild mit verschränkten Armen betrachtet. Er war zwar kein Humanmediziner, aber Knochen waren Knochen, und was er da auf dem Röntgenbild sah, war eindeutig: kein Bruch. Dafür waren die Außenbänder am Sprunggelenk ordentlich überdehnt, wenn nicht sogar angerissen. Durch das Umknicken hatte Liam sich eine heftige Zerrung zugezogen, und das bedeutete mindestens zwei Wochen Krücken.

Schon auf der Rückfahrt nach Glensiveen hatte Liam damit angefangen, mögliche Lösungen vorzuschlagen. Er könnte trotzdem mitkommen, wenn Cilian seine Untersuchungen machte, im Auto sitzen bleiben und von einem Laptop aus den Schriftkram erledigen. Zur Not käme er ja sicher auch mit den Krücken ganz gut aus. Er müsste halt nur aufpassen und … bla, bla, bla. Cilian hatte sich das genau eine Minute lang angehört und Liam dann in unmissverständlichen Worten erklärt, dass er gefälligst sein Bein hochlegen und sich nicht weiter einmischen sollte. Um jeden Protest im Keim zu ersticken, hatte er sich Kopfhörer in die Ohren getan, wohl wissend, dass das beim Autofahren keine besonders gute Idee war. Aber außergewöhnliche Situationen verlangten nach außergewöhnlichen Lösungen.

Immerhin eine Nacht lang hatte seine Taktik gewirkt.

Jetzt war es Morgen und das Theater fing schon wieder an.

»... du bleibst schön zu Hause. Punkt. Die Kätzchen werden sich freuen.« Stille, in der Liam wohl überlegte, ob eine neuerliche Diskussion Aussicht auf Erfolg hatte. Zu seinem eigenen Glück kam er zu dem richtigen Ergebnis.

Ein widerwilliges »Ja, ja, ist ja gut« klang durch die Leitung.

»Wie schön, dass wir uns einig sind.«

Cilian legte auf, bevor Liam es sich anders überlegen und sie in die nächste Runde dieses vollkommen nutzlosen Gesprächs einsteigen konnten, dann ließ er das Handy auf den Beifahrersitz fallen und startete den Motor.

Noch ehe er auf den Ring of Kerry abbog, summte das Ding erneut. Diesmal mit einer Terminerinnerung.

Für den heutigen Tag standen eine Stute mit Atemwegsinfektion, ein lahmender Wallach – natürlich auf zwei verschiedenen Reiterhöfen –, zwei Milchkühe mit Pansenübersäuerung und eine Katze, die seit ein paar Tagen auffällig träge und antriebslos war, auf dem Programm. Eigentlich hatte er gehofft, dass es in den letzten Tagen vor Weihnachten ruhiger werden würde, doch das war ein frommer Wunschtraum geblieben. Nach zehn Jahren im Job hätte er es besser wissen müssen.

Seine erste Patientin war die Stute. Der Hof, auf dem sie stand, war ein typischer Sportverein. Er lag ein Stück außerhalb von Glensiveen, abseits der Hauptstraße am Rand eines hügeligen Geländes. Die Einfahrt war von einer niedrigen Steinmauer gesäumt, das Eisentor stand offen. Cilian lenkte den Wagen auf den Hof, stellte den Motor ab und zog sich Handschuhe über.

Der Stall war groß, die Boxen sauber, der Boden frisch eingestreut. In der Luft hing der Geruch von Heu, Sattelleder und einem Hauch Ammoniak. Eine der Reiterinnen führte ein Pferd durch die Stallgasse, die Hufe klangen dumpf auf den Gummimatten. Am anderen Ende wartete die Besitzerin der kranken Stute, eine Frau Mitte fünfzig mit wettergegerbtem Gesicht und einem Blick, der keine Dummheiten duldete.

Sie begrüßten einander mit einem Kopfnicken, dann fragte Cilian: »Seit wann hustet sie?« Er stellte seine Tasche ab und näherte sich der Box mit seiner Patientin.

»Seit zwei Tagen. Erst nur gelegentlich, aber gestern wurde es schlimmer. Fressen tut sie noch, aber sie ist ruhiger als sonst.«

Cilian trat zu der Stute, ließ sie an seiner Hand schnuppern, bevor er vorsichtig ihre Maulwinkel anhob. Die Schleimhäute waren leicht gerötet, nicht alarmierend, aber auch nicht ideal. Er tastete die Lymphknoten ab, spürte die Wärme unter der Haut. Dann beugte er sich näher an die Flanken, legte das Stethoskop an. Das Atemgeräusch war rau, belegt.

»Klingt nach einer Bronchitis«, sagte er schließlich. »Noch keine Lungenentzündung, soweit ich das ohne Röntgen nur den Atemgeräuschen nach beurteilen kann, aber sie braucht Medikamente.«

Die Besitzerin nickte knapp. Offenbar hatte sie mit der Antwort gerechnet.

Cilian zog eine Spritze auf und injizierte das entzündungshemmende Mittel in die Halsmuskulatur der Stute. »Sie braucht jetzt vor allem Ruhe. Geben Sie ihr schleimlösende Kräuter ins Futter, das hilft, die Atemwege zu befreien, und achten Sie darauf, dass die Einstreu nicht zu staubig ist, das reizt die Lunge noch mehr. Es ist wichtig, dass Sie sie warmhalten, aber sie darf nicht überhitzen. Viel frische Luft, aber bloß keine Zugluft.«

»Wie lange darf ich nicht mit ihr arbeiten?«

»Mindestens zehn Tage. Und danach erst langsam wieder anfangen.«

»In Ordnung.« Wieder fiel die Antwort der Besitzerin knapp aus. Das mochte er. Keine unnötige Diskussion, kein Gejammer, keine selbst ergoogelten Diagnosen. Er klopfte der Stute noch einmal kurz den Hals, notierte sich die Behandlung und machte sich auf den Weg zum nächsten Termin.

Wieder ein Reiterhof, diesmal ein kleiner Betrieb auf halber Strecke zwischen Glensiveen und Ballymore. Der Parkplatz war matschig, unter der dünnen Schicht aus Erde und Regen lag noch das Eis des letzten Frosts. Ein lahmender Wallach, der sich gestern beim Spielen verletzt hatte, erwartete ihn mit seiner Besitzerin in einem Offenstall. Cilians Untersuchung ergab keine Fraktur, keine Schwellung, nur eine Verstauchung oder Prellung. Er ließ sich das Bein zeigen, tastete es ab, verschrieb ein entzündungshemmendes Gel und riet zu Schonung. Innerhalb weniger Minuten war der Fall erledigt, und Cilian saß wieder im Auto. Zufrieden mit sich startete er den Motor. Das war, was er konnte, worin er gut war: Tieren helfen, Schmerzen lindern, Lösungen finden. Klar, konkret und ohne zwischenmenschliches Drama. Der nächste Hof lag weiter außerhalb, ein Milchviehbetrieb mit über hundert Kühen. Zwei Tiere zeigten Anzeichen von Pansenübersäuerung, was häufig eine Folge von zu viel Kraftfutter war. Zerknirscht gab der Landwirt zu, dass sein Sohn beim Füttern nicht aufgepasst hatte. Cilian untersuchte die Kühe, gab ihnen eine Infusion und riet zu Heu und Wasser für die nächsten Tage.

Während er seine Aufzeichnungen vervollständigte, kam noch eine weitere Anfrage rein: Ein Jährling in einer kleinen privaten Pferdehaltung hatte sich beim Spielen eine blutige Schramme am Sprunggelenk zugezogen. Nichts Dramatisches, aber die Besitzerin bestand darauf, dass er es sich ansah. Er spülte die Wunde aus, versorgte sie mit einem Desinfektionsmittel und verband das Bein, während die Besitzerin nervös überlegte, ob sie doch lieber den Tierarzt aus der nächstgrößeren Stadt hätte rufen sollen. Cilian ignorierte das. Ein Kratzer war ein Kratzer, selbst bei einem wertvollen Jungpferd.

Dann, endlich, der letzte Termin.

Als er vor dem Haus seines letzten Patienten parkte, warfen die Straßenlaternen lange, verzerrte Schatten über die nassen Straßen. Ein eisiger Wind zog durch jede Ritze seiner Jacke und kroch ihm in den Kragen. Die meiste Zeit hatte er draußen verbracht, erst im Stall, dann auf Koppeln und matschigen Wegen, ohne Pause, ohne echte Möglichkeit, sich aufzuwärmen außer auf den kurzen Fahrten von Ort zu Ort. Seine Finger waren klamm, seine Zehen taub, und die Kälte hatte sich tief in seine Knochen gesetzt. Sein Magen fühlte sich flau an. Seit dem frühen Morgen hatte er nichts Vernünftiges gegessen. Das halbe Brötchen, das er sich irgendwann gegen Mittag im Auto zwischen die Zähne geschoben hatte, zählte nicht. Kein Wunder, dass er sich mittlerweile ganz zittrig fühlte. Sehnsucht machte sich in ihm breit, als er an die Abende dachte, die er mit Eilis unter einer Decke gekuschelt verbracht hatte. Wie gern er jetzt bei ihr wäre, zur Not auch mit einem ganzen Backblech voll angebrannter Backofen-Pasta. Er würde sie mit seinen kalten Zehen ärgern, und obwohl sie zuerst empört aufschreien würde, würden sie sich am Ende gegenseitig wärmen. Sie würden irgendeinen dummen Netflix-Film anschalten, eine vollkommen überzuckerte Weihnachtskomödie wahrscheinlich, wenn es nach Eilis ging. Sie würde Stein und Bein schwören, dass es ihr nur um die Hintergrundgeräusche ging, und dann doch jede Szene mit glänzenden Augen verfolgen, bis sie irgendwann in seinem Arm einschlafen würde. Er würde den Fernseher leiser drehen und einfach weiter dasitzen. Zufrieden mit der Ruhe und der Wärme an ihrer Seite.

Er rieb sich die stoppeligen Wangen.

Ob das überhaupt wieder passieren würde? Ihr letzter gemeinsamer Abend lag über eine Woche zurück. Fast zwei, wenn er genau darüber nachdachte, und in dieser Zeit war sie jedem seiner Versuche, mit ihr zu reden, ausgewichen. Zugegeben, es hatte eine Weile gedauert, aber mittlerweile hatte sogar er es kapiert. Das Letzte, was er wollte, war, sich ihr aufzudrängen. Er verstand nur nicht, was passiert war, dass sie ihn so zurückwies. Es musste doch eine Erklärung geben.

Einmal tief durchatmend griff er nach seinem Arztkoffer und riss sich zusammen. Nur noch ein letzter Patient. Danach konnte er zusammenbrechen und die Welt dafür verfluchen, dass er es gewagt hatte, jemanden in sein Herz zu lassen.

Die Besitzerin der Katze erwartete ihn an der Haustür, einen Korb mit der Patientin darin fest an die Brust gedrückt. »Ich bin so froh, dass Sie noch gekommen sind, Dr. Kavanagh. Sie ist seit Tagen so schlapp …«

Nickend folgte er ihr ins Warme.

Die Katze ließ sich widerstandslos untersuchen, was schon das erste schlechte Zeichen war. Ihr Fell wirkte stumpf, die Schleimhäute blass.

»Seit wann frisst sie schlecht?«

»Seit vier Tagen«, sagte die Besitzerin.

Cilian legte eine Infusion, fühlte das verhärtete Bauchfell.

»Ich nehme Blut ab. Wenn's eine Bauchspeicheldrüsenentzündung ist, braucht sie Medikamente. Ich rufe an, wenn die Werte da sind.«

Die Frau nickte und drückte die Katze vorsichtig an sich.

Cilian wünschte ihr alles Gute und verabschiedete sich.

Im Auto wollte er sich gerade anschnallen, als das Handy klingelte. Und er hatte gehofft, endlich Feierabend machen zu können. Seufzend griff er nach dem Gerät.

Auf dem Display stand Hanna. Der Name der Mutter, deren Familie die beiden Zirkus-Kaninchen adoptiert hatte. Sofort verspannte sich sein Nacken.

Er nahm das Gespräch an. »Hanna?«, meldete er sich.

Ein Schluchzen.

»Hanna, ich versteh dich nicht. Was ist passiert?«

Noch ein Schluchzen, erst leise, dann lauter, schwer atmend, als würde sie nach Worten ringen. Im Hintergrund hörte er ein Geräusch, etwas Unruhiges – Schritte? Ein Stuhl, der über den Boden geschoben wurde?

»Kaninchen … Jack … Draußen … Ich hab nur kurz … Ich weiß nicht …«

Cilian rieb sich die Stirn, presste seine Finger gegen die Schläfen, als könnte das helfen, die wachsende Anspannung zu vertreiben. Er hatte es gewusst! Hatte es seit dem Moment kommen sehen, als er die Kaninchen dort gelassen hatte.

Seiner Wut jetzt Ausdruck zu verleihen, würde alles nur noch schlimmer machen, also zwang er sich zu ruhigen Sätzen.

»Beruhig dich, Hanna. Sprich langsam, damit ich dich verstehen kann.«

Hanna schniefte, zittrig sog sie Luft ein.

»Jack hat sie rausgelassen … Ich war kurz in der Küche … Und dann … Ich kam zurück, und … Und …«

Er schloss die Augen. Das durfte nicht wahr sein!

Seine Finger verkrampften sich um das Lenkrad.

»Hanna. Sind sie verletzt?«

Ein unterdrücktes Wimmern. Er hörte, wie sie sich räusperte, versuchte, ihre Stimme zu stabilisieren, doch es half nichts. Sie war völlig aufgelöst.

»Ich … Ich glaube, eins ist krank … oder … oder …«

Krank? Wieso krank? Cilians Magen zog sich zusammen. Ihm fielen auf Anhieb eine Handvoll Dinge ein, die falsch gelaufen sein könnten. Jack war ein Kind. Kinder hatten kein Gespür für Gefahr, nicht, wenn sie glaubten, etwas Gutes zu tun. Vielleicht hatte er sie auf den Arm genommen und zu fest gedrückt. Vielleicht waren sie ihm entkommen und hatten an einem Kabel geknabbert. Oder …

Er atmete durch. Spekulationen halfen weder ihm noch dem verletzten Tier. Um helfen zu können, brauchte er klare Antworten.

»Atme erst einmal durch«, versuchte er sie zu beruhigen und meinte damit ebenso sehr sich selbst wie sie. »Kann es sein, dass sie irgendwas Giftiges gefressen haben? Du hast doch die Dekogirlande entsorgt. So, wie du es versprochen hattest.«

Ein erschrockener Laut am anderen Ende der Leitung. Dann Stille.

»Ich … Ich glaube, na ja … Die Zweige … Mit den Beeren … Aber ich dachte …«

Scheiße.

Sein Daumen schwebte schon über der Taste, um das Gespräch zu beenden. »Ich komme sofort.«

Er legte auf und startete den Motor.

11

Die Luft war kalt, aber klar. Eilis zog die Schultern hoch und steckte die Hände tief in die Taschen ihres Mantels. Über ihr erstreckte sich der Himmel wie ein endloses Band aus schwarzblauem Samt, bestickt mit Abertausend Diamanten. Je länger sie hinsah, desto mehr Sterne erkannte sie. Nicht nur nur die hellen, vertrauten Punkte, sondern auch einen feinen silbrigen Nebel, der sich quer über den Himmel zog.

Die Milchstraße.

Konnte das überhaupt sein? Hier, in einem Ort mit Straßenlaternen?

Erst jetzt fiel ihr auf, dass die Laternen entlang der Straße durch eine Art Trichter in einen kreisförmigen Kegel Licht auf das Kopfsteinpflaster warfen. Sie erinnerte sich an ein Gespräch, das sie vor Wochen im Pub mitgehört hatte. Glensiveen lag in einem Lichtschutzgebiet, einem der dunkelsten Orte auf der gesamten nördlichen Hemisphäre. Die Gemeinden arbeiteten zusammen, um die Lichtverschmutzung gering zu halten – mit speziellen Laternen, die ihr Licht ausschließlich nach unten richteten.

Sie hob den Kopf und betrachtete erneut den Himmel. So viele Sterne. Als hätten sie nur darauf gewartet, dass die Dunkelheit tief genug wurde, um in vollem Glanz zu erstrahlen.

Und war das nicht auch im Leben so?

Malachy war heute für sie da gewesen, ohne dass sie darum bitten musste. Ihre Nan hatte keine Sekunde gezögert und ihr sofort versichert, den nächstmöglichen Flug nach Irland zu buchen, als Eilis sie auf Malachys Drängen hin angerufen und ihr gesagt hatte, dass sie sie brauchte. Das Leben war nicht nur dunkel, nicht nur schwer, auch wenn es sich manchmal so anfühlte. Da waren immer Menschen, die einen auffingen und dafür sorgten, dass man nicht allein war.

Wie gut, dass sie sich entschlossen hatte, Malachy auf seinem Heimweg zu begleiten und noch einmal ein bisschen frische Luft zu schnappen. Wäre sie in ihrer Wohnung geblieben und hätte sich weiter in ihrem Kummer eingeigelt, wäre ihr der Anblick dieses phänomenalen Nachthimmels entgangen.

Sie atmete tief durch. Die kalte Luft brannte in ihrer Kehle, aber es war ein gutes Brennen, eines, das ihr half, wach und klar im Kopf zu werden. Endlich war sie nicht mehr müde. Malachys Worte hatten sie geheilt. Seine Wärme, die Selbstverständlichkeit, mit der er sie nicht nur getröstet, sondern ihr auch einen Weg aufgezeigt hatte. Nan anzurufen und um Hilfe zu bitten, war nicht die Lösung für all ihre Probleme, aber es war ein erster Schritt. Und Eilis hatte ihn gemacht.

Ihre Nan würde kommen.

Allein das Wissen machte alles leichter.

Und Eilis würde mit Cilian sprechen. Morgen.

Nicht jetzt, nicht heute Abend, wenn ihm morgen diese unsägliche Matinee bei seinem Vater bevorstand. Doch sobald sie zu Hause war, würde sie ihm eine Nachricht schreiben. Sie würde ihm schreiben, dass sie morgen, wenn er wieder zurück in

Glensiveen war, mit ihm reden wollte. Dass sie wusste, dass sie Fehler gemacht und ihn mit ihrem Schweigen verletzt hatte, aber dass sie es wieder gut machen wollte.

Und am Ende, wenn sie sich alles von der Seele geredet hätte, würde sie seine Reaktion aushalten. Höchstwahrscheinlich würde er wütend sein. Enttäuscht. Vielleicht würde er sich abwenden, vielleicht würde er brüllen, vielleicht würde er sich verschließen. Aber am Ende – und darauf musste sie vertrauen –, am Ende würde er sich entscheiden, mit dem Herzen zu handeln. Denn das war es, was der Mann tat, den sie seit ihrer Ankunft in Irland kennen- und wenig später lieben gelernt hatte.

Sie atmete tief durch. Ihre Schritte wurden zielgerichteter.

Vor ihr, am Ende der Straße, tauchte die Buchhandlung auf. Das vertraute Gebäude mit seinen schmalen Fenstern und den dunklen Holzrahmen.

Davor stand ein Mann.

Kurz setzte ihr Herz aus.

Cilian!

Er stand mit dem Rücken zu ihr, die Schultern hochgezogen, als würde er frieren. Ihr Puls beschleunigte sich. War das Schicksal? War das ihr Moment? Sollte sie jetzt …?

Dann drehte der Mann sich um, und die Enttäuschung stach ihr wie ein Messer in die Brust.

Es war nicht Cilian.

Wieder stolperte ihr Herz, doch diesmal vor Schreck.

Obwohl es nicht Cilian war, der vor ihrer Buchhandlung stand, kannte sie den Mann. Kein Wunder, dass ihr die Gestalt vertraut vorgekommen war.

Es war Chase.

Chase Harrington, ihr ehemaliger Chef!

Einen Moment lang rührte sie sich nicht. Ihr Verstand brauchte eine Sekunde, um zu begreifen, was sie sah.

Schon breitete Chase die Arme aus und kam mit einem breiten Lächeln auf sie zu. »Eilis! Endlich! Ich dachte schon, du versteckst dich.«

Ehe sie richtig reagieren konnte, stand er direkt vor ihr. Küsschen links, Küsschen rechts. Seine Aftershave-Wolke hüllte sie ein, der Duft von Großstadt, von Wolkenkratzern und Geschäftstreffen.

Eilis erstarrte.

Das war surreal. Das konnte nicht wahr sein! Ein unsichtbares Portal musste sie in ein Paralleluniversum transportiert haben, anders konnte sie sich die Anwesenheit von Chase Harrington in Glensiveen nicht erklären.

Die letzte Erinnerung, die sie an Chase hatte, zeigte sie und ihn in seinem schicken Eckbüro mit bodentiefen Fenstern und Blick über Downtown Chicago. Eine knappe Erklärung. Fünf Minuten, um eine Karriere zu beenden. Ein einziger Fehler, den sie nicht einmal begangen hatte. Eine Entscheidung, die über ihren Kopf hinweg getroffen wurde. Fünfzehn Minuten, um ihre Sachen zu packen, ein Security-Mann, der sie zur Tür begleitete.

Und jetzt stand er hier und tat, als wären sie alte Freunde.

Sie riss sich los und befreite sich aus seiner Umarmung. »Was … was machst du hier?«

Chase lachte leise. »Du bist wirklich schwer zu erreichen, weißt du das? Keine Antwort auf meine Nachrichten, kein Rückruf. Was blieb mir da anderes übrig, als persönlich vorbeizuschauen?«

Stimmt, da war ja was: Chases Nachrichten hatte sie völlig vergessen. Als ob sie in letzter Zeit nicht andere Sorgen gehabt hätte!

»Und dass ich dir nicht geantwortet habe, hat dir die Botschaft gesendet, dass ich mich über einen Besuch von dir freuen würde?« Was redete der Mann da?

Sein Lachen wurde eine Spur lauter. Er stupste sie mit dem Ellenbogen in die Seite. »Jetzt sei doch nicht so. Wo ist denn meine liebe, nette Eilis hin? Kann es nicht sein, dass ich dich einfach vermisst habe?« Sein Ton war locker, jovial. Aber Eilis kannte ihn lange genug, um die Berechnung dahinter zu erkennen. Chase tat nichts ohne Grund.

Sie verschränkte die Arme vor der Brust. »Was willst du?«

Er grinste. »Dich zurückholen.«

Sie blinzelte. »Wie bitte?«

»Ich weiß jetzt, dass der Fehler, wegen dem du damals entlassen wurdest, gar nicht deiner war.«

»Du meinst den Fehler, wegen dem *du* mich entlassen hast, Chase. Du, niemand anders.«

Chase zuckte mit den Schultern, als wäre das eine kleine, unwichtige Randnotiz. »In Wahrheit war es Rick, der Mist gebaut hat.«

Richard »Rick« Beckett war einer der beiden anderen Partner in der Anwaltskanzlei, in der Eilis früher gearbeitet hatte. Und er war Chases Golfkumpel. Das wusste Eilis zufällig genau, weil es lang genug sie gewesen war, die den wöchentlichen Termin für die beiden blocken musste.

Falls Chase ihr ihre Irritation anmerkte, ließ er sich davon nicht aufhalten. Er sprach hartnäckig weiter. »Er selbst hat die Fristverlängerung falsch eingetragen. Wahrscheinlich hat er einfach vergessen, irgendeine E-Mail weiterzuleiten. Du weißt ja, wie das manchmal läuft, wenn's hektisch wird. Und ich meine, wir haben doch beide gewusst, dass es in Wahrheit nicht dein Fehler war. Ich habe nie ernsthaft geglaubt, dass du so eine Nachlässigkeit begehen würdest. Aber für die Einhaltungen der Fristen warst nun mal du zuständig. Du kennst die Regeln. Ich musste handeln.«

Ungläubig schüttelte sie den Kopf. »Die Regeln, die du aufstellst, Chase! Du tust gerade so, als hättest du keine Wahl gehabt, dabei war es in Wahrheit ich, die vor vollendete Tatsachen gestellt wurde.«

Er hob die Hände. »Ich verstehe, dass du sauer bist. Aber hör zu: Vielleicht war diese kleine Auszeit ja gar nicht schlecht für dich. Ein bisschen frische Luft, ein bisschen Abstand. Aber jetzt ist es an der Zeit, nach Hause zu kommen.«

»Ich bin zu Hause.«

Einen kurzen Moment lang verrutschte seine Fassade und ihm entfuhr ein Schnauben.

»Eilis, komm schon. Du gehörst nicht hierher. Schau dich doch mal um. Diese Kleinstadt, dieser winzige Buchladen …« Er machte eine vage Geste. »Du wirst hier verkümmern. Du bist eine Stadtpflanze. Du brauchst Herausforderungen. Du brauchst Menschen, die dich fordern, dich weiterbringen.«

»So wie du, meinst du?« Im Gegensatz zu Chase machte sie sich keine Mühe, ihr Schnauben zu unterdrücken. »Menschen, die mich nach zehn Jahren loyaler Arbeit mir nichts, dir nichts vor die Tür setzen, ohne mir die Gelegenheit zu geben, mich zu rechtfertigen? Und jetzt sagst du auch noch, du hättest von Anfang an geahnt, dass die verpasste Frist in Wahrheit nicht meine Schuld gewesen wäre?«

»Willst du mich nicht erst einmal reinbitten, Eilis? Wir können das in Ruhe besprechen. Deshalb bin ich hergekommen.«

»Ich habe dich nicht gebeten, zu kommen!« Ihre Stimme überschlug sich. Sie zwang sich zu einem tiefen Atemzug, dann fuhr sie, wieder etwas ruhiger, fort. »Ich verrate dir etwas, Chase: Selbst wenn diese verpasste Frist meine Schuld gewesen wäre, hättest du mir die Möglichkeit geben müssen, mich zu erklären. Ich habe zehn Jahre lang für dich gearbeitet. Zehn Jahre lang!«

Er seufzte theatralisch und ließ den Blick über die Straße schweifen, als könnte er sich keinen trostloseren Ort vorstellen. »Eilis, du hörst mir einfach nicht zu. Verstehst du nicht, was ich sage? Ich habe einen Fehler gemacht.« Offenbar meinte er, dieses Eingeständnis sei eine geheime Zauberformel. Ihr Protest perlte an ihm ab wie an Teflon. Hatte sie wirklich noch nie bemerkt, was für ein schmierig-glatter Typ Chase mit seinen glatt rasierten Wangen, den perfekt gestylten blonden Haaren und dem einstudierten Lächeln war? Ein Lächeln, das nie die Augen erreichte, sondern immer nur so weit ging, wie es nötig war, um charmant zu wirken. Es war dieselbe Maske, die er aufsetzte, wenn er Mandanten besänftigte, sich aus einer unangenehmen Situation herausmanövrierte oder – wie jetzt – wenn er glaubte, jemandem seine Version der Realität aufdrücken zu können.

»Ich hätte damals anders handeln müssen, das weiß ich jetzt. Was muss ich tun, damit du mir glaubst? Ich meine, denk doch einmal nach.« Er machte eine bedeutungsvolle Pause und schlug sich beide Hände vors Herz. »Bin ich jemals einer ehemaligen Angestellten um die halbe Welt nachgereist? Du musst es wissen, denn wie du selbst gerade festgestellt hast, hast du zehn Jahre lang für mich gearbeitet. Die Antwort lautet: Nein, bin ich nicht. Das allein muss dir doch zeigen, wie wichtig du mir bist. Ich habe jetzt begriffen, wie sehr ich dich und deine Arbeit in der Kanzlei brauche.«

Eilis hörte ihm zu, ließ seine Beteuerungen und sein Werben durch sie hindurchrieseln und in einem erschreckenden Moment absoluter Klarheit wurde ihr eines bewusst: Früher, vor gar nicht allzu langer Zeit, wäre er mit dieser Rede bei ihr durchgekommen. Bevor sie nach Irland gekommen war, hätte es einen Teil von ihr gegeben, der sich nach genau diesen Worten gesehnt hätte. Nach jemandem, der sie als etwas Besonderes sah, nicht nur als die nette, brave Eilis, die immer freundlich war, immer hilfsbereit, immer zuverlässig. Die Art von Mensch, auf die man sich genauso verlassen konnte wie auf einen Tisch oder einen Stuhl – praktisch, stabil, aber nicht unbedingt aufregend.

Doch diese Eilis gab es nicht mehr. In Irland war sie eine andere geworden. Sie brauchte keine Lippenbekenntnisse und falschen Lobhudeleien mehr, weil sie in Glensiveen gefunden hatte, wonach sie sich immer gesehnt hatte. Freunde, die sie so akzeptierten, wie sie war. Menschen, bei denen sie nicht funktionieren musste, sondern einfach Eilis sein konnte. Und Cilian. Cilian, der selbst so oft verletzt worden war, der von so vielen Menschen in seinem Leben vorgelebt bekommen hatte, dass nur Kalkül und Gnadenlosigkeit einen ans Ziel bringen konnten, und der sich dennoch ein Herz aus Gold bewahrt hatte.

»Chase …« Sie schüttelte den Kopf. »Du erzählst mir, dass du mich wertschätzt, aber in Wahrheit willst du mich nur zurück, weil ich dir nützlich bin.«

Er hob die Hände. »Das ist doch Unsinn! Ich sage nur, dass du nicht hierhin passt. Schau dich um, Eilis! Was willst du an so einem Ort? Was kannst du hier tun? Einen Buchladen übernehmen?« Er lachte, als wäre der Gedanke absurd. »Du bist doch keine alte Katzen-Lady.«

Eilis öffnete den Mund, um zu widersprechen, und schloss ihn direkt wieder. Sie dachte an ihre Katze. An ihren weichen Pelz, die Art, wie sie sich auf ihrem Schoß zusammenrollt hatte, wenn die Welt sich zu schwer angefühlt hatte. Wie sehr sie sie in den letzten Tagen getröstet hatte. Was, bitte schön, war das Schlimme daran, eine Katzen-Lady zu sein? Sie war zehnmal lieber eine seltsame Katzen-Lady als eine unsichtbare Anwaltsassistentin, deren Wert ihr Chef erst erkannte, nachdem er sie verloren hatte. Und ganz sicher brauchte sie keinen Chase Harrington, der ihr erklärte, wer sie war und was sie wollte.

Doch ehe sie die Worte formen konnte, nahm sie aus dem Augenwinkel eine Bewegung wahr.

Eine plötzliche Anspannung brachte die Luft zum Knistern.

Und dann war er da. Stand direkt zwischen ihr und Chase. Cilian.

Er sagte kein Wort, sah nur von ihr zu ihrem ehemaligen Boss und wieder zurück, und da wusste sie, dass es zu spät war. Er hatte gehört, was Chase zu ihr gesagt hatte, und er hatte jedes einzelne Wort falsch verstanden. Die verkrampfte Haltung seiner Schultern, das Mahlen seines Kiefers, das Gewitter in seinen Augen – sie kannte ihn gut genug, um zu wissen, was das bedeutete.

Sie hätte niemals im Leben so lange warten dürfen, ihm von der Schwangerschaft zu berichten, denn jetzt war es zu spät. Er hatte sich hinter seine Schutzmauer zurückgezogen. Den einzigen Ort, an den sie ihm niemals folgen könnte.

Ohne ein Wort zu ihr oder Chase zu sagen, drehte er sich um und stapfte mit ausgreifenden Schritten davon.

Eilis lief hinter ihm her und rief seinen Namen. Laut, fordernd. Wieder und wieder.

Er blieb nicht stehen. Schritte auf dem Asphalt, schneller als sonst, schneller als nötig. Aber nicht schnell genug, um sie abzuschütteln.

»Cilian!«

Sie ließ nicht locker.

Er zog den Autoschlüssel aus der Jackentasche, spürte das kalte Metall zwischen den Fingern, während er auf den Pick-up zusteuerte.

In seinem Kopf rauschte es. Alles in ihm schmerzte. Nicht körperlich, nein. Wäre es das, könnte er es ignorieren.

Snowball war in seinen Armen gestorben. Der süße, kleine Fellball, den er dem Tod schon einmal nur knapp von der Schippe gerissen hatte. Diesmal hatte Cilian keine Wunder vollbringen können, trotz aller Versuche. Snowball hatte sich vergiftet. An diesen verdammten roten Beeren von der Weihnachtsdeko, auf deren Gefahr er Hanna schon beim Einzug der Kaninchen hingewiesen hatte. Waren es Stechpalmenbeeren? Oder Eibe? Keine Ahnung! Wovon er eine Ahnung hatte, war, wie es sich anfühlte, wenn ein kleines, unschuldiges Wesen in seinen Händen starb. Ein paar Mal hatte Snowball noch gezuckt, bis seine Atmung langsamer wurde, immer langsamer, und schließlich ganz aussetzte. Cilian war Tierarzt geworden, um Tiere zu heilen, verdammt noch mal. Natürlich war ihm klar gewesen, dass das nicht immer möglich sein würde. Womit er nicht gerechnet hatte, war die unendliche Dummheit der Menschen. Der unfassbare Egoismus, der zwar dafür sorgte, dass sie Tiere bei sich aufnahmen, dann aber doch nicht dazu bereit waren, auch nur auf das winzigste Bisschen zu verzichten. Wenn er sich nicht mal mehr darauf verlassen konnte, dass Giftpflanzen entfernt wurden, worauf konnte er sich dann noch verlassen?

Hinter ihm quietschten Sneakersohlen auf abendfeuchtem Kopfsteinpflaster. Eine Hand griff nach seinem Arm.

Er riss sich los, drehte sich um. »Lass es.«

Eilis keuchte, völlig außer Atem. Sie sah fürchterlich aus. In den Tagen, seit er sie zuletzt gesehen hatte, hatte sie mindestens fünf Pfund abgenommen. Kantig zeichneten sich ihre Wangenknochen unter der Haut ab, ihre Augen lagen viel zu tief in den Höhlen. Wäre er nicht so wütend gewesen, hätte ihr Anblick ihn ins Herz geschnitten.

Flehend richtete sich ihr Blick auf ihn. »Bitte, Cilian, hör mir zu.«

Ihr Flehen kam zu spät.

Er schüttelte den Kopf, entriegelte den Truck. »Auf einmal willst du reden?« Sein Lachen war hart und kurz. »Seit Ewigkeiten weichst du mir aus und tust, als würde ich nicht existieren, und ausgerechnet jetzt willst du reden?«

»Ja! Ich weiß, ich hätte früher …«

»Spar's dir.« Er riss die Tür auf. »Ich hab alles gehört, was ich hören musste.«

Wenigstens Pirate hatte überlebt. Jack und Hanna hatten geweint, aber Cilian hatte kaum Mitgefühl aufbringen können. Er war zu wütend gewesen. Auf sie, auf sich selbst, auf das ganze verdammte Schicksal. Also hatte er eine Entscheidung getroffen. »Pirate kann hier nicht bleiben«, hatte er gesagt, so sachlich es ihm möglich war. »Kaninchen hält man nicht alleine.«

»Hast du …« Eilis' Stimme bebte. »Hast du auch gehört, was *ich* gesagt habe?«

»Es spielt keine Rolle mehr.«

Eilis ballte die Hände zu Fäusten. »Chase hat unrecht.«

»Ach ja?« Er lehnte sich gegen den Truck, verschränkte die Arme vor der Brust. Als ob das jetzt noch eine Rolle spielte. Dieser Typ – Chase hatte Eilis ihn genannt – war nur noch die verdammte Kirsche auf dem Scheißekuchen gewesen. Die Frage, um die es in Wahrheit ging, war doch eine ganze andere.

»Was bin ich für dich, Eilis? Eine Landhaus-Fantasie? Der kernige Tierarzt, mit dem du mal ein bisschen Raubeinigkeit erleben kannst, bevor du zurück in deine Welt aus Anzügen und Föhnfrisuren gehst?«

Ihr Gesicht erstarrte. »Das denkst du von mir?«

Er hatte rein gar keine Ahnung mehr, was er denken sollte. Er hatte geglaubt, schriftliche Anweisungen würden genügen, damit Menschen Giftpflanzen aus der Reichweite von Kaninchen entfernten, und auch damit hatte er sich getäuscht. Das Schlimmste war: Diesmal ging es nicht nur um ihn. Dass sein Herz zum Pingpongspielen benutzt wurde, daran hatte er sich seit seiner Kindheit gewöhnt. Wohl oder übel. Doch bei Eilis ging es um mehr als das.

»Und Malachy? Hast du mal drüber nachgedacht, was das alles mit ihm macht? Erst weckst du Hoffnungen in ihm, dass sein Lebenswerk fortgeführt wird, und dann – zack – soll alles nur ein Spiel für die reiche Amerikanerin gewesen sein?«

Ungläubig schüttelte sie den Kopf. In ihren Augen glänzten Tränen. »Ich würde nie ...«

Er unterbrach sie mit einem Schnauben. Ja, das hatte Hanna auch gesagt, als er Pirate und Snowball in ihre Obhut gegeben hatte. »Ich würde nie etwas tun, was sie in Gefahr bringt«, »ich würde sie nie bei uns aufnehmen, wenn ich mich nicht richtig um sie kümmern könnte«. Wie oft musste er noch erleben, dass das Nie in »ich würde nie« nur selten länger als einen Gedanken lang währte?

Wenigstens die befreundete Tierschützerin, die er noch von Hannas Haus aus angerufen hatte, hatte zugesagt, Pirate bei sich aufzunehmen. Das war ein Glücksfall gewesen. Sie hatte eine bestehende Kaninchengruppe und wusste so gut wie er, dass Pirate nicht allein bleiben sollte. Kein Kaninchen sollte ohne Gesellschaft leben müssen. Bei Emma hatte Cilian beobachtet, wie Pirate sich seinen Artgenossen in der Gruppe näherte. Erst in einem neutralen Gehege, dann in dem Außengelände mit eigenem Gartenhaus. Mit jedem Schnüffeln, mit jedem Wittern und jeder vorsichtigen Annäherung war aus dem verwaisten Tier ein Teil von etwas Besserem geworden. Und da hatte Cilian etwas begriffen: Nicht nur Kaninchen, auch Menschen waren nicht dafür bestimmt, allein zu sein. Das Leben war zu kurz für Groll und verschwendete Zeit. Er brauchte Eilis. Er brauchte ihren Trost und ihre Nähe, er brauchte ihre Wärme und ihren unerschütterlichen Glauben an das Gute, um durch diesen Tag, durch die kommende Nacht zu kommen. Was half ihm sein Stolz, wenn er ihn unglücklich machte? Was auch immer Eilis vor ihm zurückhielt, wenn sie so weit wäre, würde sie es ihm mitteilen.

Also war er zu ihr gefahren. Er wollte alles klären, wollte endlich mit ihr reden und ihr klarmachen, dass sie auf ihn zählen konnte, egal, was sie belastete.

Was für ein Idiot er gewesen war! Er hatte wirklich geglaubt, auf alles vorbereitet zu sein, denn nie im Leben hätte er gedacht, dass sie schon dabei war, ihren Abgang zu planen. In ihrer Realität hatte es nie ein Wir gegeben.

»Ich habe gehört, was ich gehört habe. Und weißt du was? In einem hat dein Chase recht: Irgendwann wirst du gehen. Das tun alle. Am Ende des Tages ist sich doch immer nur jeder selbst der Nächste.« Er stieß sich vom Wagen ab. »Ich bin zu müde, um weiter so zu tun, als wäre das anders. Leb wohl, Eilis.«

Sie sah ihn einfach nur an. Sie regte sich nicht, nur die Tränen liefen unablässig über ihre Wangen. Sekunden vergingen, dann trat sie einen Schritt zurück.

»Geh nicht«, flehte sie noch einmal, doch er stieg ein und schlug die Tür hinter sich zu. Im Rückspiegel sah er sie immer noch da stehen. Schmal. Dünn. Verloren. Die blonden Haare im Licht des Mondes hell wie gesponnene Luft.

Wie Nebel. Von Anfang an hatte er in ihr ein Wesen aus Nebel und Wasser gesehen.

Und welcher Idiot hatte jemals glauben können, dass sich Nebel festhalten ließ?

Der Motor des Pick-ups heulte auf. Mit quietschenden Reifen jagte Cilian in dem Wagen um die Kurve. Einen Moment noch war da das rote Glühen der Rücklichter, dann verschwand auch dies.

Eilis stand da, unfähig, sich zu bewegen. Der Wind zerrte an ihrem Mantel, drückte feuchte Kälte in ihren Nacken. Ihr Atem kam flach, jeder Atemzug eine Anstrengung.

Es war vorbei. Nicht nur der Abend, nicht nur die Möglichkeit für ein Gespräch. Alles. Der Moment, auf den sie gehofft hatte, die Chance, ihm zu erklären, was passiert war, dass sie und er entgegen jeder Wahrscheinlichkeit, entgegen jeder Vernunft und aller Vorsicht, aus Leidenschaft Leben erschaffen hatten, ihm zu sagen, was sie fühlte, was sie wollte: alles fort. Sie hatte geglaubt, es gäbe einen Weg aus dem Schweigen. Dass es nicht zu spät war. Dass, wenn sie es ihm nur endlich sagte, sie es zusammen schaffen konnten. Aber Cilian hatte nicht einmal gewartet. Er hatte sie stehen lassen, als hätte sie nie eine Rolle gespielt.

Ihr Hals war eng, als würde eine unsichtbare Hand ihr den Atem abdrücken. Ihr Brustkorb zog sich zusammen. Der Druck wurde größer, immer größer. Der Kummer zerriss sie von innen heraus.

Wie hatte es so weit kommen können? Wie war sie hier gelandet, auf dieser kalten, leeren Straße, allein, mit nichts als den Trümmern eines Traums?

Sie blinzelte, aber die Dunkelheit, die sie vor wenigen Augenblicken als romantisch empfunden hatte, änderte sich nicht. Die Sterne waren nur noch kalte, ferne Lichter, ohne Wärme, ohne Bedeutung, Beweise dafür, dass auch irgendwo, Galaxien entfernt, ganze Welten verglühten. Ihr Leib fühlte sich an wie ein Fremdkörper, schwer und nutzlos. Es gab nichts mehr zu tun. Kein Wort mehr, das sie sagen konnte, um alles doch noch zum Guten zu wenden. Kein Schritt mehr, der noch Sinn zu ergeben schien.

Sie zwang sich dazu, sich in Bewegung zu setzen. Ein Schritt. Noch einer. Ihre Beine fühlten sich an, als wären sie mit Beton ausgegossen. Sie stolperte über einen losen Pflasterstein, fing sich wieder, zog den Mantel enger um sich. Die Feuchtigkeit der Nacht kroch unter ihre Kleidung, leckte mit kalten Zungen über ihre Haut. Im Nacken und auf den Wangen fühlte es sich an wie Nadelstiche aus Kälte. Sie schauderte, ihr Magen krampfte sich zusammen. Nicht schon wieder. Wo war die Zuversicht hin, die sie nach dem Besuch von Malachy empfunden hatte? Wo ihr unerschütterlicher Glaube daran, dass sich am Ende immer alles zum Guten wenden würde?

Vor der Buchhandlung stand noch immer Chase. Er wollte ihr in den Weg treten. Sie kam ihm zuvor. Schubste ihn an den Schultern zur Seite und sagte, was sie vermutlich schon vor Jahren hätte sagen sollen: »Fick dich, Chase Harrington!«

Endlich verstand sogar dieser Holzkopf von einem ehemaligen Chef die Botschaft. Es war das letzte Mal, dass sie Chase Harrington zu Gesicht bekam.

Eilis schloss die Faust um den Schlüssel in ihrer Hand. Die Zacken bohrten sich in ihre Fingerkuppen. Ein kleiner Schmerz, scharf genug, um sie einen Moment lang aus ihrer Betäubung zu reißen. Sie drehte den Schlüssel zwischen den Fingern, der ihr den Zugang zu einem Zuhause gewähren sollte, das sich nicht mehr wie eines anfühlte. Beinah scheiterte sie daran, den Schlüssel ins Schloss zu stecken. Sie ruckelte, drückte, dann, endlich, gelang es ihr, die Tür zur Buchhandlung zu öffnen.

Normalerweise umfing sie beim Betreten des Geschäftsraums sofort das Gefühl von Geborgenheit, das warme Holz, der Duft von Papier und alten Geschichten. Jetzt war da nur die Kälte, die mit ihr hereinkroch. Die Stille wirkte nicht besinnlich, sondern bedrückend. Die Lichterketten, die sie um die Regale geschlungen hatte, waren ausgeschaltet, die vertrauten Schatten nicht mehr Freunde, sondern Fremde.

Irgendwie schaffte sie es dennoch die Treppe hinauf. Oben angekommen, blieb sie einen Augenblick lang stehen. Sie schnaufte, als habe sie einen Marathon absolviert. Ihr Bauch war steinhart, ihre Brust brannte. Sie schloss die Augen. Hinter ihren Augenlidern tanzten Funken, machten sie schwindelig. Schwankend blinzelte sie die Lider wieder auf. Alles drehte sich. Die Wohndiele lag im Halbdunkel, nur das gedämpfte Licht der kleinen Lampe, die sie vergessen hatte auszuschalten, als sie Malachy nach Hause gebracht hatte, tauchte den Raum in einen Hauch von Licht.

Die Küche war still, kein Wasserkocher summte, kein Geruch nach Tee lag in der Luft. Sie sollte etwas trinken, aber allein der Gedanke an Wasser ließ ihren Magen rebellieren. Bis zum Küchenschrank schaffte sie es. Sie wappnete sich gegen die aufsteigende Übelkeit. Aus dem Hahn ließ sie Wasser in ein Glas laufen. Zwei Schluck, dann war es ihrem Körper zu viel.

Sie rannte ins Bad. Wie vertraut ihr der kleine Raum mit dem winzigen Fenster, durch das jetzt das fahle Licht des Mondes fiel, mittlerweile war. Wie viele Stunden hatte sie in den letzten zwei Wochen hier verbracht?

Zu viele. Sie fiel auf die Knie, klammerte sich an den Rand der Toilette, der Akt mittlerweile vertraute Routine. Ihr Körper krümmte sich, zog sich zusammen, leerte sich. Wieder und wieder. Falls sie geglaubt hatte, das Schlimmste mittlerweile gewohnt zu sein, so hatte sie sich getäuscht.

Die Nacht zog sich in die Unendlichkeit. Es hörte gar nicht mehr auf. So schlimm wie diesmal war es noch nie gewesen. Der Wind rüttelte an den Fenstern, draußen klapperte ein loses Schild, irgendwo in der Ferne schlug eine Tür zu. Und sie lag da, eingesperrt im eigenen Körper, in ihrer eigenen Hölle. Immer wieder dämmerte sie weg, wurde erneut von Krämpfen geweckt, spuckte bittere Galle und später, als auch das nicht mehr ging, nur noch trockene Huster, ehe sie wieder wegdämmerte.

Die Welt rückte weit weg und mit ihr aller Kummer. Eilis war allein. Allein mit ihrem schmerzenden Körper, allein mit ihrer Furcht und der Ungewissheit, wie sie jemals wieder von diesem Fußboden aufstehen sollte.

Irgendwann, vielleicht waren Stunden vergangen, vielleicht auch Tage oder Äonen, drang ein dumpfes Pochen durch den Schleier ihrer Besinnungslosigkeit. Jemand rief ihren Namen. Sie wollte antworten, doch nicht einmal zu einem Krächzen war sie fähig.

»Eilis? Eilis, bist du da?«

Sie öffnete die Augen, blinzelte in die Dunkelheit. Ihre Glieder waren schwer, ihr Kopf dröhnte. Wieder dieses Geräusch. Diesmal klang das Klopfen näher.

Waren das Schritte auf der Treppe?

»Eilis?«

Siobhans Stimme. Sie war also doch nicht allein auf der Welt.

Dann: Licht.

Ein Schatten im Türrahmen. Ein scharfes Keuchen. Schnelle Schritte.

»Heilige Mutter Gottes! Was machst du da?«

Sofort war Siobhan bei ihr, ging vor ihr in die Hocke und strich ihr eine verschwitzte Haarsträhne aus dem Gesicht. »Ich hab von zu Hause aus gesehen, dass die ganze Nacht Licht in deinem Badezimmer gebrannt hat. Nur da. Ich hatte so ein komisches Gefühl, weißt du? Vielleicht Intuition, vielleicht das zweite Gesicht, meine Oma hatte das ja auch ... und jetzt liegst du hier so!«

»N... icht so schlimm. N... nur Schwan...gerschafts...übelkeit.«

Siobhan schnaubte. »Das ist ganz sicher keine normale Schwangerschaftsübelkeit, Liebes. Jetzt komm erst mal her. Ich helfe dir auf.« Sacht, aber mit überraschender Kraft, schob ihre Nachbarin ihr einen Arm unter die Schulter und hievte sie in die Senkrechte. »Mach dir keine Sorgen. Ab jetzt kümmere ich mich um alles.«

Als ob sie noch die Kraft hätte, sich um irgendwas Sorgen zu machen. Quälend langsam schafften sie es in Eilis' Schlafzimmer. Siobhan legte sie auf dem Bett ab und richtete sich wieder auf.

»Ich bin gleich wieder da«, versicherte sie.

Eilis stöhnte. Wieder hörte sie Siobhan reden, doch diesmal verstand sie nicht, was sie sagte.

Kurz darauf kam ihre Nachbarin mit einem feuchten Waschlappen in der Hand zurück. Vorsichtig fuhr sie ihr damit über die Stirn. »Meine Güte, du Ärmste. Du bist ja vollkommen durchgeschwitzt. Und deine Lippen sind ganz rissig. Als ich mit Sean schwanger war, war mir auch übel, aber niemals so! Das hier ist keine normale Schwangerschaftsübelkeit. Ich habe einen Krankenwagen gerufen. Du kannst hier nicht mehr alleine bleiben. So geht das nicht.«

Eilis wollte protestieren, wollte es abtun, aber ihre Zunge fühlte sich schwer an. Ihr ganzer Gaumen war trocken und rau wie Schmirgelpapier. Ihre Augenlider flatterten. Im Hintergrund hörte sie Siobhan rumoren.

»Zur Sicherheit pack ich dir eine Tasche. Wer weiß, wie lange die dich im Krankenhaus behalten. Und das so kurz vor Weihnachten.« Sie schnalzte mit der Zunge. »Aber was sein muss, muss sein, nicht wahr? Wir müssen doch dafür sorgen, dass es dir und dem Kleinen gut geht.«

Warum stolperte Siobhan nicht über den Fakt, dass Eilis schwanger war? War doch mehr Zeit vergangen, als sie geglaubt hatte? Hatte sie mittlerweile mit Cilian gesprochen? Wusste ganz Glensiveen Bescheid? Sie wollte Siobhan fragen. Doch während sie noch die Fragen in ihrem Kopf formulierte, schlief sie ein.

Wieder weckte sie Gerumpel. Diesmal erkannte sie die Stimmen nicht. Sie wollte ihre Augen nicht mehr öffnen, wollte nur noch schlafen, schlafen, schlafen. Da war Metall an ihrem Arm, ein Stich in ihren Handrücken, kalte Flüssigkeit, die in ihre Vene lief, eine Trage. Plötzlich war ihr Körper ganz schwerelos und sie flog.

12

Er machte einen großen Fehler. Das wurde Cilian bewusst, als er die lange Auffahrt entlangfuhr. Kilrowan Hall, wie das Herrenhaus hieß, das sein Vater zum Höhepunkt seiner politischen Karriere gekauft hatte, um seiner Familie ein repräsentatives Heim zu verpassen und sie nach dem Skandal um seine Existenz ein wenig zu besänftigen, thronte auf einem sanften Hügel, als würde es noch immer die Ländereien überwachen, die einst einem englischen Adligen gehört hatten. Sein Plan war aufgegangen. Kurz nachdem Edmund Kilrowan Hall gekauft und umfassend renoviert hatte, hatte Claudia ihm seinen Fehltritt verziehen und war zu ihm zurückgekehrt. Mittlerweile sah das herrschaftliche Anwesen wieder genauso aus wie vor hundert Jahren: hohe Türmchen mit steilen Giebeln, schwere Eichentüren, die unter der Last der Geschichte ächzten, und eine von Kletterefeu überwucherte Fassade, die selbst im Winter nicht kahl war.

Die Fenster waren hoch und rechteckig, mit Sprossen, die das Licht der warmen Innenbeleuchtung in geometrische Muster zerschnitten. Ein breiter Treppenaufgang führte zur doppelflügeligen Eingangstür, über der ein geschnitztes Wappen prangte – das Wappen der Montagues, nicht das der Parnells. Edmund hatte es nie ersetzen lassen, wahrscheinlich gefiel er sich zu gut in der Rolle des Adligen, der über die anvertrauten Pächter wachte.

Weihnachten war nur noch vier Tage entfernt, und trotz der festlichen Lichterketten, die in makelloser Symmetrie an den Fenstern hingen, lag eine klamme Kälte über dem Anwesen. Die Wolken waren so schwer von kommendem Schnee, dass sie Cilian auf den Kopf drückten. Wie knorrige Finger ragten die kahlen Äste der Eichen auf dem Parkgrundstück in den Himmel. Unter Cilians Reifen knirschte der Kies.

Er stellte den Wagen vor dem Portal ab.

Ein livrierter Diener eilte herbei. Er öffnete die Fahrertür und machte eine kleine Verbeugung. »Die Schlüssel bitte einfach stecken lassen. Ich übernehme das Parken für Sie, dann können Sie sorglos die Feier genießen.«

Cilians Blick fiel auf die behandschuhten Finger des Mannes. Vereinzelte Streifen Dreck verunzierten die Fingerspitzen. Würde ihn nicht wundern, wenn er sich die an der Klinke seines Pickups geholt hatte. Sein Wagen war ein Gebrauchsgegenstand. Er nutzte ihn, um im ländlichen Kerry zu den abgelegensten Höfen zu gelangen, nicht, um damit anzugeben, zum Teufel noch mal.

Er stieg aus und schlug die Tür zu. »Na dann, viel Spaß damit.«

Die große Tür von Kilrowan Hall schwang lautlos auf, als er sich ihr näherte. Das Haus roch nach poliertem Holz, teurem Whiskey und dem schweren Parfum der Damen, die sich eingefunden hatten, um Edmunds Geburtstag zu feiern. Die Dekoration der Eingangshalle war so opulent ausgefallen, dass man meinen konnte, hier sollte der Geist der Weihnacht durch puren Luxus erweckt werden. Goldene Girlanden, riesige Arrangements aus roter Amaryllis und tiefgrünen Tannenzweigen, ein gewaltiger Kronleuchter, dessen Kristalle das Kerzenlicht reflektierten. Jeder einzelne Zentimeter war kuratiert, nichts dem Zufall überlassen.

Wie immer, wenn er sich in der Nähe der Familie seines Vaters befand, kribbelte seine Haut. Er gehörte nicht hierher! Jede einzelne Faser seines Körpers erinnerte ihn daran.

Die Feier war schlimmer als befürchtet. Edmund, oder wahrscheinlicher seine Frau Claudia und Madeleine, hatte keine Mühe gescheut, den Anlass gebührend zu inszenieren. Die hohen Decken des Salons waren mit goldenen Girlanden und tiefroten Bändern dekoriert, ein üppiger Baum stand in einer Ecke, geschmückt mit funkelnden Glaskugeln und erleuchtet von unzähligen Kerzen. Auf den Tabletts des herumwuselnden Personals stapelten sich Mini-Versionen traditioneller irischer Weihnachtsgerichte: Mince Pies, winzige Pasteten mit Lamm und Rosmarin, Miniatur-Christmas-Puddings mit glänzender Buttersoße. Natürlich alles mit äußerster Raffinesse serviert, nichts, das sich mit den rustikalen Köstlichkeiten vergleichen ließ, die Malachy an den Feiertagen auftischte.

Dass Madeleines und seine Vorstellungen von »kleiner Rahmen« sich nicht decken würden, hatte er befürchtet, doch es waren trotzdem deutlich mehr Leute, als er erwartet hatte. Politiker, Geschäftsleute, Anwälte – die Crème de la Crème Irlands war hier zusammengekommen, vereint zu einer Festlichkeit, die weniger wie eine Familienfeier erschien als wie ein hochkarätiges Netzwerk-Event.

In der Hoffnung, niemand würde ihn bemerken, wenn er sich nur unauffällig genug benahm, mischte er sich unter die Gäste, ohne nach dem Geburtstagskind oder einem anderen Mitglied seiner Familie Ausschau zu halten. Er war ja keinen Deut besser als seine Mischpoke. Auch ihm ging es nur um den Schein. Er wollte sich gerade lang genug auf der Feier sehen lassen, damit Madeleine ihm seine Abwesenheit nicht vorwerfen konnte, und dann wieder abhauen. Damit, Edmunds Geburtstag zu würdigen und gemeinsam mit dem alten Herrn zu feiern, hatte das rein gar nichts zu tun.

Von der Halle aus ließ er sich in den Salon treiben, von dort in die Bibliothek und weiter ins Esszimmer, wo sich ein Kammermusikensemble aufgestellt hatte, das mit Sicherheit aus einigen der besten Musiker Irlands bestand. In makellosen Tonfolgen tanzten die Melodien durch die Räume, begleitet von dem leisen Klirren von Kristallgläsern und dem gedämpften Gemurmel der Gäste.

»Cilian!«

Er erkannte sie an der Stimme, bevor er sich umdrehte. Madeleine kam auf ihn zu. Tadellos zurechtgemacht in einem cremefarbenen Wollkleid, das perfekt an ihrem schlanken Körper saß, mit einer Perlenkette um den Hals und kniehohen, hellbraunen Lederstiefeln, die vom Design her an Reiterstiefel erinnerten, mit Sicherheit aber nie einen Pferdeapfel gesehen hatten. In der Hand trug sie ein Glas Champagner, auf dem Gesicht das für sie typische, falsche Lächeln.

»Wie schön, dass du es geschafft hast.«

»Ja, großartig.« Er wurde hier nicht gebraucht. Und vor allem wurde er hier nicht gewollt.

Er erkannte es an den kleinen Dingen. An den Blicken, die über ihn hinwegglitten, als wäre er unsichtbar. An der Art, wie sich Gespräche subtil veränderten, wenn er in die Nähe kam. Wie Menschen sich gegenseitig in die Seite stießen und sich etwas zuraunten.

Francis, sein Bruder, hatte ihn nur mit einem kurzen distanzierten Nicken bedacht, ehe er sich mit einem Glas Rotwein in der Hand seinen Geschäftspartnern zuwandte. Eine ältere Dame musterte ihn länger als die anderen, als überlege sie angestrengt, wer er war. Als es ihr schließlich einzufallen schien, rümpfte sie die Nase und verließ eiligst den Raum.

Dann folgte die Rede seines Vaters. Das Maß purer Selbstbeweihräucherung machte es Cilian schwer, still stehen zu bleiben. Edmund lobte seine »wunderbaren Kinder« Francis und Madeleine in den höchsten Tönen, ihre Leistungen, ihren unermüdlichen Einsatz für die Familie und das Land, das auch ihm so sehr am Herzen lag. Er holte Claudia an seine Seite, küsste ihr mit vor Liebe glühenden Augen die Fingerknöchel und beteuerte, dass er nichts wäre ohne die Liebe und Treue dieser Frau, die auch dann noch freundschaftlich zu ihm gehalten hatte, als er den größten Fehler seines Lebens begangen hatte. Der größte Fehler seines Lebens, das war Cilian. Außer mit dieser Spitze erwähnte Edmund ihn mit keinem einzigen Wort.

Mit einem Mal fiel es Cilian schwer, zu atmen. Er fuhr mit der Hand unter den Kragen seines Sakkos. Das war zwar ordentlich, aber natürlich nicht maßgeschneidert. Seine Hose war aus dunklem Tweed, dazu trug er feste Lederschuhe. Praktisch, aber nicht dem erlesenen Stil der anderen Männer entsprechend, die in perfekt sitzenden Anzügen und handgenähten Loafern umhergingen. Er fiel nicht unangenehm aus dem Rahmen, nicht direkt, aber er gehörte nicht dazu.

Ein Bild tauchte vor seinem inneren Auge auf. Dieser amerikanische Schnösel, der in seinem schleimigen Akzent Eilis all die Nachteile von Glensiveen aufgezählt hatte. Die ländliche Einfachheit, die biedere Kleinbürgerlichkeit. Jedes Wort hatte ihn ins Herz getroffen, weil es ihn an Gelegenheiten wie diese Geburtstagsfeier erinnert hatte. An Momente, in denen er sich wie heute mit dem Sakko, dem Cashmere-Rolli und den Schuhen bemühte. Es war nie genug.

Und da fiel es ihm wie Schuppen von den Augen. Eines war gestern anders gewesen als heute. Im Gegensatz zu Madeleine, Francis, Claudia und seinem Vater hatte Eilis ihm keine Millisekunde lang das Gefühl gegeben, ein Störenfried zu sein. Diese Menschen hier spielten ein Spiel, während jedes bisschen an Eilis echt war. Wie hatte er auch nur für eine Sekunde denken können, dass sie wie diese Menschen war? Dass sie ihn benutzte? Wie hatte er sich so von seiner Wut davontragen lassen können, dass er das nicht gesehen hatte?

In Gedanken ging er Wort für Wort dessen durch, was sie gestern zu ihm gesagt hatte, wie sie sich ihm gegenüber verhalten hatte. Ihre Körpersprache war offen gewesen, ihm zugewandt. Ganz anders als Madeleine, die zwar jetzt erneut auf ihn einredete, deren ganze Körperhaltung jedoch Ablehnung, ja, Ekel verriet.

Als er bemerkte, dass sie ihn erwartungsvoll ansah, räusperte er sich. »Entschuldige, was meintest du?«

Sie rümpfte die Nase, schwenkte ihr Glas und betrachtete ihn aus halbgesenkten Lidern. »Ich hatte gefragt, was du Daddy zum Geburtstag geschenkt hast.«

Daddy. Als ob er Edmund Parnell jemals so hätte nennen dürfen. Trotzdem antwortete er: »Eine Spende in seinem Namen. Mit dem Geld werden Kastrationskampagnen für irische Straßenhunde unterstützt. Es gibt eine Medaille dazu.«

Madeleine zog eine perfekt gezupfte Augenbraue hoch. »Eine Medaille. Wie rührend.« Dann, mit diesem leicht süffisanten Lächeln, das bei ihm nicht ein einziges Mal seine Wirkung verfehlte: »Also eigentlich hast du dir selbst ein Geschenk gemacht. Damit Dad deine Arbeit finanziert, obwohl du nicht mal einen Hund hast.«

Seine Antwort kam, ohne nachzudenken. »Ja, genau, Madeleine. Ich rette Hunde, damit Edmund endlich mal etwas Sinnvolles mit seinem Geld macht. Das ist der einzige Grund. Wenigstens einer von uns hat so einen positiven Einfluss auf die Welt.«

Madeleine zog einen Schmollmund. »Ich kann einfach nicht verstehen, warum du immer so patzig sein musst. Ich habe doch nur eine Frage gestellt.«

»Und ich habe dir geantwortet. Ich bin Arzt, Madeleine. Zu helfen ist mein Job, auch wenn du dir nicht vorstellen kannst, dass ich das aus Überzeugung tue.«

»Tierarzt«, schnaubte sie, aber er hörte gar nicht mehr genau hin. Er war Arzt, genau, und plötzlich war es, als hätte jemand einen Schleier weggezogen und alles ergab einen schrecklichen Sinn. Eilis' ausweichendes Verhalten in den letzten Wochen. Ihre ständige Müdigkeit und Schwäche. Ihre Angst, mit ihm zu reden. Das viele Gewicht, das sie verloren hatte.

Warum hatte er all das nicht schon viel früher richtig zusammengesetzt? Wie hatte er zulassen können, sein Menschenbild, das von Personen wie Francis, Edmund oder Madeleine geprägt worden war, auf Eilis zu übertragen? Er wusste doch, dass sie anders war, hatte es vom ersten Augenblick an, als sie ihm zerzaust und verwirrt in ihrer Wohnung gegenübergestanden hatte, gewusst. Sie gestern nicht zu Wort kommen zu lassen, war ein fürchterlicher Fehler gewesen.

Verdammt.

Verdammt! Er war ein solcher Idiot!

Er ließ das Glas sinken, drehte sich auf dem Absatz um und verließ das Haus. Keiner dieser Menschen hier verdiente eine Verabschiedung oder Erklärung.

Zum Glück dauerte es nicht lange, bis der Wagenmeister seinen Pick-up vorgefahren hatte. Er sprang hinein, ließ die Tür hinter sich ins Schloss fallen und trat das Gaspedal durch.

Er musste nach Hause.

Und das war nicht hier, war es niemals gewesen.

Sein Zuhause war Eilis.

Als er in Glensiveen ankam, war es später Nachmittag. Der Ort war belebt, Menschen hasteten mit schweren Einkaufstaschen durch die engen Straßen, Weihnachtslichter glühten in den Schaufenstern der Läden, der Duft von nasser Schafwolle mischte sich mit der salzigen Brise des Atlantiks. Stimmen übertönten das Rattern von Kinderwägen über Kopfsteinpflaster, eine Mutter schimpfte, ein Kind brüllte, aus Lautsprechern über dem Blumenladen klang »All I Want for Chistmas Is You« von Mariah Carey.

Für Cilian verschwamm all das zu einer belanglosen Kulisse. Er wollte zu Eilis.

Natürlich fand er keinen Parkplatz direkt vor der Buchhandlung. Also parkte er zwei Straßenecken weiter, sprang aus dem

Wagen und rannte zurück. Das heißt, er versuchte zu rennen. In Wahrheit blieb ihm nichts anderes übrig, als sich durch die Gruppen von Menschen zu schlängeln. Mehr als einmal erntete er einen bösen Blick, weil er jemanden anrempelte oder den Weg abschnitt.

Dann, endlich, stand er vor der vertrauten Tür der Buchhandlung. Das grüne Holz hatte den lange benötigten frischen Anstrich bekommen, über dem Rahmen hing das neue Ladenschild mit der Aufschrift »Happily Ever After Books«. Eilis hatte so viel Mühe und Liebe in den Laden gesteckt. Und er hatte sich in vollkommener geistiger Umnachtung tatsächlich vorgestellt, dass das alles für sie nur ein Spiel gewesen sein sollte? Eine Ablenkung, bis sie wieder zurück in ihr richtiges Leben verschwand? Er war ein solcher Idiot gewesen!

Er überbrückte die letzte Distanz zur Ladentür und rüttelte an der Klinke. Abgeschlossen.

Er versuchte es noch einmal. Klopfte, spähte durchs Schaufenster.

Nichts. Keine Antwort.

»Eilis!« Seine Stimme hallte gegen die Fassade des Gebäudes. Wieder nichts.

Sein Blick wanderte nach oben zu ihrer Wohnung. Kein Licht. Keine Bewegung hinter den Scheiben. Sein Magen zog sich zusammen.

Mit rasendem Puls zog er sein Handy aus der Tasche. Mist, er hatte das verfluchte Teil immer noch auf lautlos gestellt. Er deaktivierte die Funktion, checkte die Nachrichten-App. Er hatte keine Nachricht von ihr verdient. So, wie er sich ihr gegenüber verhalten hatte, verdiente er, dass sie ihn bis ans Ende ihres

Lebens meiden würde, und doch hoffte er wider jedes bessere Wissen.

Vergeblich.

Jede Menge Anrufe von einer unbekannten Nummer. Keine neuen Nachrichten von Eilis. Keine Mitteilung auf der Mailbox. Nichts.

Er rief ihren Kontakt auf, wählte ihre Nummer.

Das Freizeichen ertönte, dann ging die Mailbox ran.

»Eilis, ich bin's. Bitte ruf mich zurück. Es tut mir leid. Ich war ein verdammter Idiot. Bitte … bitte sprich mit mir.«

Er legte auf, wählte erneut. Dasselbe Ergebnis. Jedes Mal wurden seine Nachrichten flehender, bis er beim Betteln angelangt war und sich nicht einmal dafür schämte.

»Ich mach mir Sorgen, Eilis. Ich flehe dich an, sag mir nur Bescheid, ob es dir gut geht. Ich verstehe, wenn du nicht mit mir reden willst, aber bitte, bitte lass mich nur wissen, dass alles mit dir in Ordnung ist!" Seine Stimme brach. Er beendete den Anruf, drückte sich mit der freien Hand gegen die Stirn. Verdammt.

Schwer atmend ließ er das Smartphone sinken. Verzerrt durch das Rauschen von Blut in seinen Ohren hörte er Schritte in seinem Rücken.

»Cilian? Suchst du Eilis?«

Er fuhr herum. Siobhan stand da, eine Strickjacke über den Schultern, das Gesicht ernst.

»Ja«, sagte er hastig. »Weißt du, wo sie ist?«

»Sie ist im Krankenhaus.« Siobhan seufzte leise. »Ich habe sie in ihrer Wohnung gefunden. Sie war kaum noch bei Bewusstsein, da habe ich den Notruf gewählt. Ich … ich hab versucht, dir Bescheid zu geben, aber du bist nicht ans Handy gegangen.«

Für die Dauer eines Herzschlags blieb die Welt stehen, dann begann sie, sich um ihn zu drehen. Er musste sich am Türrahmen abstützen, um nicht zu schwanken.

»Was?« Seine Stimme war kaum mehr als ein Flüstern.

»Es ging ihr sehr schlecht, Cilian. Ich dachte … ich dachte, du wüsstest es vielleicht. Hast du sie nicht erreicht?«

»Nein.«

Ohne ein weiteres Wort rannte er zu seinem Wagen, riss die Tür auf und stieg ein.

Die Fahrt nach Tralee glich einem atemlosen Gebet. Er war kein gläubiger Mensch, nicht mehr. Aber jetzt presste er die Lippen zusammen und betete im Stillen, dass es nicht zu spät war. Dass er noch eine Chance hatte, sich zu entschuldigen. Dass er sie nicht verlieren würde.

Einzelne Geräusche waren das Erste, was sie wahrnahm. Ein leises Piepen, irgendwo in der Nähe gedämpfte Stimmen, das entfernte Quietschen von Gummisohlen auf Linoleum. Als Nächstes kamen die Gerüche. Eine Mischung aus Desinfektionsmittel und frischer Bettwäsche, mit einer Spur von etwas, das an Großkantinenessen erinnerte. Es war kein angenehmer Geruch, im Gegenteil. Er erinnerte sie an die traurige Zeit, als Grampa jeden Tag ein bisschen weniger wurde. Als der Krebs Tag für Tag mehr von ihm aufgefressen hatte, bis fast nichts mehr übrig geblieben war. Und trotzdem war da noch etwas anderes, etwas Vertrautes, Wohliges, das sie nicht einordnen konnte.

Obwohl sie das alles wahrnahm, blieb ihr Magen ruhig. Sie hatte noch nicht einmal die Augen geöffnet, da wusste sie, dass etwas anders war. Ihr Kopf war klarer als seit Wochen, sie verspürte keine Übelkeit. Ihr Körper fühlte sich nicht mehr an wie ein Kriegsgebiet, in dem jeder Muskel, jedes Organ gegen sie arbeitete. Es war, als hätte jemand ein großes Gewicht von ihr genommen.

Etwas Warmes umschloss ihre Finger. Nicht fest, aber irgendwie beharrlich. Ihre Gedanken waren noch träge, taumelten zwischen Schlaf und Wachsein. Cilian? Ihr Herz setzte für einen Schlag aus. Hoffnung sandte prickelnde Funken durch ihre Brust. Sie erloschen ebenso schnell, wie sie aufgeflammt waren. Der Griff war nicht so robust wie der von Cilian. Keine Schwielen an den Ballen, kein rauer Daumen, der über ihre Haut strich. Die Hand war feiner, die Haut dünner, zerbrechlicher. Das war nicht Cilian.

Eilis öffnete die Augen. Nana saß an ihrem Bett. Den Blick voller Wärme, die Lippen zu einem weichen Lächeln gehoben. Das war also das Vertraute gewesen: Nanas Duft nach Lavendel und Seife. Eilis' Finger begannen zu zittern. Sie hatte sich das so sehr gewünscht. Niemand gab bessere Ratschläge als ihre Großmutter, niemand verstand es besser als ihre Nan, Eilis das Gefühl zu geben, genau so richtig zu sein, wie sie war. Ihre Kehle zog sich zusammen. Nicht vor Angst oder Erschöpfung. Es war unendliche Erleichterung, die ihre Adern durchflutete. Nun würde alles wieder gut werden. Alles würde gut.

Ihr Blick verschwamm, heiße Feuchtigkeit sammelte sich in ihren Augenwinkeln. Einen Augenblick lang hatte sie geglaubt, sich all das nur einzubilden. Doch Nana war hier. Wirklich hier bei ihr.

»Da bist du ja wieder, mein Schatz.« Ein Lächeln lag in Nanas Stimme, aber auch eine Spur derselben Erleichterung, die Eilis empfand.

Eine einzelne Träne lief über Eilis' Wange. Sie hatte sich so sehr nach ihrer Großmutter gesehnt, nach ihrer Stimme, ihrer Ruhe, doch sie hatte geglaubt, darauf verzichten zu müssen, weil sie Nana nicht beunruhigen wollte. Himmel, Eilis war einunddreißig Jahre alt und damit nun wirklich erwachsen genug, um allein zurechtzukommen. Sollte man denken. Doch jetzt, mit Nana an ihrem Krankenbett und Nanas Hand noch immer auf ihrer, begann sie zu ahnen, dass es Dinge gab, für die man nie zu alt wurde. Der Trost einer Umarmung von dem Menschen, der einen vom ersten Atemzug an durchs Leben begleitet hatte, gehörte dazu. Nana war hier, endlich war sie hier, nicht mehr nur in Eilis' Gedanken oder am anderen Ende einer Telefonleitung.

Eilis wollte etwas sagen, aber ihre Kehle war zu trocken.

Nana griff nach einem Glas Wasser und hielt es ihr an die Lippen. »Ganz langsam. Kleine Schlucke.«

Eilis folgte dem Rat. Angenehm kühl rann das Wasser ihre Kehle hinab. Sie schluckte, setzte das Glas ab, atmete tief durch. »Wie …?«

»Wie es kommt, dass ich schon hier bin?« Nana schmunzelte. »Ich habe den nächstmöglichen Flug nach Irland gebucht, bin in Chicago in ein Flugzeug gestiegen und in Dublin wieder aus. Malachy war so nett, mich vom Flughafen abzuholen und zum Krankenhaus zu bringen. Das war eine ziemlich lange Fahrt, aber dass es dir nicht gut geht, hat sich in Windeseile in ganz Glensiveen herumgesprochen, dafür hat deine nette Nachbarin gesorgt. Und da wollte er natürlich helfen.«

Erinnerungsfetzen stürzten auf sie ein. Die unendliche Nacht in der Hölle. Siobhan, die kam, um ihr zu helfen. Nur ein Name passte nicht in Nanas Erklärung.

Eilis blinzelte. »Malachy?«

»Ja.« Nana errötete leicht, etwas, das Eilis noch nie zuvor bei ihr gesehen hatte. »Er hat nichts auf das Gerede im Ort gegeben, sondern Siobhan – so heißt sie doch? Deine Nachbarin? Jedenfalls hat er sie direkt gefragt, was passiert ist, und von ihr hat er alles Wichtige erfahren. Er ist wirklich ein Gentleman. Ganz anders, als ich ihn von damals in Erinnerung hatte, als er mich und deinen Grampa bekannt gemacht hat.« Sie kicherte leise. »Aber gut, da hatte ich ja auch nur Augen für meinen Padraig.« Nana errötete erneut, ihre Lider flatterten, dann senkte sie den Blick in einer Geste, die Eilis bei einem Backfisch, aber sicher nicht bei ihrer Großmutter erwartet hätte. War das Bewunderung in Nanas Stimme gewesen? Hatte sich ihre Nana etwa … Ihre Gedanken kamen ins Stottern. Andererseits … Hatte nicht auch bei ihr ein einziger Blick auf Cilian genügt und ihre Welt war nicht mehr dieselbe gewesen? Irgendetwas im Wasser von Kerry musste die Männer von Glensiveen für die Frauen der Familie McCarthy unwiderstehlich machen.

Und da traf sie die Erinnerung. Der Streit mit Cilian. Die Worte, die er ihr an den Kopf geworfen hatte. Die Art, wie er gegangen war, ohne sich nach ihr umzudrehen. Wieder brannten Tränen in ihren Augen, und diesmal nicht vor Erleichterung. Diese verfluchten Gefühle! Ständig fuhren sie mit ihr Achterbahn. Sie entzog Nana ihre Hand, wischte sich die Tränen aus den Augenwinkeln. Wenn das so weitergehen würde, wäre sie bis zum Ende der Schwangerschaft ein nervliches Wrack. Zu allem

Überfluss mischte sich nun auch noch eine Spur Wut in den Cocktail aus Traurigkeit, Angst, Unsicherheit und die Freude über Nanas Anwesenheit. Sie wich dem Blick ihrer Großmutter aus. Nana war um den halben Erdball gereist, um ihr beizustehen. Das Letzte, was sie verdiente, war, mit Eilis' Wut konfrontiert zu werden, zumal diese Wut sich in erster Linie gegen sie selbst richtete.

Doch Nana wäre nicht Nana, wenn sie sich so leicht täuschen ließe. Sie legte den Kopf schief, betrachtete Eilis aus wissenden Augen und strich ihr sanft über die Wange. »Ich weiß, mein Herz. Aber es wird alles wieder gut, glaub mir. Eins nach dem anderen, ja? Jetzt sorgen wir erst einmal dafür, dass es dir und dem Baby besser geht, und dann sehen wir weiter.«

Eilis schnappte nach Luft, sie legte die Hand auf ihren Bauch. »Das Baby?«

»Mit dem Kleinen ist alles in Ordnung.« Noch einmal drückte ihr Nana die Hand. »Aber du hattest eine Komplikation. Die Fachleute nennen das, was du hast, Hyperemesis gravidarum.«

Eilis blinzelte. »Hyper… was?«

»Hyperemesis gravidarum.« Nana wiederholte es langsam, Silbe für Silbe. »Das erklärt, warum du so krank warst. Es ist eine schwere Form der Schwangerschaftsübelkeit. Dein Körper konnte kaum noch etwas bei sich behalten, deshalb bist du so geschwächt.«

Eilis runzelte die Stirn. »Aber übel ist doch fast jeder Schwangeren mal. Ich dachte, ich stelle mich einfach nur an.«

»Du stellst dich nicht an, mein Schatz, du warst viel zu lang viel zu tapfer.« Mit sachter Strenge schüttelte Nana den Kopf. »Das hier ist überhaupt nicht vergleichbar mit normaler

Schwangerschaftsübelkeit. Du bist ernsthaft krank. Manche Frauen mit deinen Symptomen brauchen wochenlang Infusionen, um nicht zu dehydrieren. Und du hast das alles viel zu lange ohne Hilfe ausgehalten. Deshalb bist du hier.«

Eilis ließ den Kopf in die Kissen sinken. Das war es also gewesen. Sie war nicht einfach empfindlicher als andere Schwangere. Sie hatte nicht versagt. Die letzten Wochen waren nicht normal gewesen. Ein Stück Erleichterung breitete sich in ihr aus, aber ein bitterer Beigeschmack blieb.

All die Momente, in denen sie sich schwach und unfähig gefühlt hatte, in denen sie sich eingeredet hatte, dass sie sich zusammenreißen sollte. Die Angst, Cilian von ihrer Schwangerschaft zu erzählen, weil sie geglaubt hatte, dass sie nicht stark genug war, um seine Reaktion auszuhalten. Dabei war es nie ihre Schuld gewesen.

»Ich wünschte, ich hätte das vorher gewusst«, flüsterte sie. »Dann hätte ich mich vielleicht getraut, früher mit Cilian zu sprechen. Vielleicht hätte ich ihm erklären können, warum ich so war, wie ich war. Dass es nicht nur Angst war, die mich hat zögern lassen, sondern dass mir die Kraft fehlte, irgendeine Entscheidung zu treffen. Vielleicht wäre er dann nicht gegangen.«

»Es ist noch nicht zu spät«, meinte Nana.

Eilis schloss die Augen und schüttelte den Kopf. »Du hast ihn nicht gesehen gestern Abend. Er war so wütend auf mich. Er will mit mir nichts mehr zu tun haben. Das hat er mehr als deutlich gemacht.«

»Ah.« in Nanas Stimme klang ein Schmunzeln. »Da wäre ich mir nicht so sicher. Manchmal sagt man Dinge im Eifer des Gefechts, die …« Ein Klopfen an der Tür unterbrach sie.

Eilis öffnete die Augen, genau im selben Moment, als sich die Tür aufschob. Eine Silhouette tauchte im Türspalt auf. Das Licht der Deckenlampen fiel auf rotblonde Locken.

Cilian.

Eilis' Herz machte einen Satz.

Cilian war hier.

Cilian blieb in der Tür stehen. Im Flur hinter ihm klapperten Schritte, eine gedämpfte Durchsage drang aus den Lautsprechern, begleitet von dem leisen Surren eines vorbeifahrenden Wagens mit Medikamenten. Doch im Zimmer war es still, abgesehen vom regelmäßigen Piepen der Monitore und dem Atem der beiden Frauen.

Eilis versank in dem riesigen Krankenhausbett. Ihr Haar, das ihr sonst fedrig um die Schultern fiel, klebte strähnig an der Stirn. Wahrscheinlich hatte sie im Schlaf geschwitzt. Das Krankenhaushemd war ihr ein paar Nummern zu groß, was ihre Schlüsselbeine deutlich markanter wirken ließ als sonst. Ihre Hände ruhten auf der bis zur Brust heraufgezogenen Bettdecke, die Haut ihrer Finger beinah durchscheinend. Noch nie war ersichtlicher gewesen, wie krank sie war. Noch nie hatte sein Herz bei ihrem Anblick heftiger geschlagen.

Wie verloren sie wirkte. Wie zerbrechlich. Eilis war nie so gewesen. Selbst in ihren schwächsten Momenten hatte sie immer auch etwas Unbezwingbares ausgestrahlt – diese innere Wärme, ihr unerschütterliches Feuer. Doch jetzt … jetzt passte sie in dieses sterile Zimmer, in das Menschen kamen, die zu krank waren, um aus eigener Kraft wieder gesund zu werden.

Cilian ließ seinen Blick schweifen. Das Zimmer war ein Einzelzimmer, klein, funktional. Die Wände in einem blassen Beige gestrichen, ein einzelnes Bild mit einer generischen Landschaft hing an der Wand. Ein Stuhl stand neben dem Bett. Auf dem saß eine betagte Frau, die er bisher noch nie gesehen hatte.

Dann fand Eilis' Blick seinen, und für einen Moment wusste er nicht, ob sie ihn hier haben wollte.

Auch die ältere Dame drehte sich zu ihm um, und augenblicklich begriff er, wer sie war. Sie hatte dieselben Augen wie Eilis, dasselbe zugleich unergründliche und herzliche Lächeln. Ihm gegenüber saß Eilis' Großmutter.

Prüfend sah sie ihn an. Nicht einmal als Jugendlicher war er nervös geworden, wenn er zum ersten Mal der Familie einer Flamme gegenüberstand. Wer nichts zu verlieren hatte, musste keine Angst haben, und dass irgendeine von seinen ehemaligen Liebschaften von Dauer sein könnte, hatte er nicht einmal als halbes Kind geglaubt. Bei Eilis war das anders. Er hatte einen Vorgeschmack darauf bekommen, wie es sich anfühlen würde, das Wichtigste in seinem Leben zu verlieren, und er glaubte nicht, dass er es noch länger ertragen könnte.

Als hätte sie endlich das auf seiner Miene erkannt, wonach sie gesucht hatte, vertiefte sich das vage Lächeln auf dem Gesicht von Eilis' Großmutter.

»Du musst Cilian sein.«

Mit zwei Herzschlägen Verspätung erinnerte er sich an seine Manieren und trat auf die ältere Dame zu. Er streckte ihr die Hand zum Gruß hin. »Ja. Bitte entschuldigen Sie. Ich bin Cilian Kavanagh.«

»Eilis und Malachy haben mir viel von dir erzählt.« Vielsagend hob sie eine Augenbraue. Malachy hatte über ihn gesprochen? Um Himmels willen! Spätestens jetzt sollte Cilian angst und bange werden. Er schluckte, doch sie sprach bereits weiter. »Caitlin McCarthy.« Sie ließ seine Hand los. »Aber du kannst mich Nana nennen. Das macht Eilis auch, nicht wahr, mein Schatz?« Sie tätschelte Eilis' Hand. Die schien genauso überrumpelt, wie Cilian sich fühlte, doch Nana ließ sich davon nicht aus der Spur bringen. Sie erhob sich, rückte den Stuhl ordentlich ans Bett heran und blickte auffordernd von einem zum anderen. »Ich hole mir einen Tee. Ihr zwei habt sicher einiges zu besprechen.«

Hinter ihr fiel die Tür ins Schloss. Stille.

Cilian atmete aus, fuhr sich mit der Hand über den Nacken. Er hatte Eilis verletzt, das wusste er. Nun war es an ihm, das wieder in Ordnung zu bringen. Wie ein Berserker war er von Kilrowan Hall zurück nach Glensiveen und dann weiter nach Tralee gefahren. Tausende Sätze waren ihm dabei durch den Kopf gegangen. Nun, wo er hier war, war es trotzdem nicht einfach, den richtigen Anfang zu finden. Zu vieles war zu lange ungesagt geblieben. Zu vieles, was er falsch gemacht hatte und jetzt bereute. »Ich weiß nicht, wo ich anfangen soll.«

Eilis musterte ihn, ihre Finger auf der Bettdecke verknoteten sich ineinander. Mit angehaltenem Atem wartete sie auf eine Erklärung. Eine, die verdammt schwer einzugestehen war. Der einzige Grund für sein Verhalten war, dass er ein verfluchter Feigling gewesen war. Wenn sie ihn danach zum Teufel jagte, war das ihr gutes Recht.

Er öffnete den Mund. Vergeblich.

Schließlich kam Eilis ihm zu Hilfe. Sie lächelte schwach und meinte: »Vielleicht fängst du damit an, warum du mich gestern nicht angehört hast. Warum bist du gegangen, als ich dich gebraucht hätte?« Sie half ihm, aber sie machte es ihm nicht leicht. Sie stellte die Frage leise, aber mit fester Stimme. Von jetzt an gab es keinen Aufschub mehr.

»Weil ich ein Feigling bin.« Wieder fuhr er sich mit der Hand durchs Haar. »Als du nicht mehr richtig mit mir gesprochen hast und mir ständig ausgewichen bist, dachte ich, das wäre der Anfang vom Ende und dass du mich sowieso irgendwann verlassen würdest, Eilis. Und da dachte ich, ein Ende mit Schrecken ist besser als ein Schrecken ohne Ende.«

Ihre Augen verengten sich. »Und das hast du einfach für mich mit entschieden?«

Sein erster Impuls war, alles abzustreiten und zu behaupten, er hätte nur einen schlechten Tag gehabt. Der Anruf von Hanna. Snowball. Der Kloß von Trauer, der sich nach dem Verlust des Kaninchens in seinem Magen festgesetzt hatte. Doch Eilis verdiente mehr als das. Sie verdiente die ganze Wahrheit, und er verdiente es nicht, sich selbst zu schonen. Entsprechend knapp fiel seine Antwort aus. »Ja.«

Sie presste die Lippen zusammen. »Großartig.«

»Eilis, ich …« Sollte er gehen? Sollte er es machen, wie er es immer gemacht hatte, und das Feld räumen, solange er noch aufrecht stehen konnte? Sein ganzer Körper schrie nach Flucht. Vielleicht würde es dann irgendwann aufhören, wehzutun. Sicher würde das irgendwann passieren, oder? Wenn er Eilis verlor, konnte es sich doch nicht den Rest seines Lebens anfühlen, als wäre er nur noch ein halber Mensch. Sein Leben lang hatte er immer das Gefühl gehabt, dass außer Malachy alle Menschen, zu denen er gehören wollte, ihn zurückgestoßen hätten. Doch was, wenn es in Wahrheit andersherum war? Wenn er es war, der aus Angst vor weiteren Verletzungen floh, bevor er verstoßen werden konnte?

Er zwang sich, zu bleiben. Zog seinen Parka aus. Hängte ihn an den Haken an der Tür und setzte sich auf den Platz, den Nana freigemacht hatte.

»Auf der Feier meines Vaters ist mir klar geworden, was für ein Idiot ich gewesen bin. Ich stand da, zwischen diesen Leuten, und plötzlich sah ich endlich klar: Du bist nicht wie die. Keine Sekunde lang warst du das. Aber ich habe dich trotzdem mit ihnen verglichen.«

Eilis' Blick blieb kühl, nur das leichte Zittern ihrer Stimme verriet, wie aufgewühlt sie war. »Das hast du?«

Er rieb sich mit der Hand über den Nacken, hasste so sehr, sie mit der Wahrheit noch weiter zu verletzen. »Als ich dich mit diesem Typen gesehen habe, hatte ich das Bild meiner Mutter vor Augen, die nur ihren eigenen Vorteil im Kopf hatte.« Das Eingeständnis brannte in seiner Kehle, aber er zwang sich, weiterzusprechen. »Ich habe dich mit Madeleine verglichen, mit Claudia, Francis und meinem Vater. Mit den Leuten, die ich aus deren Welt kenne. Menschen, die immer nur nach mehr streben. Mehr Einfluss, mehr Prestige, mehr Sicherheit. Und ich dachte …« Er brach ab, schöpfte Atem. »Ich dachte wohl, am Ende des Tages sind alle Menschen so. Auch du. Dass es nur eine Frage der Zeit ist bis zu dem Tag, an dem du mich ansiehst und feststellst, dass ich nicht genug bin.«

Kurz bebten Eilis' Lippen, dann presste sie sie aufeinander. »Und deswegen hast du mich lieber selbst weggestoßen, bevor ich die Chance hatte, es zu tun?«

Er wich ihrem Blick aus, ließ sich tiefer in den Stuhl sinken. »Ja.«

Einen Moment lang sagte sie nichts. Die Monitore piepten in einem ruhigen Rhythmus, gedämpft von der Tür klangen Schritte draußen auf dem Gang. Jemand rief nach einer Schwester.

Schließlich lachte Eilis leise, aber es war ein trockenes, erschöpftes Lachen. »Manchmal kannst du einen wirklich daran zweifeln lassen, dass du in Wahrheit ein so kluger Mann bist, Cilian Kavanagh.«

Cilian zog die Stirn in Falten und nickte. »Das mit dem klug sei mal dahingestellt.«

»Wenn du nur eine Sekunde lang nachgedacht hättest, wärst du hoffentlich darauf gekommen, dass ich nie auch nur daran gedacht habe, dich zu verlassen. Ich liebe dich, du Sturschädel! Willst du mir wirklich erzählen, das wusstest du nicht?«

Er lehnte sich nach vorn, stützte die Ellbogen auf die Knie. »Ich hatte Angst, Eilis. Ich liebe dich doch auch. So sehr. Deshalb waren die letzten Wochen so schlimm. Jetzt könnte ich mich ohrfeigen dafür, dass ich nicht früher darauf gekommen bin, was los ist. Du hättest meine Unterstützung gebraucht. *Ihr* hättet meine Unterstützung gebraucht.«

»Du …« Sie fuhr sich mit der Zunge über die Lippen, schluckte, dann straffte sie die Schultern und sah ihm direkt in die Augen. »… weißt also von der …«

»Ja«, unterbrach er sie.

»Wann hast du es erfahren?« Sacht strichen ihre Finger über die Bettdecke, genau dort, wo ihr Bauch war.

»Nachdem ich dich fast verloren hätte.« Sein Blick wanderte über ihr blasses Gesicht. »Ich kam zur Buchhandlung nach Glensiveen und du warst nicht da. Kein Licht in der Wohnung, kein Hinweis, wo du sein könntest. Ich habe dich angerufen, wieder und wieder, aber du bist nicht rangegangen. Dann hat Siobhan mir gesagt, dass du im Krankenhaus bist.« Er räusperte sich. »Mir ist schwarz vor Augen geworden.«

Eilis blinzelte, als würde sie versuchen, sich das vorzustellen. Dann seufzte sie leise. »Cilian …«

»Ich hätte es vorher sehen müssen.« Er presste die Hände zusammen, als könnte er das Zittern darin damit verbergen. »Ich bin Mediziner, verdammt noch mal. Ich hätte merken müssen, dass du nicht einfach nur Kopfweh und eine Magen-Darm-Grippe hattest. Ich hätte mir die Zeit nehmen müssen, dich zu fragen, was los ist, dir den Raum und den Rückhalt geben müssen, dass du mir ganz ohne Angst erzählen kannst, dass wir ein Kind erwarten. Statt mich nur mit meinen eigenen Baustellen zu beschäftigen, hätte ich mich um dich kümmern sollen.«

Eilis sah ihn lange an. Ihre Augen waren noch immer müde, aber etwas in ihnen wurde weicher. »Ich hätte es dir sagen sollen. Viel früher. Aber ich hatte Angst.«

Damit bestätigte sie nur, was er sich zusammengereimt hatte. Dennoch fragte er nach. »Wovor?«

»Vor deiner Reaktion.« Sie drehte den Kopf leicht zur Seite. »Ich dachte … Ich dachte, du würdest sagen, dass du es nicht willst. Dass du mich nicht willst.«

Er schüttelte den Kopf. »Wie konntest du das denken?«

Sie lachte leise. »Hast du mir eine Chance gegeben, es nicht zu denken? Wann immer du von deiner Mutter gesprochen hast, warst du so voller Entrüstung. Du hast keinen Zweifel daran gelassen, was du davon hältst, wenn Frauen ohne das Wissen ihrer Partner schwanger werden.«

Kurz und bitter lachte er auf. »Weißt du, was das Schlimmste ist? Vielleicht hätte ich wirklich anders reagiert, wenn du es mir früher gesagt hättest. Vielleicht hätte ich mich aufgeführt wie mein Vater. Scheinbar musste ich erst kurz davor sein, alles zu verlieren, um meine Vergangenheit endgültig hinter mir lassen zu können.«

Einen Augenblick lang ließ sie seine Worte sacken, als müsste sie erst prüfen, ob er die Wahrheit sagte, dann meinte sie: »Ich wollte es dir sagen. So oft. Aber ich war so müde, Cilian. Ich konnte kaum klar denken. Aber jetzt weißt du es. Was denkst du jetzt?«

Er atmete aus, lehnte sich ein Stück vor. Dann ließ er langsam den Blick über sie wandern, hinab zu der Stelle, wo sich in gar nicht allzu langer Zeit ihr Bauch wölben würde. Sanft legte er eine Hand auf ihre. »Ich denke, dass wir gemeinsam ein Wunder geschaffen haben. Dass es nichts gibt, was ich mehr lieben könnte als dich und … unser Baby.«

Ihr Atem stockte kurz. Dann sah sie ihn vorsichtig an. »Unser Baby?«

Er nickte. Seine Finger strichen sacht über ihren Handrücken. »Ich kann es kaum glauben, dass wir zusammen ein Baby gemacht haben.« Ein kleines Lächeln schlich sich auf seine Lippen. »Dabei waren wir immer vorsichtig.«

»Ja.« Auch sie lächelte. »Aber anscheinend wollte das Schicksal mitreden und hat uns ein kleines Weihnachtswunder geschenkt.«

»Ich hätte es wissen müssen, Eilis. Es tut mir so leid. Ich hätte es merken müssen. Aber jetzt, wo ich es weiß …« Er atmete tief durch. »Jetzt kann ich an nichts anderes mehr denken.«

Eilis' Hände zitterten leicht, aber sie entzog sie ihm nicht. Sie schluckte. »Und du willst das alles wirklich? Mich und … und das Kind?«

Cilian schnaubte leise. »Eilis, ich bin völlig verrückt nach dir. Dass ich dich fast verloren hätte, war der schlimmste Moment meines Lebens.« Sein Blick wurde weich. »Und jetzt sitze ich hier, und in deinem Bauch wächst unser Kind. Natürlich will ich das. Es ist das Beste, was mir je passiert ist.«

Ihre Lippen bebten. »Ich hab mir so sehr gewünscht, dass du das sagst.«

Er ließ ihre Hand nicht los. Die andere legte er auf ihren Bauch, so sanft, als würde er fürchten, das Kind mit seiner Berührung zu erschrecken. »Ich will dich so sehr, Eilis. Ich will dich und unser Baby. Und ich will, dass wir in Zukunft alles, was kommt, gemeinsam durchstehen.«

Lange sah ihn Eilis an. Ihre Augen glänzten, und Cilian wusste, dass er nirgendwo anders sein wollte als genau hier. Er lehnte sich vor, legte seine Lippen auf ihre. Am Anfang war es ein Kuss wie eine Frage, doch schon einen Herzschlag später erwiderte sie seine Zärtlichkeit, kam ihm entgegen. Sie küssten einander mit Herz und Mut und Leidenschaft, und in seinem ganzen Leben hatte sich noch nie etwas so richtig angefühlt.

13

Dr. Hirose, die nette Ärztin, die sie schon in den letzten drei Tagen behandelt hatte, legte die Akte beiseite. Unter ihrem weißen Kittel blitzten smaragdgrüne Leggings mit kleinen Elfenmützen darauf hervor. Ein schlichter Mistelzweig-Pin schmückte den Kittelkragen und über dem sonst so typischen Krankenhausmief lag heute ein Hauch von Lebkuchenduft.

Mit prüfendem Blick sah die Ärztin sie an. »Na, Ms. McCarthy, bereit für die Freiheit?«

Freiheit. Nach drei Tagen in diesem sterilen, hell ausgeleuchteten Raum ohne jede Persönlichkeit klang das wie ein Versprechen. »Mehr als bereit.«

»Das dachte ich mir. Aber bevor Sie gehen, müssen wir noch ein paar Dinge besprechen.« Sie zählte an ihren Fingern ab. Zuerst der Zeigefinger. »Ruhen Sie sich aus.« Mittelfinger: »Essen Sie in kleinen Portionen, aber regelmäßig.« Ringfinger: »Achten Sie auf genug Flüssigkeit. Und … Das ist kein Scherz …« Jetzt streckte sie gleichzeitig den kleinen und den Daumen in die Höhe, wahrscheinlich, um ihrem letzten Punkt besonderes Gewicht zu verleihen. »Hören Sie auf Ihren Körper. Er wird Ihnen sagen, was Sie brauchen. Eine Schwangerschaft ist kein Wettbewerb. Sie bekommen keine Bonuspunkte, wenn Sie sich übernehmen, nur weil Sie jetzt aus der Klinik raus sind. Gönnen Sie sich Ruhe, wenn Sie sie brauchen, und versuchen Sie, es sich so gut wie möglich gehen zu lassen. Ihr Körper leistet gerade unglaublich viel.«

Eilis nickte. »Verstanden.«

»Gut.« Zufrieden ließ Dr. Hirose die Hand wieder sinken. »Und ich will es nicht erleben, dass Sie nach zwei Tagen wieder hier sitzen, weil Sie gemeint haben, alles aufholen zu müssen, was Sie in den letzten drei Tagen verpasst haben. Weihnachten findet auch statt, wenn eine Lichterkette weniger in Ihrem Wohnzimmer hängt.«

Obwohl Dr. Hiroses Worte mit Sicherheit als Aufmunterung gedacht waren, versetzten sie Eilis einen Stich. Sie war so gut in der Zeit gewesen für die große Wiedereröffnung des Buchladens. Morgen sollte die große Feier stattfinden, doch jetzt hatte ihre Krankheit ihr auf der Zielgeraden einen Strich durch die Rechnung gemacht. Ihr fehlten vielleicht keine Lichterketten, dafür aber all die liebevoll geplanten Kleinigkeiten, mit denen sie die Eröffnung des *Happily Ever After Books* zu einer weihnachtlichen Sause hatte machen wollen. Sie hatte geplant, Buchpakete mit weihnachtlichen Romanen, Duftkerzen und passenden Lesezeichen zusammenzustellen, hübsch verpackt mit Zimtstangen und getrockneten Orangenscheiben. Eine Ecke des Ladens hatte sie in eine Kinderleseecke verwandeln wollen, mit Plüschkissen, Kuschelrentieren und einer Auswahl von festlichen Bilderbüchern. Und natürlich waren da noch die goldenen Sterne, die sie ausschneiden und ins Schaufenster hatte hängen wollen. Verziert mit einem Hauch von Glitzer, damit sie im Licht der Straßenlaternen funkelten.

Stattdessen hatte sie die letzten Tage im Krankenhaus verbracht, und bei der morgigen Eröffnung musste sie entweder improvisieren oder schweren Herzens entscheiden, das *Happily Ever After Books* erst nach den Feiertagen zu eröffnen.

Sie seufzte tief, dann zwang sie sich, die Enttäuschung herunterzuschlucken. Es war, wie es war. Sie konnte es nicht ändern. Und vielleicht war es sogar ein Glück, wenn sie die Wiedereröffnung verschieben musste. So lief sie nicht Gefahr, sich bis über beide Ohren in Arbeit zu stürzen, um alles doch noch innerhalb eines halben Tages zu organisieren – genau das, wovor Dr. Hirose sie gewarnt hatte.

Also atmete sie tief durch, hob das Kinn und versuchte, ihre Gedanken auf etwas anderes zu lenken. Es war Heiligabend. Cilian und Nana waren bei ihr. Sie würde nach Hause fahren und die Feiertage mit den Menschen verbringen, die ihr am meisten am Herzen lagen. Und, das war ihr in den letzten Tagen klar geworden, das war das einzig wirklich Wichtige.

»Ich werde es langsam angehen, versprochen.« Sie nickte der Ärztin zu.

Draußen auf dem Gang ertönte ein leises Glockenklingen, gefolgt von einer fröhlichen Stimme, die jemanden aufforderte, doch bitte ein Rentiergeweih aufzusetzen. Eilis wusste nicht, wer es war, aber sie hatte in den letzten Tagen genug mitbekommen, um zu wissen, dass Weihnachten auf dieser Station ernst genommen wurde. Zur Feier des Tages trugen die Schwestern und Pfleger heute allesamt rote Elfenmützen oder funkelnde Haarreifen mit Rentiergeweihen. Einige hatten sich sogar rote Nasen aufgesetzt, und der ansonsten griesgrämige Stationsleiter hatte sich mit einem ironischen »Ho ho ho« in einen Weihnachtspulli stecken lassen.

Eilis lachte leise. Eine Welle Mitgefühl mit all den Menschen, die heute nicht wie sie nach Hause gehen konnten, überspülte sie. Patienten und Patientinnen, die keine Familie hatten, die sie besuchten. Oder die zu krank waren, um das Bett zu verlassen.

Dr. Hirose schien ihre Gedanken zu erraten. »Manchmal ist Weihnachten hier schwer«, bestätigte sie. »Aber dann gibt es auch diese kleinen Momente – wenn jemand aufwacht und merkt, dass es ihm besser geht, wenn ein Kind eine Süßigkeit von einer Schwester bekommt oder ein Patient doch noch entlassen werden kann, so wie Sie –, die unsere Arbeit besonders wertvoll machen. Auch und gerade an den Feiertagen.«

Eilis schluckte. »Danke, Dr. Hirose. Für alles.«

Die Ärztin lächelte. »Glauben Sie mir, das ist einer der angenehmeren Teile meines Jobs. Und jetzt los, bevor Sie noch auf die Idee kommen, Ihren Aufenthalt zu verlängern.«

Dr. Hiroses Aufforderung nahm Nana zum Anlass, die Zügel in die Hand zu nehmen. Mit Eilis' Mantel über dem Arm stand sie bereit. Jetzt schob sie den Trolley, in dem sie Eilis ein paar Anziehsachen zum Wechseln gebracht hatte, demonstrativ in Richtung Tür. Auch sie verabschiedete sich von Dr. Hirose, dann legte sie Eilis eine Hand auf die Schulter und meinte: »Komm, Schatz. Zeit, nach Hause zu fahren.«

Nach Hause. Das Wort echote durch Eilis' Körper, füllte jede ihrer Fasern mit Wärme und Vorfreude.

Vor der Tür warteten Malachy und Cilian auf sie. Kaum waren sie aus dem Zimmer getreten, nahm Cilian Nana Mantel und Trolley ab. Ganz Gentleman hielt er ihr den Mantel auf und half ihr, ihn anzuziehen. Malachy machte dasselbe mit Nana, und hätte es Eilis nicht so eilig gehabt, die Klinik zu verlassen, hätte sie wohl darüber geschmunzelt.

Kaum waren sie durch die große Glasschiebetür im Erdgeschoss in Freie getreten, schlug ihnen Kälte entgehen. Auf dem Gehweg hatten sich kleine, weiße Flecken gesammelt. Schnee. Eilis blinzelte nach oben. Die Flocken fielen noch zögerlich, als wären sie sich nicht sicher, ob sie wirklich liegen bleiben wollten, aber es war die Art von Schnee, die in Irland selten war: sanft, fast federleicht. Glitzernde Kristalle, die nicht gleich wieder zu Matsch zerfielen.

Cilian zog den Kopf ein. »Das musste ja kommen. Jedes Jahr lassen sich die Leute von ein paar Flocken aus der Bahn werfen. Wetten, dass die Autofahrt nach Hause doppelt so lang dauert wie sonst?«

Malachy, der neben Nana stand, lachte. »Weiße Weihnachten! Was für eine wunderschöne Weihnachtsüberraschung! Das passiert höchstens alle zehn Jahre hier auf der Insel. Und du mürrischer Hund freust dich nicht mal ein bisschen?«

Cilian grummelte etwas Unverständliches. Er stellte sich Eilis in den Weg, lehnte sich zu ihr, zog ihren Mantel über dem Bauch enger zusammen und drückte ihr einen kurzen Kuss auf die Nasenspitze. Der winterlichen Kälte zum Trotz wurde es Eilis ganz warm ums Herz. Sollte Cilian doch grummeln, so viel er wollte. Seine Gesten sprachen mehr als tausend Worte.

Nana nutzte die kleine Pause, um einen Schal aus ihrer Manteltasche zu fischen und ihn sich um den Hals zu legen, doch der Wind machte es ihr schwer.

Malachy trat auf sie zu. »Darf ich, Caitlin?« Ohne auf eine Antwort zu warten, nahm er ihr den Schal aus der Hand und wickelte ihn mit geübten Fingern um ihren Hals. Seine Bewegungen waren behutsam, zärtlich. Die alten Finger schoben den

Stoff sanft unter den Kragen ihres Mantels, zupften ihn zurecht. Selbst als der Schal richtig saß, zog er die Hände für einen kurzen Moment noch nicht zurück.

Röte erblühte auf Nanas Wangen, und Eilis wollte wetten, dass das nicht von der Kälte kam. Auch Cilian blieb der Austausch zwischen ihren Großeltern nicht verborgen. Er zog Eilis näher an sich heran und flüsterte ihr verschwörerisch ins Ohr: »Sieht aus, als würde Daideo als Nächstes sich selbst verkuppeln.«

Eilis unterdrückte ein Kichern und warf ihm einen warnenden Blick zu. Sie fürchtete nur, dass ihre Augen sie verrieten. In Wahrheit fühlte sie sich nämlich kein bisschen besorgt. »Pst. Nicht, dass sie Malachy mit zurück nach Chicago nimmt, wenn ihr Urlaub hier vorbei ist.«

»Und was, wenn sie hierbleiben würde?« Ja, was dann?

Eilis schluckte. Obwohl Cilian die Frage im Spaß gestellt hatte, konnte sie nicht umhin, es sich wenigstens einen Augenblick lang vorzustellen. Nana und Malachy ein Paar? Hier in Kerry? Wo Cilian und sie gemeinsam ihr Kind großziehen würden? Die Vorstellung war beinah zu schön, um sie zu ertragen. Zu lange hatte sie sich Sorgen um ihre Großmutter gemacht. Wegen ihrer Krankheit, wegen ihrem Wunsch, Grampa in die Ewigkeit zu folgen. Wenn Glensiveen nicht nur Eilis selbst, sondern auch Nana einen neuen Grund geben würde, jede Sekunde des Lebens als Geschenk anzusehen, dann wäre das mehr, als sie jemals zu träumen gewagt hatte.

Nanas Stimme holte sie aus ihren Gedanken. »Du bist aber aufmerksam«, murmelte sie an Malachy gerichtet. Ganz vorsichtig legte sie ihre Finger auf seine, die noch immer den Stoff des Schals hielten.

»Man muss doch gut auf seine Damen aufpassen.« Malachy zwinkerte und streckte ihr galant den Arm entgegen. »Darf ich dich zum Auto begleiten?«

Nana legte spielerisch eine Hand auf seine und schüttelte den Kopf. »Ach, Malachy. Immer noch der alte Charmeur.«

Cilian verdrehte spielerisch die Augen und wandte sich seinem Großvater zu. »Ernsthaft, Daideo? Muss ich mir dein Süßholzgeraspel jetzt die ganze Fahrt über anhören?«

Lachend hakte sich Eilis bei ihm unter. »Keine Sorge, ich lenke dich ab, wenn es zu viel wird.«

Sie folgten Malachy und Nana über den Parkplatz.

Mit jeder Sekunde fielen die Schneeflocken dichter.

Malachy führte sie zu seinem Wagen, einem Land Rover, der zwar alt aber augenscheinlich in bestem Zustand war. »Ich dachte, etwas Geräumiges ist für die Heimreise bequemer als Cilians Pick-up. Außerdem wusste ich nicht, wie viel Gepäck Eilis hat.«

Nana schnaubte. »Das Kind war drei Tage lang im Krankenhaus, Malachy, nicht drei Jahre auf einer Weltreise.«

»Sicher, sicher.« Er hielt ihr die Tür auf, ehe er zu Cilian trat und ihm unauffällig zunickte. »Alles gut bei dir, Junge?«

Cilian zögerte. Sein Blick wanderte zu Eilis, streifte ihr Gesicht, bevor er Malachy wieder ansah. »Ja.«

Etwas in seiner Stimme ließ Eilis aufhorchen. Keine Spur von der Schwere, die in den letzten Wochen immer mitgeklungen hatte. Kein unterdrücktes Zögern, kein erzwungenes Lächeln.

Zum ersten Mal seit Langem klang es so, als würde er es wirklich meinen.

Die Fahrt begann ruhig. Das Radio lief leise im Hintergrund, eine weibliche Stimme sprach über Weihnachtsbräuche in verschiedenen Ländern, dann kündigte sie das nächste Lied an: »The Wexford Carol«.

Nach ein paar Takten stimmte Malachy mit ein. Seine Stimme war tief, warm, und es dauerte nicht lange, bis Nana mitmachte. Eilis lehnte sich zur Seite und beobachtete Cilian aus dem Augenwinkel. Er summte mit. Leise, fast unmerklich, aber er tat es, und das war für sie ein größeres Weihnachtswunder als der Schnee.

Beim Refrain ließ auch sie sich mitreißen. Sie war nicht sattelfest, was den Text anging, aber das spielte keine Rolle. Das Auto war warm, Nana kicherte, als Malachy eine Note mit einem theatralischen Falsett intonierte, und Cilian zwinkerte ihr von der Seite her zu. Vor ein paar Tagen noch war sie im Krankenhaus aufgewacht. Verängstigt, erschöpft. So unsicher, was die Zukunft für sie bringen würde. Jetzt war sie auf dem Heimweg, um Weihnachten mit den Menschen zu feiern, die ihr am meisten bedeuteten.

Sie legte eine Hand auf ihren Bauch. Cilian bemerkte es und legte seine darüber. Sie hielt seinen Blick fest, und ohne ein einziges Wort zu sagen, gaben sie sich in diesem Moment ein Versprechen.

Als sie Glensiveen erreichten, lag das Städtchen unter einer weichen Decke aus Schnee. Die Dächer der Cottages trugen dicke Kissen, die sich wie Daunen um Schornsteine und Fensterbänke schmiegten. Der Marktplatz, auf dem gewöhnlich reges Treiben herrschte, lag still und festlich da. Eiszapfen hingen von dem Dach des Pubs, fingen das warme Licht aus den Fenstern der umliegenden Häuser ein und verwandelten sie in magische Gebilde aus Sternenlicht. Von Straßenlaterne zu Straßenlaterne zogen sich Sternengirlanden und Lichterketten und malten Pfützen aus Gold auf das Kopfsteinpflaster, wo zahlreiche Schuhe den frisch gefallenen Schnee weggetreten hatten.

Vor der Buchhandlung hielt Cilian Malachys Wagen an. Mit einem leichten Rucken kam er zum Stehen. Der Motor verstummte. Eilis blickte zum Schaufenster ihres Buchladens, und ihr Atem stockte.

Zwischen den Lichterketten, die jemand mit einer Girlande aus Tannenzweigen und roten Beeren umrahmt hatte, hingen die Sterne, die sie selbst nicht mehr hatte basteln können. Sie waren genau so, wie sie es sich vorgestellt hatte, mit kleinen goldenen Sprenkeln, die im Schein der Laternen funkelten. Und darunter, direkt vor der Tür, hing das frisch aufgehängte Schild:

Happily Ever After Books
Eröffnung am 25. Dezember

Sie blinzelte. Die Lichter blieben, wo sie waren. Das hier war echt. Kein Traum, der im nächsten Augenblick verschwinden würde. Sie atmete ein, atmete aus, ließ den Moment in sich einsinken. Dann drückte sie die Tür auf.

»Das … das war nicht so, als ich gegangen bin.« In ihrem Rücken hörte sie das Klappen von Autotüren. Die anderen mussten ihr ins Freie gefolgt sein.

Cilian schob sich an ihre Seite, griff nach ihrer Hand und verschränkte ihre Finger miteinander. »Ich hab gehört, der Weihnachtsmann hatte ein paar fleißige Helfer.«

Sie sah ihn an, dann Malachy und Nana und schließlich wieder Cilian. Sie alle trugen denselben Ausdruck auf der Miene. Eine Mischung aus Wärme, Freude und Rührung, angereichert mit einer Prise Humor.

Nana brach als Erste das Schweigen. Sie zwinkerte ihr zu und meinte: »Willst du nicht schauen, ob er seine Arbeit richtig erledigt hat?«

Und wie sie das wollte! In ihrem Bauch blubberte die Aufregung wie früher als Kind, bevor sie am Weihnachtstag die Geschenke auspacken durfte. Und heute musste sie nicht einmal bis zum Weihnachtstag warten! Das schönste, das beste und großartigste Geschenk von allen wartete auf der anderen Seite der Ladentür auf sie.

Cilian zückte den Schlüssel und sperrte für sie auf. Mit einem leisen Klicken sprang die Tür auf.

Warmes Licht empfing sie, der mittlerweile vertraute Duft nach Papier, Druckerschwärze und einem Hauch Holzpolitur, doch heute war er vermischt mit Orange und Nelke. Tief atmete sie ein. Keine Übelkeit, nicht einmal das kleinste Verkrampfen ihres Magens. Aus lauter Dankbarkeit wären ihr beinah die Tränen gekommen, aber da gab es noch zu viel zu entdecken.

In einer Ecke stand ein Sessel mit einer gestrickten Decke, die sie noch nie zuvor gesehen hatte. Darauf ein kleiner handgeschriebener Zettel: »Für kalte Winterabende. Mit Liebe, Fiona.«

Langsam zog Eilis die Handschuhe aus, führte die Fingerspitzen über die Lehne des Sessels.

»Wir dachten, du könntest etwas Gemütlichkeit gebrauchen«, erklang Fionas Stimme von hinten. Eilis drehte sich um, und zum zweiten Mal innerhalb weniger Minuten rang sie vor lauter Überraschung um Atem.

Dort standen sie: Fiona, Tommy, Liam, Shane, Maggie und Siobhan, allesamt mit vor Wärme leicht geröteten Wangen und feucht glänzenden Augen.

»Ihr habt das alles gemacht?« Ihre Stimme war kaum mehr als ein Flüstern, zu groß war die Rührung, die ihr wie ein Kloß im Hals saß.

»Na ja«, erwiderte Tommy mit dem verschmitzten Grinsen, das so typisch für den dichtenden Fischer war. »Nicht ganz allein. Die Katze hat geholfen.« Mit hochgezogenen Augenbrauen nickte er zu der Mutterkatze, die wie aufs Stichwort erschien und gurrend um Eilis' Beine strich. Eilis sprach nicht fließend Katze, aber das verstand sie sofort. »Hallo«, hieß das, »ich hab dich vermisst. Wo hast du dich bloß so lang herumgetrieben?«

Sie ging in die Hocke, bot der Katze eine Hand zum Schnüffeln an und kraulte mit der anderen die Stelle am Schwanzansatz, die ihre tierische Freundin immer zu den witzigsten Verrenkungen verleitete.

»Was aus der werden soll, jetzt, wo ihre Kätzchen alle einen Platz gefunden haben, habe ich mich auch gefragt.« Neben ihr ging Cilian in die Hocke. Statt von ihm ebenso nachdrücklich Streicheleinheiten einzufordern wie von Eilis, betrachtete die Katze ihn skeptisch aus zu Schlitzen verengten Augen.

Cilian lachte leise. »Sie hat mich, seit du weg warst, zwar behandelt wie unerwünschtes Personal, aber ich hab's nicht übers Herz gebracht, mich weiter um ihre Vermittlung zu kümmern. Sie fühlt sich hier zu Hause.«

Eilis nahm die Katze auf den Arm und stellte sich wieder hin. Laut schnurrend stieß das Tier den Kopf gegen Eilis' Kinn. *Sie* behandelte die Katze jedenfalls nicht wie unerwünschtes Personal. »Zum Glück hast du sie niemand anderem versprochen. Ich will sie behalten. Sie hat mir so geholfen, während es mir schlecht ging. Da kann ich sie doch nicht weggeben, nur weil es mir jetzt wieder besser geht. Sie ist so ein herzensgutes Wesen.«

Cilian probierte es noch einmal mit dem Streicheln. Diesmal handelte er sich nicht nur einen dämonischen Blick ein, sondern auch ein Hacken mit der Pfote. »Herzensgutes Wesen«, echote er. »Ich seh schon.«

Alle lachten.

»Wenn sie bei dir bleiben darf, braucht sie aber noch einen Namen«, mischte sich Siobhan ein. Natürlich kam dieser Einwand von ihrer Nachbarin. Sie war es immerhin auch gewesen, die dem ersten ihrer Schützlinge aus dem Zirkus einen Namen gegeben hatte. Fergus war mittlerweile zum König über Siobhans Haus geworden.

»Hm«, machte Eilis. »Vielleicht etwas Weihnachtliches?« Das alles kam ihr vor wie ein Märchen. Es war Heiligabend, das Jahr neigte sich dem Ende zu. Als es begonnen hatte, war sie noch in Chicago gewesen, bereit, alles auf eine Karte zu setzen, indem sie nach Irland kam und Malachy aufsuchte, in der Hoffnung, er würde für sie die Liebe finden. In Wahrheit hatte die Liebe sie gefunden. In Gestalt eines Mannes, der schon lange aufgegeben hatte, an die Liebe zu glauben. In Gestalt einer Gemeinschaft, die sie auffing, wenn sie stürzte, und für sie da war, wenn sie allein nicht mehr weiterkam. In Gestalt eines Kindes, das in ihr wuchs. Das zwar nicht geplant gewesen war, aber dafür umso mehr geliebt wurde, jetzt, wo es sich in ihr Leben geschlichen hatte. Und nicht zuletzt kam die Liebe auch in Gestalt einer Katze, die beschlossen hatte, zu bleiben.

»Holly«, sagte sie schließlich und sah Cilian an. »Was hältst du davon?«

Er lächelte, strich Eilis eine lose Haarsträhne aus dem Gesicht. »Perfekt.« Sein Blick verriet, dass er nicht nur von der Katze sprach.

Eilis atmete tief durch. Im Hintergrund vermischten sich die Stimmen ihrer neuen Freunde zu einem festlichen Lied.

Morgen war Weihnachten, und der Laden würde neu eröffnen. Ihr neues Leben hatte bereits begonnen.

Die zwölf süßen Weihnachtstiere

(Melodie: »The Twelve Days of Christmas«)

Am ersten Weihnachtstag, da half mein Schatz dabei:
Ein kleines Kätzchen – durch uns ist es nun frei.

Am zweiten Weihnachtstag, da half mein Schatz dabei:
Einen alten Greyhound,
Ein kleines Kätzchen – durch uns sind sie nun frei.

Am dritten Weihnachtstag, da half mein Schatz dabei:
Ein zweites Kätzchen,
Einen alten Greyhound,
Ein kleines Kätzchen – durch uns sind sie nun frei.

Am vierten Weihnachtstag, da half mein Schatz dabei:
Einen Scharlachara,
Ein zweites Kätzchen,
Einen alten Greyhound,
Ein kleines Kätzchen – durch uns sind sie nun frei.

Am fünften Weihnachtstag, da half mein Schatz dabei:
Ein krankes Chamäleon,

Einen Scharlachara,
Ein zweites Kätzchen,
Einen alten Greyhound,
Ein kleines Kätzchen – durch uns sind sie nun frei.

Am sechsten Weihnachtstag, da half mein Schatz dabei:
Einen grauen Esel,
Ein krankes Chamäleon,
Einen Scharlachara,
Ein zweites Kätzchen,
Einen alten Greyhound,
Ein kleines Kätzchen – durch uns sind sie nun frei.

Am siebten Weihnachtstag, da half mein Schatz dabei:
Ein freches Minischwein,
Einen grauen Esel,
Ein krankes Chamäleon,
Einen Scharlachara,
Ein zweites Kätzchen,
Einen alten Greyhound,
Ein kleines Kätzchen – durch uns sind sie nun frei.

Am achten Weihnachtstag, da half mein Schatz dabei:
Ein einäugiges Kaninchen,
Ein freches Minischwein,
Einen grauen Esel,
Ein krankes Chamäleon,
Einen Scharlachara,
Ein zweites Kätzchen,

Ein flauschiges Langohr,
Ein einäugiges Kaninchen,
Ein freches Minischwein,
Einen grauen Esel,
Ein krankes Chamäleon,
Einen Scharlachara,
Ein zweites Kätzchen,
Einen alten Greyhound,
Ein kleines Kätzchen – durch uns sind sie nun frei.

Am zwölften Weihnachtstag, da half mein Schatz dabei:
Holly, die Mutterkatze,
Ein viertes Kätzchen,
Ein drittes Kätzchen,
Ein flauschiges Langohr,
Ein einäugiges Kaninchen,
Ein freches Minischwein,
Einen grauen Esel,
Ein krankes Chamäleon,
Einen Scharlachara,
Ein zweites Kätzchen,
Einen alten Greyhound,
Ein kleines Kätzchen – durch uns sind sie nun frei.

🎶 Frohe Weihnachten mit all den geretteten Fell- und-Federfreunden! 🎄🐾✨

Einen alten Greyhound,
Ein kleines Kätzchen – durch uns sind sie nun frei.

Am neunten Weihnachtstag, da half mein Schatz dabei:
Ein flauschiges Langohr,
Ein einäugiges Kaninchen,
Ein freches Minischwein,
Einen grauen Esel,
Ein krankes Chamäleon,
Einen Scharlachara,
Ein zweites Kätzchen,
Einen alten Greyhound,
Ein kleines Kätzchen – durch uns sind sie nun frei.

Am zehnten Weihnachtstag, da half mein Schatz dabei:
Ein drittes Kätzchen,
Ein flauschiges Langohr,
Ein einäugiges Kaninchen,
Ein freches Minischwein,
Einen grauen Esel,
Ein krankes Chamäleon,
Einen Scharlachara,
Ein zweites Kätzchen,
Einen alten Greyhound,
Ein kleines Kätzchen – durch uns sind sie nun frei.

Am elften Weihnachtstag, da half mein Schatz dabei:
Ein viertes Kätzchen,
Ein drittes Kätzchen,